신의 여자

신의 여자

이 청 장편소설

경덕출판사

역사에 대한 무한 책임

　작가는 다른 모든 사람들과 마찬가지로 자신이 살고 있는 시대적 상황이 빚어내는 역사에 대하여 무한 책임을 지고 있다. 왜냐고 따질 것 없다. 그 자신이 역사를 만들어가는 원소들 중의 하나이고 '상황' 그 자체이기 때문이다.

　우리가 숨쉬고 먹고 자면서 살고 있는 이 시대의 가장 큰 아이러니는 '조선인민공화국'의 존재다. 존재 자체가 아이러니인 이 나라는 견고한 이론과 폭력으로 권력을 창출하고 유지 보수하면서 지도자는 어느덧 신(神)이 되어 '세기를 넘어' 군림하고 있고, 인민들은 기독교에서 말하는 들판의 '양'들처럼 길들여져, 밖에서 보기에는 기적 같은 생존을 이어오고 있다.

　나는 이 나라에 가 본 일이 없다. 1930년대에 앙드레 지드는 스탈린의 초청으로 '지상의 낙원'인 모스크바에 가보고 와서 그것을 '낙원' 아닌 '동토'로 묘사하여 이후 서방 지식인들의 공산주의에 대한 막연한 동경에 찬물을 끼얹었다. 우리나라 지식인, 이를테면 작가, 기자, 학자, 국회의원, 대통령까지 때로는 은밀하게, 때로는 요란하게 평양에 갔다 왔으나 어찌된 영문인지 그쪽 권력의 상대편에 서 있는 인민들의 삶에 대해 제대로 보고 온 사람도, 보고 온 일을 제대로 전하는 사람도 보지 못했다.

하는 수 없이 평양 구경도 못한 내가 이런 글을 쓰게 되었다. 그 이유는 딱 한 가지다. 평양과 조선인민공화국에 가서 보고 온 분들이 제대로 된 글을 쓰도록 자극을 주고자 함이다. 즉 소설이든 시이든 견문기이든 조선인민공화국의 존재 자체를 역사의 도마 위에 올려놓고 얘기해 보자는 것이다. 그 물꼬를 틀 수만 있다면 이 작품은 나름대로 역사에 대한 책임의 일단을 다하게 될 것이다.

강원도 횡성에서
이 청

| 차례 |

1955년 여름 - 개성(開城)

황철(黃徹)은 인민배우 칭호를 받은 김에 영화를 만들어 보겠다던 생각을 실천에 옮겼다. 갑작스러운 생각이 아니라 '조국해방 전쟁'이 일어나기 전부터 봄날 텃밭에 떨어진 씨앗처럼 조금씩 자라나던 생각이 전쟁 후 세상 돌아가는 물결을 타고 마침내 돌이킬 수 없는 방향으로 자리 잡게 된 것이었다.

연극은 무대라는 한정된 공간의 제약을 받을 수밖에 없다. 따라서 무한한 공간 이용이 가능하고 어디서나 상영이 가능하여 대중 속으로 스스로 찾아가는 힘을 지닌 영화에게 그 역사적인 사명과 예술적 기능을 양보해야 한다는 사실을 그는 동물적 감각으로 느끼고 있었다.

1948년 문정복과 함께 북조선으로 넘어온 그는 석 달 동안 사리원형무소에 수감되어 사상교육을 받은 후 철저한 공산주의 투사로 변모되어 갔다. 북조선 권력자들도 황철의 인기와 명성, 그리고 재능을 신생국가 건설에 유용하게 써먹었다. 그는 코르네츄크의 〈외과의사 크레네

프〉에 시당위원장 역으로 출연하여 서울에서의 명성과 인기가 헛것이 아니었음을 공산주의자들에게 입증했다. 다시 평양의 조선인민공화국 국립극장에 올려진 연극 〈풀길〉에서도 주연으로 출연하여 "공산주의 혁명에 딱 어울리는 인간형을 창조했다"는 극찬을 받았다. 그러나 그는 여기서 머물 생각이 없었다. 그래서 1950년 이기영 극본의 희곡 〈땅〉을 영화로 제작하기로 하고 당 선전선동부의 허락과 지원을 얻어냈다. 그는 이 영화에서 주인공 곽바위역을 맡아 연기를 하는 한편 제작자로서의 임무도 함께 수행했다.

그러나 촬영이 제대로 시작되기도 전에 전쟁이 일어났다. 연극에서 영화로 무대를 넓혀 주체할 수 없는 끼를 발산하려던 그의 욕심은 일단 여기서 접어야 했다.

전쟁은 그의 인생에 새로운 활기를 불어넣어주었다. 우선 해방된 서울로 다시 돌아오니 고기가 물을 다시 찾은 듯 살맛이 났다. 평양은 비록 스스로 택한 땅이었으나 무언지 모르게 공기가 답답했다. 그는 1950년 7월 서울 해방 경축대회의 일원으로 서울에 왔다. 월북했던 대부분의 예술인들이 모두 참가했다. 명동 국립극장 무대에 그가 다시 서자 서울 시민들은 열광했다. 그 옛날 서대문 동양극장에서 맛보았던 〈홍도야 울지 마라〉의 감동을 잊지 않고 있던 서울 시민들은 전쟁의 시름도 잊고 그야말로 뜨거운 박수를 보내주었다. 남쪽에 남았던 배우들도 숨어 있던 소굴에서 하나 둘 나와 황철을 찾아왔다. 배우가 무엇을 먹고 어떻게 살아야 하는지, 다시 확인하는 순간이었다. 배우는 이념이 아닌 갈채를 먹고 산다. 그 평범한 진리를 서울 공연에서 터득한 것이었다.

서울 해방 축하공연을 끝낸 배우들은 소편대를 조직하여 남진하는 인민군을 따라 해방 지역에서 연극을 공연했다. 황철의 편대는 인천에서 공연을 한 후 수원, 평택을 거쳐 천안을 향했다. 배우들은 평택에서 천안까지 도보로 이동했다. 전투에 참가하고 있는 군용 트럭을 빼돌릴 수 없다는 생각으로 황철 자신이 도보 여행을 고집했다.

평택을 떠나 신작로로 한 시간 쯤 갔을 때 하늘에 미군 쌕쌕이가 떴다. 은빛 날개를 반짝이며 남쪽에서 날아온 네 대의 비행기는 길게 줄을 지어 걷고 있던 예술편대의 머리 위로 처박히듯 기수를 내리꽂더니 기관총탄을 퍼부었다. 떨어지는 기관총탄이 신작로 양쪽으로 누런 먼지 구름을 일으켰다. 황철은 논두렁으로 몸을 굴려 움츠렸다가 비행기가 사라진 후 고개를 들었다. 배우 두 사람과 무대 기술자 한 명이 피를 흘리며 일어나지 못했다. 그들을 도우려고 몸을 일으키다가 황철은 오른팔이 허전한 느낌을 받았다. 피가 흐르고 있었다. 기관총탄이 오른팔 절반을 잘라버린 것이었다. 동료 배우들이 달려와 어떤 놈은 지혈을 하고 어떤 놈은 논바닥에 저만치 떨어져 나가 있는 팔목을 찾아 들고 왔다.

"내버려."

황철이 웃으며 말했다.

"팔이 두 개가 있어 귀찮았는데 잘 됐어."

농담을 했으나 그는 곧 기절해버렸다.

전쟁이 끝나던 해 그는 공훈배우 칭호와 함께 2급 국기훈장을 받았다. 떨어져 나간 팔 하나가 그의 당성과 혁명에 대한 열정을 증명하는 표지가 됐다. 그는 팔 하나로 무대에 계속 서면서도 차츰 연출 쪽으로 방향을 돌리고 있었고, 그러다가 영화 제작에 뜻을 두게 된 것이었다.

2년 뒤인 1955년 인민배우 칭호를 받으면서 그는 최고 통치자인 김일성을 만나는 영광을 누렸다. 그 자리에서 그는 "영화를 만들어도 좋다"는 허락을 받았다. "황철 동무에게 영화를 제작할 수 있도록 전폭적인 지원을 하라"는 지시가 당 선전선동부와 내각 문화부의 예술과에 동시에 떨어졌다. 김일성의 허락을 받자마자 황철은 영화문학 작가 한시준(韓詩俊)과 함께 개성으로 내려왔다. 영화의 종자(소재)를 찾기 위해서였다.

개성을 무대로 그가 구상하고 있던 영화의 제목은 임시로 〈돼지와 진주〉로 정해놓았다. 〈돼지와 진주〉는 개성을 되찾기 위해 미군과 국방군이 감행한 공군 폭격과 서해 쪽으로 침투한 특공대의 공격으로부터 개성의 귀중한 문화재를 지키는 인민군의 영웅적인 방어전을 그리는 내용이었다. '남조선 괴뢰' 들이 강화도에 본부를 두고 미군 장교의 지휘 아래 유격부대를 편성하여 개성의 문화재를 파괴하려고 시도했던 야만성을 낱낱이 드러내고, 그에 비하여 문화유산을 목숨 바쳐 지켜낸 인민군이 미군과 국방군에 비해 몇 단계 높은 품격을 지니고 있다는 사실을 알리려는 것이었다. 뻔한 전쟁 영화의 줄거리를 가지고 있지만 황철은 이 영화에서 두 가지 야심에 찬 시도를 해 볼 참이었다.

한 가지는 영화에서 설화(說話; 내레이션)를 추방할 생각이었다. 레닌과 스탈린이 이미 영화가 지닌 혁명의 도구성을 인식하고 충분히 활용했듯이 조선인민공화국에서도 영화를 사회주의 혁명의 완성과 조국 통일을 위한 사상투쟁의 제일선에 내세울 무기로 인식하고 전폭적인 지원을 해오고 있었다. 그 때문일까. 평양에서 만들어낸 영화는 하나같이 설화가 길었다. 영상을 보완하기 위해 설화가 가끔 끼어드는 것이 아니라 아예 설화가 중심이고 영상은 설화를 보완하기 위한 장치로 존재하는 듯한 인상을 줄 정도였다. 설화는 설교로 가기 쉽다. 영화는 근본적으로 재미있어야 하는데 시도 때도 없이 끼어드는 설교조의 설화는 영화의 생명인 재미를 죽여 버린다. 그래서 설화 없는 영화의 본보기를 만들어낼 작정이었다.

또 하나는 영화 제작의 주체를 영화문학 작가에게서 연출이나 감독에게로 무게중심을 옮기는 작업이었다. 평양으로 오기 전까지 서울에서 그가 보았던 영화 제작 시스템은 감독 중심이었다. 영화는 문학(대본)과 각종의 영화 메커니즘이 잘 어우러진 종합예술이다. 그 종합예술이 종합예술이게 하는 것은 감독의 능력과 성향이다. 그러나 조선인민공화국의 영화는 달랐다. 영화의 주도권은 영화문학(시나리오) 작가에게 있었다. 감독은 작가가 만들어놓은 시나리오를 충실하게 영상으로 옮기는 기술자의 한 사람에 지나지 않았다. 영화의 시작과 끝에 흐르는 자막에서도 작가가 가장 중요한 자리를 차지하고 감독은 아예 무시되는 경우도 있었다. 이런 관행을 뒤집어놓겠다는 것이 황철의 생각이었다. 종자를 채집하기 위해 개성으로 오는 길에 작가 한시준을 데리고 온 이유가 그것이었다.

개성까지는 기차로 이동했다. 평양에서 개성까지 멀지 않은 길이었으나 낡은 기차는 가다가 서다가 거의 하루 종일 걸려서야 겨우 개성에 도착했다. 그들이 도착했을 때는 긴 여름해가 서해 쪽으로 기울어 가고 있었다. 황철은 서둘러 연복사(演福寺)터부터 찾았다.

연복사의 당우들은 모두 소실되어 남은 것은 폐허 위에 군데군데 솟아 있는 주춧돌뿐이었다. 그러나 대웅전이 있었던 자리 앞의 석계 옆에는 불두화 한 그루가 작은 꽃판을 모아 소담스럽게 매달고 서서 이곳이 절이었음을 증명하려고 애쓰고 있는 듯했다.

황철은 한시준을 돌아보며 말했다.

"안되겠습니다. 카메라가 아무리 재주를 부려 봐도 이런 폐허를 지키려고 인민군 동무들이 영웅적인 전투를 벌였다고 우기다가는 웃음거리만 될 뿐이오. 관덕정(觀德亭), 만월대(滿月臺)도 마찬가지라면 차라리 가설무대를 만들어 촬영하는 것이 낫겠소."

"그야 그렇지요."

한시준이 동의했다. 그러나 곧 말꼬리를 돌렸다.

"절간은 그럭저럭 모습을 갖춘 곳이 묘향산하고 금강산, 칠보산에 몇 군데 남아 있어개지구 그걸 찍어 적당히 편집해서 연복사라고 우기면 무식한 인민들이 알 바 없을 것이고, 관덕정, 만월대는 가설무대를 만들어개지구 속임촬영을 하면 될 것이구, 남대문은 지금 복구공사를 진행하고 있으니끼니 그쪽에다 초점을 맞추면 될 것 아니갔습네까, 황철 동지."

황철은 입을 다물었다. 한시준이 아직도 영화에 대한 밑그림 없이 입에서 나오는 대로 떠들고 있었기 때문이었다. 그는 폐허를 돌아보며 물었다.

"연복사의 동종은 어디로 갔습니까?"

"아, 그야, 지금 복구공사 중인 남대문으로 옮겨놓았디요."

"연복사의 동종을 남대문에 옮겨놓았다?"

"그야, 뭐, 연복사를 고스란히 복구한다면 당연히 이곳에 모셔놓아야 하겠지만, 언제 그런 날이 오갔습네까? 할 일이 태산인데 한가하게스리 절간이나 고쳐놓을 여력이 없디요. 그럴 바에는 번듯하게 옛 모습을 찾아놓은 남대문에 옮겨놓아 인민들이 잘 볼 수 있게 한다는 요량이디요."

아무래도 개성에서 〈돼지와 진주〉의 종자를 찾기가 어렵겠다는 느낌

이 들었다. 돼지는 돼지대로 진주는 진주대로 색깔과 행태가 선명해야
하는 법인데 사실을 알면 알수록 돼지와 진주의 차이를 구분하기 어렵
겠다는 예감이 들었기 때문이었다.

그날 저녁 황철은 만월대여관에서 잤다. 인민배우에 대한 예우에 맞
추어 개성시 인민위원회의 초대소로 활용하고 있는 여관에 묵게 된 것
이었다. 안내를 받아 여관에 들고 보니 8년 전 월북할 때 문정복과 하
룻밤을 보낸 바로 그 여관이었다.

그때 함께 월북했던 문정복은 벌써 그를 떠났다. 평양에 와서도 황철
의 주변에 얼쩡거리는 여자들의 숫자는 줄어들지 않았고, 그런 여자들
에 대한 황철의 태도 또한 흐리멍덩해서 도무지 평생을 기대고 살만한
남자로 보이지 않는다는 판단에서 문정복이 떠나간 것이었다. 그는 문
정복이 떠나간 자리에 생긴 커다란 허공을 메우기 위해 허겁지겁 연극
과 영화에 미칠 정도로 빠져들었지만 아무리 일에 미쳐도 그 허공은
여전히 허공으로 남아 있을 뿐이었다. 그 빈자리를 눈치 챘던 것일까.
시 인민위원회의 예술지원과 과장 손구봉(孫九奉)이라는 자가 커다란
됫병에 담긴 소주 한 병을 들고 왔다. 예술지원사업을 핑계삼아 자신
이 한번 취해보고 싶었던 것이리라.

안주는 풋고추에 된장이었다. 누구네 집에서 퍼 온 것인지 된장맛이
좋았다. 소주잔이 석 잔째 돌고나자 손구봉이 말했다.

"인민의 나라에 살게 된 것이 꿈만 같습니다. 만약 위대한 수령님의
영도 아래 인민의 낙원이 도래하지 않았더라면 저 같은 사람이 어디
감히 황철 동지 같은 배우를 가까이 볼 수 있었겠습니까. 제가 어릴 때
서울의 동양극장에서 이름 날리던 배우 황철에 대해 어른들이 하는 얘
기를 많이 들었습니다. 그때 느낌으로는 황철이라는 배우는 하늘에 살

고 있고 저 같은 하찮은 계급의 사람들은 두더지처럼 땅 속에 살고 있어 영원히 가까이 할 수 없고 그저 별처럼 쳐다만 보아야하는 존재인 줄 알았거든요. 그런 사람을 이제 동지라 부르고 함께 사회주의 혁명에 손발을 맞추게 되었으니 이게 다 수령님의 바다보다 넓은 은혜 아니겠습니까."

손구봉의 말이 지나쳐서 겨드랑 밑이 가려웠다. 못 들은 척하고 풋고추를 된장에 찍어 입으로 가져가는데 순구봉이 갑자기 목소리를 낮추어 말했다.

"황철 동지. 장영순이라는 여자를 아십니까? 그 여자 쪽에서는 황 동지를 잘 알고 있다, 너무나 잘 아는 사이다, 하고 말하고 있습니다만."

"장영순?"

황철은 풋고추를 도로 된장 그릇에 박았다. 수많은 여자들의 얼굴이 필름처럼 흘러갔다.

"공화국에서 알았던 여자가 아니라 옛날 서울에서 알았던 여자 같았습니다."

손구봉의 부연 설명이 없어도 장영순이라는 이름은 폐기될 뻔했던 기억의 필름 뭉치 속에서 되살아나고 있었다. 장영순은 요정 〈신성〉의 기생이었다. 해방 되던 해 겨울 황철이 좌익 연극인이었던 함세덕, 서일성 등과 함께 낙랑극회를 결성하고 연극을 할 때 온몸을 던져 그 추운 겨울을 견딜 수 있게 해 준 여인이었다. 유부녀 문정복과의 염문으로 연극계에서 따돌림당하고 있던 황철로서는 그나마 기댈 수 있는 언덕이 좌익 연극인들이었는데 그러나 억지로 만든 정치적 신념은 뼈 속까지 파고드는 삶의 추위를 녹여주지는 못했다. 그 혹독한 추위를 녹여준 것은 자신과의 염문 때문에 이혼당하고 연극계에서도 축출 당한 문정복이 아니었다. 기생 장영순이었다. 그녀의 몸뚱이는 언제나 갓 따온 오이처럼 싱싱했다. 다른 사내들이 스쳐간 흔적을 감추지도 않았다. 그녀의 가늘고 얇은 몸뚱이에는 언제나 다른 사내들의 흔적이 질척거리며 남아 있었다. 그녀의 몸에 남아 있는 그런 흔적들이 황철로 하여금 더 깊은 갈증을 일으키게 했다. 마실수록 갈증이 더 나는 이상한 음료수 같은 여자였다.

그 여자 장영순이 1947년 2월 남조선문화옹호 문화예술가총궐기대회 개최 이후 경찰이 파업을 선동했다는 이유로 참가한 예술인들 전원을 수배하자 도망 다니는 황철을 치마폭에 숨겨주었다. 이듬해 개성을 거쳐 평양으로 떠날 때까지 그가 검거되지 않고 숨어 살 수 있었던 것은 장영순 덕분이었다.

그러나 삼팔선을 넘으면서 그녀의 이름을 잊었다. 인민군이 해방시킨 서울에 가서도 물론 그녀를 찾지는 않았다. 어차피 기생이니 후퇴하는 국방군이나 돈 많은 기둥서방을 따라 남쪽으로 갔겠지, 남쪽에서 이번에는 미군 장교를 만나 그 수채화 같은 배 위에 태우겠지, 정도로 막연한 짐작을 하고 있었을 뿐이었다. 그랬는데 개성시 인민위원회의 젊은 과장 동무 입에서 그 이름이 살아난 것이었다.

"장영순이라 했소?"

"아십니까? 아시는 여자 맞습니까?"

"그 여자가 여기 개성에 살고 있소? 그럴 리가 없는데."

"그건 동지의 생각이지요. 남자들은 쉽게 잊지만 여자들은 쉽게 잊지 못하는 일도 있거든요."

"동무."

작가 한시준이 촌구석에서 거들먹거리는 관리 나부랭이가 하는 짓을 더는 참고 보아 줄 수 없다는 듯이 소리쳤다.

"죄송합니다. 그 여자, 장영순이라는 여자를 만나보시면 제 생각이 틀리지 않는다는 사실을 알게 되실 겁니다. 그 여자 동무는 1951년 초, 남조선 괴뢰들이 말하는 일사후퇴 때 반동들이 남쪽으로 도망갈 때 정신을 차리고 거꾸로 북쪽으로 올라온 용감한 인민들 중의 하나였습니다. 딸과 함께."

"딸과 함께?"

"예, 올해 열여섯 살 되는 딸이 하나 있습니다. 그 아이 손을 잡고 공화국의 품으로 올라온 것입니다. 이유는 딱 한 가지였어요. 황철 동지가 공화국으로 갔으니 우리도 간다, 그래서 왔다고 합니다. 그렇다고 황철 동지더러 무슨 책임을 지라 하는 그런 막돼먹은 여자는 아니고, 문화예술 전투단에 소속되어 제 앞길 알아서 처신하는 여자이긴 한데, 다만 딸아이의 앞날을 걱정해서 황 동지에게 부탁을 하려고 지금 여기 와 있습니다."

"지금? 여기?"

"만나보시겠습니까? 아니면 쫓아버릴까요?"

"어디 있소? 그 여자가?"

황철은 알 수 없는 불안과 희열을 동시에 느끼면서 소리쳤다. 손구봉이 히죽 웃더니 자리에서 일어나 마당 건너편의 방으로 가더니 곧 두 사람의 여인을 데리고 돌아왔다. 황철은 놀랐다. 마흔네 살의 나이로 자신과 동갑인 장영순을 뜻밖의 자리에서 만났기 때문에 놀란 것이 아니었다. 그 옆에 새까만 눈을 수줍은 듯, 그러나 똑 바로 뜨고 자신을 바라보고 있는 장영순의 딸아이 모습이 지난 날 장영순이 젊었을 때의 모습과 한 치도 다름없이 똑 같았기 때문이었다. 10년이라는 세월의 바퀴를 거꾸로 돌려놓은 것 같았다. 어쩌다가 장영순의 집에 찾아가면 비쩍 마른 몸에 두 눈만 커다랗던 계집아이가 있었다. 첫사랑 남자였던 시인 유백일(柳白逸)의 씨라고 장영순은 아무것도 아닌 일처럼 말했었다. 그 아이를 마지막으로 보았을 때 다섯 살 쯤이었다. 그랬던 아이가 지금 섬뜩한 처녀로 자라 있었다.

"황 선생님."

장영순은 10년 전 서울에서 불렀던 호칭으로 황철을 불렀다. 그녀에게서 지난날 기생이었던 흔적을 찾기는 어려웠다. 예술전투단이 공장이나 군부대를 찾아다니며 노동력과 전투의욕을 북돋기 위해 공연하는 단체인 줄은 알고 있었으나 정작 그런 단체 속에서 그녀가 무슨 일을 하는지는 알 수 없었다. 그런 그의 속생각을 읽었는지 장영순이 말했다.

"제가 악기라면 뭐든지 잘 다루고 춤도 잘 추었기 때문에 이곳에서 영광스럽게도 근로대중과 인민군 용사들을 위해 복무할 수 있도록 특별한 은혜를 입었습니다. 악기도 다루고 춤도 춥니다. 그런데 우리 아이, 기억나세요? 그때 대여섯 살이었는데 황 선생님께서는 제게 아이가 있다는 사실을 마음에 두지 않으셨고 관심도 없으셨지요. 그 아이가 이렇게 자랐습니다. 재주가 아주 비상합니다. 제 아이라 해서 하는 말은 아닙니다. 개성의 모든 예술가들이 한 마음으로 말합니다. 공화국에서 크게 쓰일 인재라고. 그러나 이대로 개성에 있다가는 결국 재주는 썩고 세월만 가겠지요. 손 동무로부터 황 선생님 오신다는 말을 듣고 무례를 무릅쓰고 기회를 달라고 했습니다. 저는 이대로 죽어도 좋습니다. 딸아이, 이름은 설희라고 합니다. 설희(雪姬). 이 아이만은 재능을 발휘하여 공화국에 크게 쓰일 수 있도록, 그리하여 저희 모녀가 수령님에게 받은 은혜의 만분의 일이라도 갚을 수 있도록 선생님께서 이끌어 주십시오. 설희야, 인사 드려라."

"설희입니다. 어머니로부터 많은 이야기를 들었습니다. 서울에 오셨을 때 공연도 보았습니다."

명동 국립극장에서 뜨겁게 박수 치던 무리들 속에 이들 모녀가 섞여 있었다는 얘기였다.

"저도 반드시 공화국 최고의 배우가 되겠다고 그때 결심했습니다."

"아시는 것처럼 남반부에 살다가는 설희도 결국 이 에미처럼 반동들의 노리개나 됐겠지요. 그래서 월북을 결심했습니다. 황 선생님 계신 땅이라면 그곳이 살만한 곳이라고 판단했고요."

유백일이 평양에 와 있지 않으냐. 내각의 중요한 자리를 차지하고 있으니 권력도 클 것이다. 왜 그를 찾아가지 않느냐 하고 묻고 싶었으나 참았다. 장영순이 북조선에 넘어와 어렵게 살면서도 유백일을 찾지 않았다면 그럴만한 이유가 있었을 것이라고 생각했다.

황철은 설희에게서 눈을 떼지 못하고 있었다. 섬뜩한 느낌, 옛날에 장영순을 볼 때마다 느꼈던 가슴 서늘한 느낌을 지금 또 느끼고 있었다. 마치 시퍼런 칼날을 맨손으로 잡았을 때와 같은 느낌이었다. 황철은 오한을 털어버리려고 몸을 크게 한 번 떨고 나서 설희에게 물었다.

"네가 할 수 있는 것이 무엇이냐? 무슨 재주를 가졌느냐?"

"제가 말씀 드리지요."

손구봉이 나섰다. 도대체 장영순은 서른다섯 정도인 이 젊은 공산당원을 무슨 수로 구워 삶아놓았을까? 가진 것이라고는 이상한 마력을 지닌 몸뚱이 하나뿐인데 사십대 중반인 지금도 그 약효가 공산당 천지인 이곳에서도 여전히 유효한 것일까? 황철이 그런 생각을 씹고 있는데 손구봉이 기회를 놓칠세라 빠르게 말을 이었다.

"춤을 아주 잘 춥니다. 개성의 고등중학교 학생들 중에서는 경쟁자가 없습니다. 어떤 예술가들은 최승희를 훨씬 능가하는 천재가 나왔다고들 합니다. 무대에 올려놓으면 아주 자연스럽게 완벽할 정도로 연기를 해냅니다. 열여섯 살이라고 믿기 어려울 정도로 모든 역할을 다 소화해 냅니다. 개성 땅에 이런 인물이 나기는 조선시대 황진이 이후 처음이라고들 합니다."

"황진이는 무슨."

장영순이 말을 막았다. 하필이면 기생 황진이에 비유하는 것이 마음에 들지 않아서였다.

"죄송합니다. 저는 그만큼 절륜한 재능을 타고났다는 뜻에서."

"됐소."

황철이 매듭을 지었다.

"평양 연극영화대학에서 배울 수 있도록 힘을 써 보겠습니다. 학교 안에 청소년영화창작단이 조직되어 있는데 그 젊은 사람들이 장차 일을 낼 겁니다. 설희도 거기 가서 마음껏 재주를 발휘해 보도록 하지요."

"고맙습니다. 동지."

장영순 모녀와 손구봉의 입에서 동시에 터져나온 말이었다. 작가 한시준이 떫은 표정으로 손구봉을 바라보고 있었다.

"일단 설희를 평양으로 보내시오. 재주를 시험해 봐야 하니 국립극장으로 오면 됩니다. 부인이 데리고 와도 좋습니다. 손 동무는 이들 모녀가 여행증을 발급 받을 수 있도록 도와주시오."

"제가 모녀를 모시고 가겠습니다."

"그렇게 할 일이 없소?"

한시준이 참다못해 버럭 고함을 질렀다.

1958년 가을 – 프라하

프라하성(城)을 황금빛으로 물들이던 노을이 차츰 엷어
지더니 이윽고 고색창연한 건물의 외벽은 회색으로 변했다가 다시 검
은 밤의 커튼 속으로 묻혀갔다. 박준상은 벌써 세 시간 째 카를다리 위
에 서 있었다. 몰다우강의 푸른 물도 검정 물감을 풀어놓은 것처럼 어
둠과 같은 색깔이 된지 오래였다. 어둠이 내리자 모든 살아 있는 것들
이 재빨리 어둠에 익숙해지고 있었다.

젊은 남녀를 실은 배 한 척이 다리 밑으로 지나가고 있었다. 남자와
여자는 꼭 끌어안고 있었다. 평양을 떠올렸다. 평양 시내 한가운데로
대동강과 보통강 두 줄기 강물이 흐른다. 그런데 그 강은 멀다. 몰다우
강처럼, 파리 한가운데를 흐르는 세느강처럼 삶의 한가운데로 흐르지
않는다. 대동강과 보통강이 평양 시민들의 삶의 한가운데로 흘러들어
올 때 비로소 조선은 문명국이 되리라. 그 전에는 가짜다, 문화도 예술
도 이념도 정치도 모두 가짜다… 카를다리 위에 설 때마다 떠오르던

생각이 지금도 그를 사로잡고 있었다.

"아, 평양, 그리고 조선."

준상은 신음처럼 뱉었다. 그 조선이, 그 평양이 그를 부르고 있었다. 어제 오후 프라하 주재 조선인민공화국 대사관의 참사관 김영무가 카를대학으로 찾아와 누런 서류 봉투 하나를 건넸다.

"뭡니까?"

"보면 알디요."

김영무는 관심 없다는 표정으로 신성로마제국 시대에 만들어진 대학 본관 건물에 눈길을 던져놓고 있었다.

준상은 서류를 꺼냈다. 조선인민공화국 내각 교육상의 이름으로 된 전문이었다. 내용은 간단했다. 평양으로 귀환하라는 것이었다. 그것도 한 달 안으로.

"한 학기만 마치면 졸업하는데 어찌된 일입니까?"

"모르디요."

참사관은 딴전을 피웠다.

"지금 조국은 많은 일꾼을 필요로 합니다. 동무를 사회주의 조국 건설의 대들보로 써먹으려는 것이겠디요."

그런 상투적인 말은 많이 들어온 일이었다. 유학을 왔다가 중도에 조국의 부름을 받고 평양으로 돌아간 사람치고 제대로 살고 있는 사람이 없었다. 대개는 조국에 대한 충성심을 의심 받아 소환 당한 후 집단농장이나 탄광으로 내몰려 썩어버리는 경우가 많다고 들었다. 내 죄는 무엇인가? 차가운 돌난간에 기대어 그는 생각했다. 죄가 없다. 준상은 마침내 결론을 내렸다. 조국은 할 일이 많다. 그 많은 일 중에서 그가 조국을 위해 할 수 있는 일은 영화를 만들어 사회주의 혁명에 복무하는 것이었다. 그런 일꾼이 되라고 체코에 유학을 보내주지 않았던가. 졸업을 겨우 반년 남겨놓았을 뿐인데 돌아오라니, 그만큼 급하게 일을 맡기려는 것이거나 아니면 충성심을 의심하여 숙청하려는 것이거나 둘 중의 하나였다. 체코에서 살아온 지난 4년 동안 조국으로부터 의심을 살만한 어떤 행동도 하지 않았다. 그저 열심히 사회주의 리얼리즘을 영화에 접목시키고 다시 이를 조선의 문화적 전통과 접목시키는 방법에 대해서만 줄기차게 연구를 해 왔고 어느 정도 성과를 거두었다. 영화감독이자 교수인 루드비크 교수는 "박준상 동무가 조선으로 돌아간 후의 조선의 영화가 기대된다"고 하지 않았던가.

한 가지 마음에 걸리는 것이 있었다. 2년 전 여름에 일어난 이른바 8월 종파사건 때 연안파에 속했던 삼촌 박창익이 숙청 당했다. 김일성이 동생 김영주를 앞세워 벌인 연안파 숙청작업은 '중앙당 집중지도사업'이라는 명목을 걸고 진행되었는데, 이때 시작된 정치의 광풍은 2년이 지난 지금도 수그러들지 않고 있었다. 삼촌이 숙청당할 때 유학생인 준상에게도 당으로부터 중앙당 지도사업에 대한 의견서를 내라는 지시가 있었다. 대사관을 통해 준상은 의견서를 제출했다. 사회주의혁명을 효과적으로 실현하기 위하여 종파분자들을 척결하는 것은 이 시기의 가장 적절한 혁명과업이라는 요지의 글이었다.

"삼촌, 미안합니다."

마음속으로 삼촌에게 사과했다. 그러나 삼촌은 어차피 숙청되어 황해도 어느 벽촌의 집단농장에 가 있다고 하니 자신의 의견서가 삼촌의 운명을 바꿀 가능성은 없었다. 오로지 자신의 운명을 위해 쓰는 글이었다. 그러므로 따지고 보면 삼촌에게 미안해 할 이유가 없었다. 비록 삼촌이 조카인 자신을 하늘의 별을 따는 것보다 어려운 체코 유학의 길을 터준 은인이었다 하더라도 사정은 마찬가지였다.

그가 만들어 보낸 의견서에 대해 중앙당에서 매우 만족한다는 전갈이 왔었다. 그런데 2년이 지난 지금 와서 소환이라니 대체 무슨 까닭인가?

강물 위를 스쳐온 한 줄기 바람이 서늘하게 살 속으로 파고들었다. 준상은 오랜 꿈에서 깨어나듯 정신이 들었다. 영화의 주인공이 앞으로 닥칠지도 모르는 문제를 놓고 궁리만 하고 행동하지 않는다면 그 영화를 영화라고 할 수 있을까? 그런 인생을 인생이라고 할 수 있을까? 좋다, 간다, 가서 부딪쳐 보자.

1958년 가을 - 모스크바

이틀 뒤 준상은 모스크바행 비행기에 올랐다. 모스크바에서 내려 조선인민공화국 대사관 숙소에서 하룻밤을 잔 후 다음날 시내로 나가 소련국립영화제작소를 찾아갔다.

안나 카트리나는 좀 화가 난 얼굴로 준상을 맞았다. 소콜린스키 공원 옆에 있는 숲 속의 작은 아파트에 이르기까지 두 사람은 방금 싸움을 한 뒤끝처럼 말 한 마디 없이 걸었다. 아파트는 방 한 개에 부엌과 욕실이 딸린 작은 공간이었다. 문을 열고 들어서자 사방의 벽들이 영화 스틸로 가득 발라져 있었다. 그녀가 좋아했던 이탈리아의 리얼리즘 영화가 대부분이었다.

"자, 말해 봐요, 박준상 동무. 모스크바에는 왜 왔어?"

준상은 차를 끓이는 안나의 손가락을 보면서 말했다.

"조국으로 돌아오라는 소환 명령을 받았어."

"빌어먹을."

안나의 입에서 거친 소리가 터져 나왔다. 그녀는 차를 끓이던 사모와르를 내려놓고 벽장에서 보드카 병을 꺼냈다. 유리병은 투명했고 그 속에 담긴 술도 투명했다. 얼음처럼 투명한 그 보드카가 감추고 있는 열기가 보기만 해도 벌써부터 목구멍을 뜨겁게 자극했다. 안나가 술잔에 보드카 두 잔을 따라 그 중 하나를 준상에게 내밀었다. 두 사람은 동시에 보드카를 목구멍으로 털어 넣었다. 예상했던 대로 지독한 열기가 목구멍에서 위장벽까지 불을 지르면서 흘러내려갔다.

"그래서, 지금 평양으로 가는 길에 비행기를 갈아타러 잠깐 들렀다?"

"평양까지 가는 비행기는 없지만 일단 북경으로 가서 열차편으로 가려고 해. 그건 그렇고 안나 동무는 그동안 더 성숙해 보이네."

"흥."

안나는 코웃음을 쳤다.

"프라하에서 살 때는 내가 왜 사는지 생존의 이유를 몰랐어요. 당신하고 섹스할 때 말고는 정말이지 살아야하는 이유를 몰랐으니까. 하지만 지금은 그런 소리 들었다고 속옷을 벗지는 않아."

"지금은 살아야 하는 이유를 알고 있다는 건가?"

"물론이지. 이것."

안나는 자신의 잔에 다시 보드카를 따르면서 웃었다. 그 웃음이 서글퍼 보여서 준상는 그녀의 손에서 술잔을 뺏어 내려놓고 허리를 감았다. 안나가 와락 덤벼들어 준상의 입술을 덮쳤다.

일 년 만이었다. 그녀의 몸속으로 들어간 것은.

안나의 몸은 갓 잡아온 생선처럼 싱그러웠다. 희고 매끈한 피부에 손을 대면 용수철처럼 튕겨 오르는 탄력이 있었다. 그녀의 몸은 깊었고 부드러웠다. 벤체슬라우스광장 뒷골목에 있는 그녀의 숙소 침대는 언제나 그를 위해 깨끗한 시트가 덮여 있었고, 오랜 시간 천국을 갔다가 돌아와 서로의 후줄근한 알몸을 돌아보면 언제나 하얀 침대 시트는 전쟁이 지나간 자국처럼 구겨지고 더럽혀져 있었다.

"아까워."

시트를 벗길 때마다 그녀가 말했다.

"이걸 빨지 않고 우리 흔적을 고스란히 보관하고 싶어. 하지만 시트가 한 장 뿐이거든. 빨아야겠지?"

안나에게도 준상이 첫 남자였고 준상에게도 안나가 첫 여자였다. 그리고 두 사람에게는 다른 여자도 남자도 없었다. 안나의 몸은 여름에는 서늘하고 겨울에는 따뜻했다. 그 체온 때문에 상준은 뼈 속 깊이 젖어 있던 외로움과 두려움을 말끔하게 씻어낼 수 있었다.

안나는 일 년 전에 프라하를 떠났다. 모스크바의 국립영화제작소에 일자리가 생겼기 때문이었다.

"안나는 연기자로서도 대성할 텐데, 왜 연출만 고집하는 거지?"

모스크바로 돌아가는 그녀를 배웅하며 상준이 지나가는 말처럼 물었다. 이미 여러 번 물었고 그때마다 안나의 분명한 대답이 있었던 문제였다. 그러나 안나는 지치지 않고 언제나 같은 대답을 했다.

"배우? 배우가 예술가라는 것은 그들을 무대 위에 올려놓고 즐기는 인간들이 붙여준 허명일 뿐이야. 예술은 창작이고 영화에서 창작하는 권리를 가진 사람은 연출가뿐이거든. 내가 배우로서 대성할 수 있다고 진정으로 믿는 거야?"

준상은 확신하고 있었다. 안나는 아름다웠고, 연기도 뛰어났다. 안나만 연기해 낼 수 있는 새로운 인간상이 있을 것이라는 막연한 느낌이

드는 것은 준상만의 생각이 아니었다. 그러나 안나는 연기자를 멸시했고, 영화가 예술일 수 있는 까닭은 오로지 연출자 감독의 창조력 때문이라고 고집하고 있었다. 체코 유학을 끝내고 돌아간 이후 모스크바의 국립영화제작소에서 잡은 일자리도 연출이라고 편지를 보내온 적이 있었다. 그 안나가, 영화판의 어지러운 생활 속에 부대끼면서 어떤 남자를 배 위에 실었을까. 솔직하게 물어보고 싶었다.

"아직도 그 생각에 변함이 없는 거야?"

두 사람은 낡은 가죽의자에 나란히 앉아 있었다. 옷을 걸치지 않고 서로의 알몸을 보면서 이야기를 나누면 진솔하고도 깊은 이야기를 할 수 있다는 경험을 두 사람은 함께 지니고 있었다. 이제 그들은 아주 오랜만에 다시 진솔하고도 진지한 자세로 서로의 몸과 영혼을 바라보고 있었다.

"무슨 생각?"

안나가 되물었다.

'이 세상에 살아 있는 동안 이렇게 아름다운 남자의 몸은 단 한 사람뿐이라고 나는 믿어. 앞으로도, 그리고 영원히 내 몸이 그렇게 기억하고 있도록 하겠어.' 했던 말이 지금도 변함이 없는 거냐고 묻고 싶었던 것이다. 그러나 입에서 나온 말은 달랐다.

"배우는 예술가가 아니라 영화의 한 부품일 뿐이라던 그 생각 말이야."

"아니."

안나는 강하게 고개를 저었다. 작지만 원뿔처럼 아름답게 솟은 두 개의 젖봉오리가 흔들렸다.

"내 생각이 틀렸다는 사실을 영화를 만드는 현장에서 깨닫기까지 많

은 시간이 걸리지 않았어. 진짜 영화의 주인은 배우들이야. 모스크바
에서도 돼지 같은 스탈린 동무가 살아 있을 때는 배우들을 그저 도구
로만 생각했다고 들었어. 그런데 지금은 아니야."

"다행이네. 그러나 어떤 나라에서는 연출 감독마저도 도구나 부품으
로 치부하고 영화는 오로지 영화문학이 좌우한다고 믿는 나라가 있
어."

"동무의 조국 조선인민공화국 말이구나."

안나는 두 무릎을 세우고 얼굴을 무릎 사이에 묻으며 말했다. 다리
사이로 드러난 여자의 문이 꽃처럼 아름다웠다.

"스탈린의 망령에다 동양적 전제군주시대의 지배 이데올로기를 결
합하여 지금까지 세상에 없던 아주 독창적인 군주가 탄생할 거라는 관
측이 파다해. 인간의 냄새가 나는 공산주의를 하자는 것이 프라하의
공기였잖아? 스탈린 동무의 망령을 밀어낸 후르시초프도 결국은 그 길
로 가게 되겠지. 그것이 공산주의의 숙명이라고 보고 있어. 그런 흐름
의 끝에 공산주의 이데올로기의 벼랑이 있을지도 모르지만 그것은 그
것대로 또 역사가 분명하지. 동무의 조국은 이 흐름을 역행하고 이데
올로기에서 인간의 냄새를 지우기 위해 발버둥을 치고 있어. 공기 대
신 지독한 가스로 평양 하늘을 가득 채우려는 거지. 그러니 돌아가지
마. 가서 질식하지 말고 여기서 살아. 아니면 아예 서유럽으로 도망가
서 살든가."

다시 욕정이 일어났으므로 준상은 안나의 몸을 안아 침대 위에 내려
놓았다. 안나의 몸은 금방 다시 뜨거워졌다.

'여기서 죽고 싶다.'

안나의 몸 속에 들어갈 때마다 준상은 늘 같은 말을 입 속에서 뇌었

다. '죽고 싶다, 영원히 나오고 싶지 않다'는 생각을 할 무렵이면 언제나 자신의 몸이 저절로 안나의 몸에서 빠져 나와 저만치 떨어져 구르고 있었다. 그러면 안나는 그를 내려다보며 키득거리고 웃었다. 안나의 웃는 얼굴을 피하여 베개에 얼굴을 묻으면서 준상이 말했다.

"할일이 많을 거야. 러시아도 그랬지만 우리 조국은 너무 가난했고 너무 힘이 없었고, 너무 억눌려 살았거든. 오천년 역사에서 한 번도 나라다운 나라를 만들어 경영해 본 일이 없어. 이제 그 기회가 처음으로 온 거야. 설혹 내가 좀 답답하더라도 나라 만드는 일이라면 하고 싶고 돕고 싶어."

"마음대로."

안나는 그의 얼굴을 끌어당겨 자신의 젖무덤 속에 파묻으면서 말했다.

"그러나, 여기서도 평양의 소식은 자주 들어. 인민의 어버이라는 자가 권력을 공고히 하기 위해 정적을 하나씩 제거해 나가는 모습을 보면 다음에는 누구 차례라는 것을 찍을 수 있을 정도야."

"그거야 뭐 후르시초프 이 양반도 마찬가지 아니야? 스탈린을 끌어내리고 말렌코프와 베리야와 결합했다가 말렌코프를 제거하고 베리야를 끌어내리고 마침내 자신의 세계를 만들었잖아. 권력으로 가는 고전적인 통로가 그것이니까."

"내 말은,"

안나가 벌떡 상체를 세우고 일어나 앉았다.

"그따위 후르시초프니 어버이 태양이니 하는 쓰레기 같은 직업 정치꾼들 이야기가 아니야. 바로 동무 자신이 평양에 돌아가서 질식해서 죽느냐 아니면 살 것이냐 하는 문제를 말하고 있는 거야. 그럴 리는 없겠지만, 만약에 말이야."

안나는 목소리를 한껏 낮추었다.

"만약에, 공산주의가 언젠가 지구상에서 소멸한다면, 물론 언젠가는 소멸하겠지만 말이야. 그럴 경우 지구상에서 가장 오래 공산주의라는 이름으로 권력을 유지하고 버틸 나라가 조선이라는 거야. 이건 모스크바의 비밀 기관에서 정밀하게 예측한 것을 프라우다의 부장 동지가 전해준 이야기니까 그냥 흘려들을 말은 아니라고 생각해. 그래서 평양으로 가는 동무가 불속으로 뛰어드는 한 마리 나방처럼 보인다는 거야. 가지 말고 여기 머물거나 서유럽으로 튀자는 이유는 그거야. 물론 사랑 때문이지만. 하지만 지금 당장 그러자는 얘기는 아니야. 언제든지 돌아와. 나는 여기 있을 테니까."

"고마워."

준상은 진심으로 고마워했다. 그녀의 제안을 받아들이고 안 받아들이고의 문제가 아니라 그녀만큼 자신을 잘 알고 있는 사람이 지구상에 존재하지 않는다는 것을 새삼 확인했고, 앞으로 닥칠 운명이 어떤 것이든 함께 하겠다는 그녀의 깊은 애정이 또한 눈물이 나도록 고마웠다. 그러나 한편에서는 프라우다의 부장 동지라는 자가 언제 어떤 장소에서 그런 말을 했는지 묻고 싶었다. 다른 남자가 벗은 몸으로 그녀의 알몸을 바라보면서 역사를 이야기하고 조선의 미래를 이야기하고 있는 모습을 상상만 해도 며칠 전에 먹은 것까지 다 토해 낼 것 같았다. 그러나 이번에도 입 밖으로 나온 말은 엉뚱한 것이었다.

"나도 한 가지 제안하자. 내가 조선에 돌아가 조선이 살기 좋은 나라, 적어도 영화 만들기 좋은 나라가 되면 그때는 안나도 평양에 와야 한다. 약속해 주겠어?"

"약속하지."

안나는 시원스럽게 약속했다. 두 사람은 그 약속의 말이 빈 깡통처럼 허망한 울림으로 가슴을 스치고 저만치 사라져가는 뒷모습을 함께 바라보고 있었다.

1958년 겨울 – 평양

조선노동당 선전선동부 부부장 장학림은 인민복 안에 하얀 셔츠를 바쳐 입고 셔츠의 깃을 세워 한껏 멋을 부린 모습이었다. 그는 왼손에 두툼한 서류를 들고 가끔 뒤적여보면서 말을 했다. 말을 하는 도중에도 버릇처럼 자주 서류를 들여다보았다.

준상은 온몸이 뻣뻣하게 굳어지는 느낌이었다. 상대가 들고 있는 서류는 자신의 신상에 관한 기록이었다. 무엇이 적혀 있는지 알 수 없는 서류를 버릇처럼 들여다보면서 말을 이어가는 부부장 동지 앞에서 자신이 한 마리의 작은 벌레처럼 작아지는 느낌이었다.

"동구라파 사람들은 영화를 어드렇게 생각하오?"

"네?"

뜬금없는 소리라 반문했다. 그러나 곧 자신을 다잡아 정신을 차렸다.

"아, 예에. 장차의 세계는 영화가 움직일 거라고 예측하고 있습니다.

자본주의 반동들은 그들이 믿는 신이 현실세계를 움직이지 못하자 영화를 물신으로 만들어 숭앙하고 있는데 점차 그 도가 심해질 것으로 봅니다. 공산주의 형제국가들에서는 영화를 혁명의 중요한 도구로 배양하고 있는 중이지요."

"맞았소."

장학림은 벌떡 일어나 다가오더니 준상의 손을 잡았다. 그 태도가 신파영화의 한 장면 같았다. 아무래도 이 동지는 영화를 너무 많이 본 것이 문제인 것 같았다.

"그렇다면 조국이 동무의 학업이 다하도록 기다리지 못하고 서둘러 불러들인 까닭도 알겠구만?"

"생명을 다하여 혁명과업 완수를 위해 복무하겠습니다. 과업을 주십시오."

"그 태도, 그 말솜씨, 그 자세, 다아 좋소. 정말 마음에 들었소. 당장 2·8영화제작소에 자리를 만들어 두었으니 내일부터 복무하시오. 아주 중요한 영화 한 편을 만들 계획인데 동무가 감독하시오."

"고맙습니다만 아직 준비가 안 돼 있어서,"

부부장은 손을 저었다.

"아, 아, 누군 어머니 뱃속부터 일을 배워서 나오는 사람 있소? 조국해방전쟁 때 사단급 이상을 지휘한 장군동무들을 보시오. 그들도 어느 날 갑자기 수령님으로부터 부름을 받고 전쟁을 지휘하는 역할을 맡게 되었으나 누구 한 사람도 전에 해보지 않았습네다 하고 사양하거나 회피한 일은 없었소. 영화 만드는 일도 그와 같소. 그렇지 아니하오, 동무?"

"예에. 그렇다고 생각합니다."

"좋소. 내일 아침부터 2·8영화제작소에 복무하시오. 그곳에 동무가 해야 할 막중한 일이 기다리고 있을 거요."

2·8영화제작소는 인민군 창설일인 2월 8일을 기념하는 명칭을 달고 군대 이야기를 영화로 만드는 기관이었다. 노동당은 사회주의 혁명의 완수를 위해 영화라는 폭발적인 도구를 최대한 활용할 작정이었지만 우선 당장은 군대의 사기 진작과 조국해방전쟁을 의미 있게 포장하여 인민들을 교도하기 위해 영화를 충분히 활용하고, 나아가 영화 자체의 폭발력이 어디까지 미칠 것인지 그 가능성도 함께 시험해 보고 있는 중이었다. 영화를 배우기 위해 외국에 나가 있는 동무들을 당장 모조리 불러들이라는 수령의 명령이 내려온 이유가 거기 있었다.

1958년 겨울 - 평양

황철이 살고 있는 집은 동평양의 문수원 근처에 있었다. 조선 기록영화촬영소와 금성정치대학이 가까이 있었고, 평양연극영화대학도 지척이었다. 일제시대 평양 주둔 보병 사단의 사단장이 살던 집으로 목조 2층집이었다. 조국해방전쟁 때 잠시 미군과 국방군에게 평양을 내주었을 때는 미군 장교가 조선 여자를 끼고 이 집에서 살았다고 한다. 그래선지 평양 시내에서 요행히 미군의 폭격을 당하지 않고 멀쩡하게 버티고 선 몇 안되는 집 중의 하나였다.

인민배우 칭호와 함께 내각 부장급으로 대우가 올라가면서 새로 받은 집이었다. 조선작가동맹중앙위원회 위원장인 이기영이 직접 물색해서 추천한 집이라고 들었지만 정작 황철 자신은 이기영을 만나 고맙다는 인사를 하고 싶은 마음이 아니었다. 이기영이 이미 소설가가 아니라 공산사회의 관리로서 권력을 행사하는 데 도취되어 있는 것 같아서 비위가 뒤틀렸기 때문이었다.

수리를 한답시고 다다미를 걷어내고 장판을 깔았으나 겨울에는 외풍이 심하여 춥고 여름에는 대책 없이 더웠다. 아내 문정복이 떠난 후로는 이층을 버려두고 아래층만 사용하고 있어 한층 을씨년스러웠다. 그런 집에 오랜만에 여자가 왔다. 장영순이었다.

"푸 - . 벌써 간 건가?"

돌아누우면서 길게 한숨을 쉬는 황철의 몸을 뒤에서 껴안으며 장영순은 그의 귓불에 입술을 갖다 대고 속삭였다.

"심리적인 거예요. 아직 얼마든지 팔팔하게 쓸만한데 뭐."

"자네 위로 따위는 필요 없어."

"어랜애 같이 굴지 말아요. 위로하자고 하는 말이 아니라 사실을 말한 것뿐이니까. 노인들을 많아 알아요. 육체가 시들기 전에 마음이 먼저 시들어 사내구실 못하는 사람들이 더 많아요. 특히 예술한다는 사람들이 더 그래요. 제가 누구예요? 그런 사람들 일으켜 세우는데 전문 아니에요?"

"그건 맞아. 인정하지, 그러나…"

황철은 여전히 돌아누운 채 낮은 목소리로 중얼거렸다.

"세우기만 하면 뭐 하누? 맥도 없이 금방 죽는 놈을."

"뭐가 문젠지 알아요?"

"말해 봐."

"사랑이 없는 것이 진짜 문제라니까. 남자들은 물리적으로 강해지려고 물개 뭣을 빼먹고 난리를 치는데 다 헛일이라구요. 사랑이 없으면서는 일도 어렵고 서봤자 금방 사그러져요."

"세상에는 사랑 없이 하는 정사가 많아."

"하긴요. 그건 젊을 때 얘기지, 중년 이후에는 사랑 없는 정사는 바람 빠진 풍선 같은 거예요. 참 이상한 것은…"

그녀는 잠시 뜸을 들였다. 황철의 등을 보면서 그가 자신의 말에 귀를 기울이고 있다는 것을 확인한 후 다시 입을 열었다.

"처음 북쪽에 넘어와서는 얼마나 긴장했는지 몰라요. 아시다시피 제가 가진 것이라고는 몸뚱이 하나뿐인데 공산사회에서는 이 몸뚱이가 필요 없을지 모르겠다 생각하니 앞이 캄캄하더라구요. 그랬는데 웬걸, 차츰 지내고 보니 여자 몸뚱이로 안 되는 일이 없기는 서울에서 살 때보다 더해요. 아, 여기도 사람이 사는 동네로구나, 그래서 비비고 살아갈 언덕을 만들었지요. 한데 말이에요. 이 사회가 걱정인 것은 젊은 놈 늙은 놈 할 것 없이 제대로 서는 남자가 없고 간신히 세워놓으면 피식 바람 빠지는 소리 안 나는 놈도 없습디다. 왜 그래요? 이런 남자들이 만들어가는 세상이 제대로 되겠어요? 이런 세상에 살아야 하는 여자들은 또 그게 제대로 사는 걸까요?"

황철이 돌아누웠다. 그리고 그녀를 껴안았다.

"자네다운 분석이구만. 나도 비슷한 생각을 하고 있었어. 공산사회는 발기부전의 사회, 그 세상은 불임의 세상이야."

"선생님의 발기부전, 불임 증상은 제가 고쳐 드릴게요. 그 대신…"

"뭐야?"

"놀라긴. 그저 사랑해 달라는 것 밖에."

"안 돼."

황철은 일어나 앉았다.

"우린 다시 만나지 않는다. 이 집만 하더라도 사방에 귀가 있고 눈이 있어 여자가 함부로 드나들어서는 안 되는 집이야."

황철은 먼저 일어나 옷을 입었다. 장영순도 마지못한듯 따라 일어나

옷을 입었다.

"사람들이 모두 감옥에 갇힌 것 같아요. 보이지 않으나 촘촘한 그물로 엮은 거대한 감옥, 그러니까 사내구실이 안 되는 거예요."

"사내구실로만 사는 것은 아니야."

"하긴 혁명을 위해 살겠지요. 그건 그렇고 우리 설희, 어떻게 하지요?"

"언제지?"

"지금 어디 다니고 있지?"

"평양연극영화대학 다닙니다. 이번에 2·8촬영소에서 만드는 〈만월대〉에 반드시 주연으로 나가야 해요."

"아직 나이 어린데 이번에 반드시 나가야 되는 이유가 있소?"

"있어요. 〈만월대〉는 이년 전 선생님이 구상해서 현장 취재하러 개성으로 내려왔던 〈돼지와 진주〉를 이름만 바꾸어 만드는 작품 아닙니까? 당시 개성에 내려오셔서 우리 설희를 찜해서 평양으로 데려오셨으니 그 작품의 여배우 자리는 당연히 우리 설희에게 권리가 있는 것 아니겠어요?"

"그런 권리를 가진 사람은 세상에 아무도 없소."

"다른 이유도 있어요. 평양연극영화학교에 같이 다니는 여자 아이들 중에 얼굴이 번번한 것들은 이미 당 고위층의 연줄이 있어 출연작품들이 정해진 상태라고 합니다. 연기로는 우리 설희 따를만한 년이 하나도 없다는데 출세는 그 애들이 빠른 이유가, 글쎄. 어떤 아이는 당 고위층 자제에게 몸을 주었고 어떤 아이는 뼈 있는 집안에서 뒤를 봐준다는데 아무래도 높고 높으신 분의 은혜를 입은 것 같다고들 하네요. 우리 설희는 선생님 말고 이 땅에서 비빌 언덕이 없어요."

"그런 말 함부로 하고 다니지 마시오. 〈만월대〉 출연배우 시험은 언제라고 합디까?"

"내일, 바로 내일이에요. 촬영소 안에서 한데요. 감독 동지가 체코 유학에서 돌아온 젊은 분이라고 하던데 혹시 아세요?"

"박준상이라고, 이름만 들었소. 당에서 큰 기대를 가지고 있는 사람이지. 종파사건 때 숙청당한 박창익의 조카인데 워낙 출중한 젊은이로 당이 큰 기대를 가지고 있는 사람이오. 그렇지 않았다면 그도 숙청해 버렸을 테지. 내일 만나보겠소."

"부탁 하나 드려도 될까요?"

장영순이 턱 밑에 다가와 쳐다보며 말했다. 그녀의 몸에서 비릿한 냄새가 풍기는 것 같아 황철은 짐짓 고개를 돌렸다.

"설희는 어차피 내가 데리고 와서 보증한 아이니까 내가 뒤를 살피는 것도 당연한 일이오. 내가 만드는 영화에 써먹을 생각이었으나 영화 만드는 일 자체가 여의치 못하여 지금까지 학교에 다니도록 놔두고 있었던 것인데, 새삼 부탁은 무슨."

"한 가지 더 있어요."

황철은 그녀의 얼굴을 바라보았다.

"체코에서 왔다는 그 젊은 감독, 그 사람을 소개시켜 주세요."

준상은 조선인민군 2·8영화촬영소 소속 일꾼으로 일하기 시작한 이튿날 그가 감독하기로 내정돼 있는 새 영화 〈만월대〉의 여배우를 결정하는 연기시험에 시험관의 한 사람으로 참가했다. 그 전에 〈만월대〉가 월북한 배우 황철이 구상한 〈돼지와 진주〉였다는 것, 황철에게는 인민배우라는 칭호와 함께 평양극장의 운영을 비롯하여 연극을 통한 사회주의 혁명과업 완수라는 과업을 맡기기로 하고 사회주의 조국 건설의 결정적인 무기인 영화는 좀 더 젊은 일꾼들에게 맡기기 위해 노동당 선전선동부에서 〈돼지와 진주〉의 제작을 일단 보류해 두었다는 등 그동안 흘러온 과정을 대충 들었다. 시간을 내어 황철을 직접 찾아가 보리라, 생각으로 접어두고 있었는데 그 황철이 여배우 연기시험을 앞두고 제 발로 촬영소에 나타났다. 황철도 여배우 연기시험의 시험관 자격으로 나타난 것이었다. 애당초 이 영화를 기획한 장본인인데다 본인이 원했기 때문에 참여시킨 것이라고 했다.

"동무가 체코에서 왔다는 박준상 동무, 맞소?"

전설적인 배우를 직접 만나는 것은 언제나 즐거운 일이다. 준상은 자리에서 벌떡 일어나 손을 내밀었다. 그러나 그의 손에 잡힌 것은 싸늘한 물건의 감촉이었다.

"미제의 폭격으로 팔 하나가 떨어져 나갔소. 그러나 팔 하나만으로도 할만한 짓은 뭐든지 다 하고 있소."

"여자의 깊은 곳을 만질 때는 그 손으로 안 되겠지."

노동당 선전선동부 부부장 장학림이 농담으로 끼어들었다. 노동당 선전선동부는 사실상 배우 선정을 비롯해서 영화 제작 진행의 모든 과정에서 결정적인 권한을 행사하고 있었다. 장학림이 여배우 연기시험을 참관하러 촬영소로 나온 표면적인 이유였다.

"푸핫, 장 동지, 무슨 말씀. 바로 이 손으로 어제도 여자를 만졌는걸."

"여자가 도망갔지요? 다시는 나타나지 않겠지요? 아니면 내 손에 장을 지지갔소."

"손가락을 걸고 함부로 맹세하는 것 아닙니다. 박준상 동무에게 할 이야기가 많소."

"저도 드릴 얘기, 듣고 싶은 얘기가 쌓였습니다. 찾아가 뵙겠습니다."

"이보라우. 또 종파가 생기는구만.

농담이었으나 비수처럼 가슴에 꽂히는 말이었으므로 두 사람은 동시에 입을 다물었다. 옆 자리에 앉아 여배우 후보생들의 연기를 보고 평가를 하면서도 두 사람은 의식적으로 말을 걸지 않았다.

설희는 일곱 번째로 등단했다. 작은 무대 위에 서서 얼굴이 보이지 않는 무대 아래의 시험관을 상대로 연기를 한다는 것은 쉬운 일이 아니었다. 그러나 설희가 무대에 올라서자 황철은 "저 아니다" 하고 단정했다. 장영순의 딸이라서 갖는 사사로운 감정 때문은 아니었다. 이제 열여덟의 앳된 나이였으나 설희의 온몸에서는 인생의 모든 고뇌와 즐거움을 뭐든지 다 표편해 낼 수 있는 그릇 같은 체취를 강하게 내뿜었다. 무슨 역할이든 주면 다 소화해 낼 수 있는 가능성을 지닌 아이였다. 연기 인생을 통해 얻은 경험과 육감으로 황철은 느꼈다. 이 느낌이 나에게만 오는 것일까? 황철은 옆자리의 박준상을 돌아보았다.

박준상은 무대 위의 배우 후보 설희에게 넋을 홀랑 빼앗긴 채 바라보고 있었다. 설희는 검정 치마에 흰 저고리를 입은 평범한 차림이었으나 영화의 한 장면을 연기하는 그녀의 모습은 연기의 진척에 따라 화려한 의상을 차려입은 여인으로 비치다가 이내 전장을 헤매는 강인한 여성 전사의 모습으로 둔갑하기도 했다. 오 분 정도의 짧은 연기를 끝냈을 때 무대 아래의 시험관 좌석에서 박수가 터져나왔다. 이 영화의 감독으로 내정된 박준상이었다.

"이 보라, 박 동무."

장학림이 가볍게 주의를 주었다. 준상은 박수를 멈추고 얼굴을 붉혔다. 스스로 생각하기에도 시험관의 체신을 잃은 행동이었다. 준상은 엉거주춤 일어나 변소로 갔다. 변소는 남녀 공용이었는데 입구 가까운 곳에 세면대가 있었다. 세면대에 엎드려 어깨를 떨며 우는 여자가 있었다. 그냥 나와 버리려다가 준상은 돌아섰다. 옆얼굴을 보니 방금 연기를 하고 내려간 설희, 그 아이 같았다.

"설희 동무?"

여자는 고개를 들었다. 얼굴은 눈물로 범벅이 되어 있었다.

"왜 우는 거야?"

"실망했어요. 아니 절망했어요. 선생님은 누구세요?"

"조금 전 설희 동무의 연기를 지켜본 사람들 중 하나지. 그런데 왜 울고 있었어?"

"그럼 시험관 중 한 분이시군요. 실수를 너무 많이 했거든요. 제 자신을 용서할 수 없어요. 엄마는 용서하셔도 저는 오늘의 실수를 평생 용서하지 않을 거예요. 절대로."

"자신에게 그토록 엄격한 연기자를 나는 아직 만나본 적이 없어. 너무 자신을 나무라지 않아도 돼. 나는 설희 동무의 연기를 보고 무척 감동했는 걸."

"정말이세요?"

설희가 처음으로 웃었다. 눈물로 범벅이 된 얼굴에 떠오른 미소는 무슨 말로도 형용하기 어려운 아름다움을 지니고 있었다.

"정말이야. 그러니 울고 있지 말고 자신을 가져요."

"고맙습니다. 동지."

"박준상이라고 해."

"알아요."

"나를 알고 있어?"

"이름만 들었어요. 우리 연극영화학교 안에서 도는 소문은 번개보다 빠르거든요. 체코에서 공부하던 젊은 예술가를 당에서 데리고 왔다는 소문이 이미 퍼졌거든요. 그 사람이 총각이라는 것도."

"내가 볼일이 있어 왔는데, 자리를 좀 비켜 줄래?"

설희는 얼굴을 붉히며 고개를 숙이고 달아났다.

선전선동부 부부장 장학림의 얼굴은 전체적으로 네모난 형상에 아래쪽으로 턱이 뾰족하게 튀어나와 있어 날카로운 인상을 주는 사람이었다. 그는 심각한 얼굴을 하다가도 금방 웃음을 흘렸는데 그 웃음이 천진난만한 어린아이의 웃음 그대로였다. 상대가 그 웃음에 전염되어 마음을 풀어놓을 즈음 장학림의 얼굴은 어느새 심각한 본래의 모습으로 되돌아가 있었다. 그 때문에 영화를 만드는 사람들은 가끔 부부장 동지에 대해 "천하제일의 연기자가 될 것"이라고들 수군거렸으나 대놓고 "동지, 배우로 나서 보시오" 하지는 못했다.

장경순도 헷갈리고 있었다. 장학림 부부장 동지를 만나 이야기를 시작한 지 반 시간이 넘었지만 앞에 있는 이 남자의 진짜 모습이 어떤 것인지 가늠할 수가 없었다. 대개의 남자들은 말 몇 마디만 해 보면 속마음을 알 수 있었다. 그들이 원하는 것이 결국 무엇인지 뻔했기 때문이었다. 그러나 장학림은 달랐다. 속마음을 드러내지 않았다.

"동무의 딸 설희의 연기는 나도 인상 깊게 봤습니다. 한데 아직은 나이 탓인지 몰라도 어딘가 설익었고, 자본주의 냄새가 조금 나고."

"자본주의 냄새라니요? 그 아이는 오직 공산주의와 수령님의 영도력에 의지하여 지상낙원을 만드는데 촛불처럼 자신을 태우겠다는 일념으로 조국을 선택한 아입니다."

"알아요, 안다니까. 남조선에서 월북한 사람들의 그 정신을 왜 모르겠소. 지금 영화, 연극은 말할 것 없고 문학, 미술, 음악에까지 남조선 출신들이 휩쓸고 있다니까. 평양은 껍데기만 남았고 알맹이는 서울 사람들이 다 채우고 있는 것 같아요. 장 동무도 남조선 출신이니 잘 알겠는데 요즘 영화의 주인공 배우들 얼굴이 많이 낯익지 않소?"

"저는 잘 모르는 사람들입니다."

"아, 그러시겠지. 나이가 있으니까 요즘 젊은 여자들에 대해 속속들이 잘 모르시겠지. 그러나 사실이오. 특히 여자 배우들은 남조선 여자들이 판을 휩쓸고 있다니까. 이런 현상이 장차 인민의 낙원을 완성하고 수령님의 영도력을 공고히 하는데 어떤 영향을 미칠 것인가, 나는 이 문제를 유심히 관찰하고 있습니다."

장경순이 무슨 귀신 씨나락 까는 소린가, 하는 뜨악한 표정으로 바라보자 장학림은 예의 그 천진난만한 웃음을 흩날렸다.

"아까 조국을 지상낙원으로 만들기 위해서라면 자신을 촛불처럼 태울 각오가 되어 있다고 했는데 그거이 그러니까 설희 동무가 그렇다는 게요, 경순 동지가 그렇다는 게요? 아니면 모녀가 모두 투철한 조국애로 뭉쳐 있다는 말이오?"

"우리 모녀 두 사람이 가진 것은 목숨뿐입니다. 그 목숨을 기꺼이 바치겠습니다. 부부장 동지."

"입증해 보여줄 수 있겠소?"

장경순은 한복 저고리 섶으로 손을 가져가서 더듬었다. 옷고름을 풀려나? 장학림은 짐짓 무심한 눈길로 바라보고 있었다. 경순이 옷섶에

서 뭔가를 찾은 듯 했다. 저고리 밖으로 나온 경순의 손에는 작은 은장
도 하나가 쥐어져 있었다. 집안에서 대물림한 것인 듯 손때가 묻고 색
이 바랜 칼집에서 작고 예쁜 칼이 나왔다. 칼집과 달리 칼날은 조금도
녹슬지 않았다. 시퍼런 날이 창문에서 들어온 햇빛을 반사하여 번쩍
허공을 가르자 장학림은 놀래서 몸을 세웠다. 그러나 표정은 여전히
무심을 가장하고 있었다.

　장경순은 의자에서 일어나 똑바로 서더니 칼날을 자신의 가슴에 대
었다. 장학림은 옆눈으로 보고 있었다. 장경순은 칼날을 저고리 속으
로 밀어 넣었다. 그래도 장학림은 꿈쩍하지 않고 딴청을 부렸다. 칼날
이 조금 더 깊이 저고리 섶을 헤집고 들어갔다. 해 보라. 연극이겠지.
장학림은 여기서 물러나면 안 된다는 것을 본능적으로 알고 있었다.
에미나이들이라니. 장경순이 칼날로 뭔가를 잘랐다. 치마 고리가 끊어
지고 보랏빛 물을 들인 치마가 흘러내렸다. 그 속에서 눈부시게 하얀
속치마가 나왔다. 이번에는 저고리 단이 끊어졌다. 저고리가 벌어지자
장경순은 두 손을 치켜들어 저고리를 벗어 흘러내린 치마 위에 던졌
다. 그녀의 손은 멈추지 않았다. 이번에는 속치마가 흘러내렸고, 속치
마 속에 들어 잇던 고쟁이마저 흘러내렸다. 밖의 날씨는 겨울답지 않
게 포근했으나 실내는 추웠다. 석탄 난로가 놀라서 푸지직 소리를 내
며 타올랐으나 장학림은 움직이지 않고 앉아 있었다. 연극이겠지. 듣
자하니 월북한 인민배우 황철과 그렇고 그런 사이라더니 연극을 너무
많이 본 게 이런 병을 낳았구만. 빌어먹을 연극쟁이들.

　고쟁이가 완전히 흘러내리자 그 속에서 하얀 속살이 고스란히 드러
났다. 그녀의 다리 사이에는 털이 많지 않았다. 듬성한 털 속으로 조금
벌어진 하문이 뭔가 이야기를 하는 것 같았다. 장학림은 벌떡 일어났

다. 여기가 어딘가? 선전선동부의 사무실이었다. 삐끗하면 천 길 낭떠러지로 떨어지는 벼랑 위에 서 있다. 벼랑 위에서 위험한 장난을 보고 있는 것이다. 밀리면 안 된다, 그 생각이 그를 벌떡 일으켜 세운 것이었다.

장학림은 장경순의 옷을 입혀 쫓아내거나 아니면 미친 여자를 버려두고 문 밖으로 나가버릴 작정이었다. 그러나 그녀의 옆을 스치며 옆눈으로 보니 쉰이 가까운 여자의 속살이 이토록 곱고 이토록 탄력 있을 줄 몰랐다는 생각이 들었다. 그는 얼른 달려가 문고리를 걸었다. 그리고 돌아와 그녀의 벗은 몸뚱이를 만져보았다. 얼음처럼 차가운 감촉이었다. 더욱 놀라운 것은 얼음 같은 감촉 속에서 우러나오는 따뜻한 온기였다. 그 온기가 그를 더 이상 참을 수 없게 만들었다.

"이게 촛불을 태우는 일이오?"

"더 탈 것이 있으면 마저 태우겠습니다. 부부장 동지."

"됐소. 나도 타버렸소."

그 말은 진실이었다. 여자의 몸속에서 이렇게 온몸이 완전히 타버린 일은 지금까지 한 번도 없었던 일이었다. 그러나 장학림은 걱정이 하나 있었다. 칼로 끊어버린 치마 고리를 어떻게 하느냐 하는 것이었다. 그래서 치마를 입지 못한다는 구실로 이 여자가 사무실에 퍼져 앉아버리면 어떻게 되느냐 하는 걱정이었다. 그러나 그것은 공연한 걱정이었다. 장경순은 아무 일도 없었다는 듯이 옷을 입었다. 칼로 고리를 자른 것은 연극이었던가? 비로소 공포가 장학림의 가슴을 쳤다. 이 여자 무서운 여자다, 하는 생각이 뒷덜미를 치자 그는 서둘러 입을 열었다.

"설희를 〈만월대〉의 여자 주인공 배우로 정하도록 하겠소."

"고맙습니다. 부부장 동지."

장경순이 고개를 깊이 숙였다.
"몸을 태워 조국에 바치겠습니다."

1959년 봄 – 개성

영화 〈만월대〉의 촬영 현장은 조선인민공화국의 체제와 국력을 총동원한 듯한 모습이었다. 영화의 주제와 종자, 제목을 정하고 최종적으로 김일성 주석의 재가를 받아 국가 자산의 동원을 결정하도록 이끌어낸 조직은 노동당의 선전선동부였지만, 제작 임무가 조선인민군 2·8영화제작소에 맡겨진데다 내용이 조국해방전쟁을 다룬 것이었으므로 당연히 인민무력부가 군사와 관련한 지원을 담당하지 않을 수 없게 되었다. 촬영에 필요한 장면의 현실감을 높이기 위해 세트를 만들기보다는 실제 군대와 시설 장비를 동원하는 것이 편리했기 때문이었다.

내각 문화부의 영화예술과도 뒷짐 지고 바라볼 처지는 아니었다. 군사적인 지원을 제외한 일체의 물자 동원과 편의 제공은 내각 문화부의 소관이었다. 사정이 이러니 〈만월대〉를 찍는 개성에는 배우와 촬영 일꾼들보다 지원과 지도라는 이름으로 간섭하고 얼쩡거리는 상전들이 더 많았다. 그 중에서도 노동당 선전선동부의 부부장 장학림이 가장 큰 장애물이었다.

장학림은 걸핏하면 영화 제작을 지도하러 개성으로 달려왔다. 대본이 완성되어 당 선전선동부의 검토를 거쳤는데도 대본 수정을 지도한다고 내려오더니 스스로 생각해도 그게 말이 안 된다는 것을 알았는지 이번에는 배우들의 연기와 촬영을 지도한다는 명목으로 뻔질나게 내려왔다.

장학림은 "사회주의는 영화다" 하는 말을 입에 달고 다녔다. 가끔 멋을 부릴 필요가 있을 때는 이 말을 거꾸로 뒤집어 "영화는 사회주의다"고 말하기도 했다. 그 말을 곰곰 씹어보고 해석하기에 따라서는 문제가 될 수도 있겠다는 생각이 들었는지 요즘은 "사회주의는 영화이고 영화는 사회주의다" 하는 식으로 두 문장을 붙여서 말하는 버릇이 생겼다. 공연한 화를 피하고 싶은 마음과, 한편으로 이 말이 지닌 매력을 버리기는 아까운 나머지 짜낸 궁여지책이었다.

송악산 서쪽 계곡에서 벌써 여러 날 째 전투 장면을 찍고 있는데 장학림이 내려왔다. 철쭉꽃이 흐드러지게 피어 있어 마치 피를 뿌려놓은 것 같은 산골짜기에서 개성 파괴 공작을 위해 잠입했다가 산 속으로 쫓기고 있는 국방군을 뒤쫓아 섬멸, 포획하는 인민군의 용감한 전투 장면을 재현하는, 이 영화의 절정에 해당하는 부분을 찍고 있었다. 배우들은 마치 자신이 실제 전투에 투입된 것처럼 땀을 흘리며 몰입했다. "전투장면의 실감을 높이라"는 수령의 지시에 따라 소련에서 동시 녹음 장비를 들여오고 총탄이 튀고 폭탄이 폭발하는 장면도 실제와 비슷한 모습을 재현하도록 특수한 장비가 갖추어졌다. 계곡과 능선은 때아닌 전투의 재현으로 포연이 자욱했다.

"저 간나, 저거 진짜 같구먼."

감독 박준상을 밀쳐내고 카메라 앵글에 눈을 갖다대고 배우들의 연기를 보고 있던 장학림이 침을 튀기며 말했다. 카메라에 그의 침이 튀어 묻는 것을 박준상은 표정 없이 바라보고 있었다.

"아이 그렇소? 박준상 동무."

박준상은 대답하지 않았다. 군이 대답할 필요가 없는 질문이었다. 그역시 육안으로 설희의 연기를 보면서 놀라고 있던 참이었다. 여주인공인 젊은 처녀가 개성 폭파 밀명을 띠고 잠입했다가 쫓기는 과정에서 부상당한 옛 애인을 설득하고 있는 장면이었다. 미제의 앞잡이인 국방군 장교를 설득하여 수령님의 품으로 돌아오게 한다는 설정이었다. 두사람은 땀과 피에 범벅이 된 채 철쭉이 흐드러진 산골짜기에서 격렬한 몸부림을 치고 있었다. 그 장면을 보면서 장학림은 여주인공 설희의 연기가 실제 장면 같다고 감탄하고 있는 중이었다.

"중지."

박준상이 촬영 중지를 명령했다. 배우들이 떨어져 옷에 묻은 흙을 털며 일어났고, 카메라가 멈췄다.

"좋았소, 설희 동무. 다음 장면 준비하시오."

"아니, 아직 아니오."

장학림이 끼어들었다. 배우를 포함하여 스무 명 가량의 영화 일꾼들이 무슨 소리냐는 표정으로 장학림의 입을 바라보았다.

"박 동무. 좀 문제가 있소. 설희 동무의 연기가 실감나고 그럴듯하기는 하지만, 그 뭐랄까, 인민성은 충분한데 당성은 부족한 것 아닌가 생각하는데 동무 생각은 어떻소?"

"당성이 부족하다?"

"사회주의 혁명의 전위로서는 무언가 좀 빠져 있는 것 같소. 남조선 신파영화라면 또 몰라도 너무 기름지지 않소? 음식도 너무 기름지면 느끼해서 금방 실증이 나는 법이거든."

"영화는 인간입니다."

박준상은 장학림의 십팔번을 빗대어 말했다.

"설희 동무는 인간을 잘 표현해내고 있어요. 그래야 혁명도 있고, 당성도 있는 것 아닙니까?"

"내 말은,"

장학림은 나무등걸에 걸터앉아 쉬고 있는 설희의 종아리를 보면서 말했다.

"당성이 약한 인간은 사화주의 조국에 필요 없다는 뜻이오. 인민의 재산을 들여 그런 인간을 영화로 찍어 보여줄 필요가 어디 있소?"

맞는 말이었다. 박준상도 마음속으로 그 점을 아쉬워하고 있던 참이었다. 설희는 평양 영화학교에서 연기를 배우기는 했으나 실제로 영화를 찍는 것은 이번이 처음이었다. 처음이기 때문에 연기가 서툴렀다. 그러나 박준상이 장면을 설명하고 연기를 어떻게 하는 것이 좋겠다고 수정해 주면 단번에 알아듣고 농익은 연기를 해냈다. 처음에는 서툴렀으나 두 번째는 더 이상 바랄 것이 없을 정도로 완벽한 연기를 해냈다. 젊은 처녀의 몸속에 농축되어 있던 끼가 출구를 만나 터져오는 것 같았다.

타고난 아름다움도 한 몫을 했다. 흘낏 보면 그저 아름다운 여자다 하는 정도였으나 자세히 바라보면 자신도 모르게 온몸이 끌려드는 이상한 매력을 지닌 여자였다. 가냘프면서도 육감적인 몸매에서 마치 뜨거운 불길이 솟아나는 것 같아서 그녀를 쳐다보던 대부분의 남자들을 스스로 부끄럽게 만들었다. 박준상도 설희의 얼굴과 몸매를 유심히 살피다 보면 이상한 충동이 일어나기 때문에 평상시에는 그녀에게 오래 눈길을 주지 않았다. 그러나 카메라 앵글을 통해 바라볼 때는 달랐다. 그의 눈은 예리했고 차가웠다. 예리하고 차가운 감독의 시선으로 보아도 그녀의 연기는 흠잡을 때가 없었다. 대형 배우가 탄생할 것이라는 예감이 왔다. 그런 설희의 연기를 장학림이 트집 잡고 나서자 박준상은 불쾌했다.

"당성이 부족하다, 막연하게 그러지 마시고 구체적으로 어떻게 연기해야 한다, 지침을 내놓아 보시지요, 부부장 동지."

"그렇게 하겠소. 일단 촬영을 계속하시오. 설희 동무에게는 내 특별히 연기 지도를 해야겠소."

그날 밤, 〈만월대〉 촬영팀이 묵고 있던 선죽동의 숙소에서 설희는 어디론가 불려 나갔다. 장학림이 연기 지도를 하겠다고 불러간 것이었다. 부부장 동지의 부름을 받고 설희가 어디론가 나간지 두어 시간 뒤에 설희의 어머니 장영순이 숙소로 찾아왔다. 들고 온 무거운 보따리를 끌러놓자 안에서 개성 특유의 보쌈과 막걸리가 나왔다. 약밥도 있었다. 약밥은 여자들이 묵고 있는 방으로 돌리고 보쌈과 막걸리는 박준상 감독의 방에서 풀어헤쳐놓았다. 나이 지긋한 촬영 일꾼과 폭파전문가, 전투장면 감독 등 몇 사람이 보쌈을 가운데 놓고 둘러앉았다. 장영순은 둘러앉은 사람들에게 일일이 술을 따라주며 시중을 들었다. 이런 일이 처음이 아니어서 사람들은 장영순의 술시중을 자연스럽게 받아들였다. 젊었을 때 배우가 되고 싶었으나 꿈을 이루지 못하고 요정으로 나갔고, 그곳에서 연극배우 황철을 만나 배우의 꿈을 절반쯤 보상을 받은 여자, 마침내 사회주의 조국으로 넘어와 수령님의 하해 같은 은혜로 딸을 영화배우로 내보낸 여자, 그 여자가 지난날 개성에서 살았기 때문에 이곳이 고향 같은 곳이라는 이유로 고기와 떡과 술을 들고 시도 때도 없이 찾아오는 것을 누구도 말리지 못했다. 부부장 장학림이 눈감아주는 일이기 때문에 누가 말릴 처지도 아니었다.

"우리 설희, 연기가 어때요?"

장영순이 촬영 일꾼에게 술을 따라주며 물었다. 자리에서 몸을 일으킬 때마다 그녀의 검정 비로드 치마에서는 짙은 화장품 냄새가 방안의 공기를 출렁이게 했다. 그 냄새는 벌써 보름 넘게 객지에 머물고 있는 사내들의 가슴을 적시고 아랫도리에 심한 통증을 불러 일으켰다. 그러나 사내들은 이 여자가 부부장 동지의 여자임을 알고 있었다. 부부장 동지가 평양에서 뻔질나게 촬영 지도를 위해 내려오는 일, 그리고 부부장 동지가 내려올 때마다 장영순이 술병을 들고 숙소로 찾아오는 일이 모두 깊은 연관이 있다는 사실을 알고 있었다. 사실이 그러하니 장영순의 치마가 펄럭일 때마다 풍겨 나오는 화장품 냄새가 설혹 뼈 속 깊이 파고든다 하더라도 먼 산의 일이었다.

"설희 동무, 대단해요. 타고난 연기 일꾼이라더니, 설희 동무를 두고 하는 말 같습니다. 저 어린 동무가 인생을 어떻게 알까, 마치 구절양장을 다 겪어본 사람처럼 표현해내니 연기가 예술이구나 하는 것을 처음 알게 되었다니까요. 혹시 핏줄 탓인가요?"

촬영 일꾼은 나이 쉰이 넘었다. 해방 전 서울에서 영화 찍는 일을 시작하여 전쟁 때 북으로 넘어온 사람이었다. 그의 화면 잡는 솜씨는 신기에 가깝다는 평을 듣고 있었다. 그런 사람으로부터 극찬을 듣고 장영순은 하늘에 붕 뜬 기분이었다.

"타고난 것은 사실입니다. 어미인 저도 가끔 놀랄 때가 있으니까요."

"아버지가 누굽네까?"

폭파전문가로 인민군에서 파견돼 온 일꾼이 보쌈을 씹으면서 물었다. 소문대로 황철의 씨냐? 그래서 어린 에미나이의 연기가 저렇게 농익었느냐? 하는 의미가 녹아 있는 질문이었다.

"설희에게 가봐야겠네."

장영순이 자리에서 일어났다.

"설희 동무 연기 지도 받으러 나갔습네다."

폭파전문가가 말했다.

"연기 지도? 이 밤중에요? 누구에게 어디서 지도를 받는단 말이에요?"

박준상 감독을 바라보며 물었다.

"누구긴, 부부장 동지 말고 누가 연기 지도를 하갓시오. 하여튼 데리고 나갓시요."

더 듣지 않고 장영순은 서둘러 나갔다.

노동당 선전선동부 부부장 장학림은 촬영 일꾼들의 숙소에서 멀지 않은 선죽동의 한옥에 머물고 있었다. 일본 놈들의 시대에는 일본놈들에게 빌붙어 살던 옛 양반계급과 상인들의 동네였다. 해방 후 남조선 통치 아래 있을 때는 '미제국주의의 개'들이 떵떵거리고 살던 집들이었다. 공화국의 수중으로 들어온 이후부터는 혁명전사들의 휴식소로 활용되거나 가끔 영화 촬영장소로 활용되기도 했다. 〈만수대〉 촬영일꾼들이 묵고 있는 집이나 장학림이 혼자 묵고 있는 집이나 모두 그런 용도로 사용되고 있는 빈 한옥들이었다.

장학림이 개성에 올 때마다 숙소로 사용하고 있는 집은 지난날 인삼의 국제무역으로 떼돈을 벌어 일본군대에 거액을 헌납하고 총독부로부터 귀족 칭호를 받은 송영상(宋永祥)의 둘째 첩이 살던 집으로 지금은 노동당 개성시당이 관리하고 있었다. 송영상은 해방과 함께 서울로 가서 큰 무역회사를 차려 이승만의 돈줄 노릇을 한다는데 그가 첩을 거느리고 노닥거리던 옛집은 낡은 한옥 그대로의 퇴락한 모습이었다. 장학림은 덩그란 한옥의 사랑채를 개조하여 출장 올 때 마다 숙소로 사용하고 있었다. 그가 올 때마다 장영순이 그림자처럼 따라와 잠자리 시중을 들었으나 오늘은 그녀의 딸과 함께였다.

노동당 개성시당의 일꾼들이 초저녁에 군불을 지핀 탓으로 방바닥은 따뜻했다. 아랫목에는 옛날 이 집의 주인이 사용하던 비단 이불이 깔려 있었다. 설희는 이불을 피하여 윗목으로 멀찌거니 떨어져 앉아 있었다.

"동무의 연기에 감탄했어. 소름이 끼칠 정도로 자연스러워. 근데 그게 좀 문제가 있단 말이야. 자연스러운 것은 다 좋은데 당성이 부족해. 다시 말해 배우의 내면에 불같은 혁명 의지가 부족해 보인단 말이지. 돈벌이만 생각하는 남조선 신파 영화라면 그게 어울릴지 모르지만 공화국의 영화로는 맞지 않아. 한 달 전에 봉산제강소에서 천리마작업반운동이 일어난 걸 동무도 들어서 알고 있지? 영화일꾼들도 함께 일어나야 해. 함께가 아니라 천리마작업반운동을 선도해야 한단 말이지. 좀 더 혁명성이 강하고 당성이 강렬한 배우들이 필요한 시기란 말이야. 사회주의는 영화이고 영화는 곧 사회주의란 말이야. 내 말이 무슨 뜻인지 알겠나?"

"알겠습니다. 더 노력하겠습니다. 그저 잘 이끌어 주십시오, 부부장 동지."

"좋아. 그 태도가 됐어. 내가 보장하지, 동무의 앞날은. 인민배우 칭호를 얻을 때까지 열심히 해보자구."

"열심히 하겠습니다."

"그러자면 나는 동무를 좀 더 철저하게 알아야 하겠어. 동무가 지닌 모든 것, 가능성과 삶의 무게까지 모두 보여줄 수 있겠나?"

"어떻게 하면 저의 모든 것을 보여드릴 수 있습니까?"

설희가 이불을 흘낏 보면서 물었다. 장학림은 '이 간나 보통이 아니구만. 제 에미보다 당돌해.' 속으로 감탄했다.

"멀리 내다보고 살자구. 함께 운명을 개척해 보자는 말이지. 자…"

장학림은 설희에게 다가가 옷고름을 잡았다. 설희는 첫날밤의 신부처럼 가만히 기다리고 있었다. 장학림은 문득 '이 간나가 숫처녀가 아닐지도 모른다'는 생각을 했다. 그 생각을 하자 한편으로 다행이다 싶기도 하고 다른 한편으로 소중한 보석을 길바닥에서 잃은 것처럼 무척 서운했다.

흰 저고리의 옷고름을 벗기자 저고리가 가슴 밑으로 흘러내렸다. 하얀 어깨가 드러났다. 치맛단으로 꽁꽁 묶어놓은 젖가슴이 터질듯 감추어져 있었다. 장학림은 그녀의 등 뒤로 손을 뻗어 치맛단을 끌렀다. 검정치마가 흘러내리고 하얀 속옷이 나왔다. 속옷을 벗기는 장학림의 손이 떨렸다. 이런 일은 처음이었다. 손이 떨리다니. 천하의 장학림이 철없는 계집아이의 속옷을 벗기다가 손을 떨다니. 그는 가슴까지 떨려오는 이상한 공포를 느끼면서 설희의 옷을 벗겨 내려갔다. 마지막 속옷을 벗기자 그 속에서 드러난 설희의 몸뚱이를 보고 장학림은 다시 한번 공포를 느꼈다. 아름답다기보다 시퍼런 칼날처럼 남자의 영혼을 베어버리는 섬찍한 여체가 거기 있었다. '어쩌면 내가' 하고 장학림은 생각했다. '이 몸뚱이에 빠져 죽을지도 모른다.' 그러나 그는 다시 생각했다. '죽어도 좋다'고.

말 잘 듣는 아이처럼 설희는 시키는 대로 하얀 요 위에 누웠다. 벽을 향해 돌아누워 있는 설희의 엉덩이를 노려보던 장학림은 서둘러 옷을 벗고 이불 속으로 들어갔다. 그의 손이 설희의 가슴을 더듬어 내려가 복부를 지나고 두 다리 사이에 닿자 설희는 몸을 웅크리고 손으로 남자의 손을 물리쳤다. 장학림은 다시 한번 거칠게 설희의 다리 사이로 자신의 손을 밀어 넣었다. 이른 봄날의 들판처럼 이제 막 피어나기 시작하는 풀잎 몇 가닥이 손에 잡혔다. 몇 가닥의 풀잎을 헤치고 들어가니 벌써 넘쳐난 샘물이 미끈거리고 있었다. 남자는 이성을 완전히 잃고 그녀의 배 위로 올라갔다. 그리고 손으로 설희의 다리를 벌리려고 했다.

설희는 두 손으로 자신을 방어했다. 장학림의 물건은 번번이 그녀의 몸속으로 진입을 시도하다가 실패했다. 그녀가 한사코 몸을 비틀어 거절했기 때문이었다.

"너, 숫처녀로구나, 그렇지?"

잠시 숨을 돌리며 장학림이 물었다. 설희는 고개를 끄덕였다.

"진작 그렇다고 할 것이지. 이걸 알아둬라. 모든 여자는 다 한때는 숫처녀였다. 그리고 모든 여자는 언젠가 숫처녀가 아니게 된다. 지금이 그때다. 열어다오."

설희는 눈을 감고 이를 악물고 있었다.

"무서워요."

"무섭지 않다. 그저 몰라서 그럴 뿐이다. 잠시만 참으면 무서움은 즐거움으로 변한다. 남자와 여자는 그래서 함께 사는 것이다. 우리는 함께 가며 할 일이 많다. 그러자면 서로를 깊이 알아야 한다. 자, 다시 한 번 해보자."

이번에는 설희도 협조했다. 벌써 반 시간 넘게 방어를 하느라 지쳐 있기도 했다. 그러나 장학림의 몸이 거칠게 밀고 들어가자 "악" 하고 비명을 질렀다. 심한 고통이 뒤를 따랐다. 설희도 고통스러웠고, 배 위에서 그녀의 몸속으로 들어가 있는 장학림도 고통스러워했다. 장학림이 짐승 같은 몸부림을 치며 고통에서 헤어나자 설희의 고통도 끝났다. 그러나 정작 가슴을 쥐어뜯는 고통은 이제부터인 듯 설희는 베개에 얼굴을 묻고 흐느꼈다. 장학림은 설희가 울도록 내버려두고 이불 밖으로 나와 담배를 피워 물었다.

멀리서 대문이 열리는 소리가 삐이걱 들렸다. 이어서 마당을 질러오는 발자국소리가 나더니 툇마루 앞에서 멈췄다. 찾아온 사람은 댓돌 위에 벗어놓은 두 사람의 신발을 확인한 듯 주저하지 않고 마루로 올라섰다. 장학림이 설희를 일으켜 옷을 입힐 여유가 없었다. 그는 담배를 피워 물고 방바닥에 앉아 있었고, 설희는 이불 속에 몸을 묻고 여전히 흐느끼고 있었다.

방문이 열렸다. 장영순이 먼저 얼굴을 방안으로 들이밀었다. 그녀는 문지방에 선 채로 방 안의 상황을 살폈다. 벽을 향해 누워 있는 젊은 여자의 벗은 몸이 딸 설희의 몸이라는 것을 알기까지 긴 시간이 필요치 않았다.

"어…"

장학림으로서는 할 말이 그것 밖에 없었다. 엉거주춤 일어나다가 무엇엔가 얼굴을 얻어맞고 뒤로 벌렁 넘어졌다. 장영순이 들고 온 핸드백으로 후려친 것이었다.

"개, 짐승만도 못한 놈."

그 말을 남기고 장영순은 가버렸다. 장영순이 가버리자 설희가 일어났다. 설희는 벗어던진 옷을 찾아 정성스럽게 몸에 걸쳤다. 그 모습을 장학림이 멀거니 바라보고 있었다.

"엄마를 내버려 두세요. 이제 건드리지 마세요."

멀리서 들리는 소리처럼 설희가 나지막하게 말했다.

"엄마 일을 알고 있었나?"

설희는 고개를 끄덕였다.

"엄마는 저를 위해 그랬던 거예요. 그러니 이제 가까이 하지 마세요."

"엄마는 딸을 위해 몸을 던지고, 딸은 그럼 무엇을 위해 처녀를 버렸나?"

"혁명을 위해, 수령님을 위해, 사회주의인 영화를 위해."

"그만, 그만해. 너희 모녀는 정말 무서운 여자들이구나. 오늘 일은 없었던 일로 하자. 내가 완전히 너희 모녀에게서 손을 떼겠다. 그럼 되겠지?"

"겁먹지 말아요, 부부장 동지."

옷을 다 입은 설희가 장학림의 얼굴을 만지면서 말했다.

"우리는 함께 해야 할 일이 많잖아요."

1961년 10월 – 시베리아 황단철도

  평양을 출발하여 블라디보스톡을 거쳐 하바로프스크와 블라고베시첸스크를 지난 열차는 사흘째에 바이칼호수의 남쪽을 돌아가고 있었다. 오른쪽으로 바다 같은 바이칼호의 풍경이 이어지고 있었으나 내다보는 사람들의 표정은 무심했다. 그저 지칠대로 지쳐 이 길고 지루한 여행이 빨리 끝나기만을 바랄 뿐이었다.

  열차는 하루 종일 바이칼호를 오른쪽 옆구리에 끼고 달려 저녁 무렵에야 동시베리아의 파리로 불려지는 이르쿠츠크역에 닿았다. 김일성 일행을 태운 특별열차는 소련 당국의 엄호를 받으면서 하바로브스크와 울란우데에 잠시 멈춘 것을 제외하고는 논스톱으로 달려왔으나 연료와 물자를 공급 받기 위함인 듯 여기서 일단 숨을 고르면서 멈추었다. 열차가 멈춘 후에도 모든 것은 정지된 상태 그대로였다. 오 분쯤 뒤에 김일성과 조선노동당 대표 일행을 태운 특별열차의 뒤를 따라오던 시베리아 횡단철도의 특급열차가 가쁜 김을 뿜어내며 구내로 들어

오더니 특별열차의 건너편 플랫폼에 멈추어 섰다. 사람들이 내리고 타는 설레임이 플랫폼에 넘쳤다. 그 설레임이 끝나고 특급열차가 다시 머나먼 서쪽을 향하여 어둠 속을 뚫고 움직이고 나서야 김일성 일행이 플랫폼에 내렸다. 그러나 뒷칸의 수행원들은 아직 내리라는 허락이 떨어지지 않았다.

붉은 옷으로 멋을 낸 의장대가 어둡고 차가운 하늘에 팡파르를 뿜어내자 김일성 일행은 역사로 향했다. 고풍스러운 이르쿠츠크역사 안에서 간단한 환영식이 있었다. 환영식을 마친 다음 조선노동당 대표 일행은 이르쿠츠크 시당위원장이 마련한 만찬식에 참여하기 위해 자동차에 분승하여 시내로 향했다.

그때야 비로소 열차의 다음 칸에서 대기하고 있던 수행원들에게 하차 허가가 떨어졌다. 노동당 대표를 제외한 수행원들이란 기자, 통역, 외무성 관리들이었다. 소련공산당 제22차대회에서 활약하는 김일성과 조선노동당 대표들의 모습을 한 편의 영화로 제작하기 위하여 동행하는 영화감독 박준상과 설희를 비롯한 배우 몇 사람, 그리고 촬영기사들도 그 속에 섞여 있었다.

플랫폼에는 시베리아의 매운바람이 휩쓸고 있었다. 오랜만에 땅에 발을 디디고 싶어 열차에서 내리기는 했으나 더 이상 갈 곳은 없었다. 조금 전 조선노동당 대표들을 싣고 떠나버린 역사 앞의 광장도 횅뎅그레 비어 있었다. 추위에 떨던 몇 사람이 도로 열차 안으로 올라갔다. 나머지 사람들도 줄줄이 뒤를 따랐다.

역 광장에 검은 자동차 한 대가 급히 들어와 멎더니 차 속에서 조선인 한 사람이 뛰어내려 숨 가쁘게 플랫폼을 향해 달려왔다. 노동당 대표로 김일성 일행과 함께 갔던 임춘추였다.

"어이, 설희 동무. 이리 오라우."

임춘추는 막 열차 계단에 발을 올려놓던 설희를 향해 손짓했다. 설희가 도로 발을 내려놓고 멈칫 멈추었다. 건널목을 무시하고 철로 몇 개를 건너뛰어 달려온 임춘추가 설희의 손을 잡고 끌었다.

"가자우, 동무가 필요해."

임춘추는 아직 플랫폼에 남아 자신을 보고 있는 사람들을 의식한 씩 웃으면서 변명 같은 말을 흘렸다.

"연회에 참석해 주어야겠어. 수령 동지는 조선 여자들이 러시아 종족보다 아름답다는 것을 자랑하고 싶어 해."

역 광장에 부릉거리며 서 있던 검은 자동차가 임춘추와 설희를 싣고 떠나는 뒷모습을 보면서 사람들은 따뜻한 객차로 돌아와 사모와르에서 뜨거운 차를 따라 마셨다. 저녁 식사를 한지 얼마 되지 않았으나 노동당 대표들이 맛있는 캐비아에 목구멍까지 뜨거워지는 보드카를 마시며 미끈한 러시아 미녀들에 둘러싸여 있을 것을 상상하니 갑자기 목이 마르고 배가 고팠다. 그러나 시도 때도 없이 끓고 있는 사모와르 속의 밋밋한 차 말고는 먹을 것도 마실 것도 없었다.

2년 전 모스크바에서 촬영 공부를 하고 돌아와 2·8영화촬영소에 배치된 젊은 촬영 일꾼 서경영이 뜨거운 차 한 잔을 컵에 따라 들고 비어 있는 박준상의 옆자리에 와서 앉았다. 서경영은 컵을 준상에게 내밀었다, 준상이 고개를 저어 거절하자 후후 소리를 내어 부는 시늉을 하며 혼잣말을 했다.

"거 이상하네. 설희 동무를 왜 데리고 왔나 했더니 저렇게 쓰려고 데리고 왔구만요."

"저렇게 쓰다니?"

"감독 동무께서는 뭘 그렇게 모른 척 하십네까?"

"동무가 아는 것은 뭐요?"

"수령 동지께서 설희 동무를 총애하신다는 것은 이 바닥에서는 강아지도 알고 있는 일 아닙네까. 미안한 말씀입네다만 박 동무가 만든 〈만월대〉를 보시고 아, 저 영화 정말 잘 만들었어. 내 마음에 쏙 드는구만, 하시고는 이어서 저 여자 배우 동무가 정말 묘한 분위기를 자아내는구만. 모름지기 여자는 저래야만 해. 그랬다는 것 아닙네까. 〈만월대〉 필름을 수백장 떠서 전국의 인민 교육용으로 돌리고 설희 동무를 어마어마한 속도로 출세시킨 장본인이 수령 동지라는 것 쯤 아는 사람은 다 압네다. 자, 그러면 문제를 내겠습네다. 수령 동지께서는 왜 그랬을까요? 영화예술을 위해서, 공산주의 조국의 발전을 위해서, 두 가지 대답은 제외하고 말씀해 보시라요."

아무래도 서경영의 배알이 뒤틀려 있는 것 같았다. 자신들은 매서운 북국의 바람 속에 플랫폼에 남겨놓고 이르쿠츠크 당 서기의 초청을 덥썩 물고는 저들끼리 따라가버린 노동당 대표들에 대한 서운함일 수도 있고, 설희에 대한 아까운 마음일 수도 있었다. 아마 설희에 대한 아까운 마음이 더할 것이라고 박준상은 짐작했다. 설희라는 여자는 잠시만 지켜보고 있어도 남자의 가슴 속과 아랫도리에 이상한 경련이 일게 만드는 기묘한 여자였다. 그것 말고는 수령이 이 중대한 여행에 그녀를 뽑아 동행한 까닭을 짐작하기 어려웠다.

"그야, 서 동무가 더 잘 알겠구만, 그래. 인간에 대한 연구를 많이 하셨나?"

"왜 이러십네까. 박 동무에 대해서도 말들이 많습네다."

"나에 대해 무슨?"

"박 동무가 설희 동무를 감독과 여배우 이상으로 보살피고 덮어주고 가려주고 한다고 말들이 있습네다. 삼촌이나 이모부, 고모부도 아니면서 말입네다."

"아, 그야."

박준상은 얼버무렸다. 사실이었다. 설희에 대해 박준상은 언제나 그녀의 연기를 극찬했고, 조선인민공화국에서 장차 세계적인 배우가 탄생한다면 그것은 설희일 것이라고 장담해 왔다. 그녀의 아픔까지도 덮어주려고 애를 썼다. 당 선전선동부의 부부장 장학림과 어머니까지 삼각으로 얽힌 염문에 대해서도 와전되었을 것이라고 앞장서서 덮어주고 있었다. 마치 삼촌이나 이모부, 고모부처럼. 그랬던 자신은 왜 그랬을까? 서영경은 그것을 묻고 있었는데 뜻밖에도 박준상은 그 질문에 얼굴부터 붉어오는 자신을 보고 놀랐다.

"고백하겠네. 나도 몰랐는데 나 역시 설희를 좋아하고 있었나봐."

솔직하게 털어놓자 서영경도 물러섰다.

"저는 설희와 결혼하고 싶습네다. 반드시 언젠가는 저에게 올 것이라 믿고 있습네다. 다만 그때까지 설희 동무가 상처가 너무 깊지 않았으면 좋갔는데, 동무가 좀 지원해 주십시오."

"결혼을 하기에는 너무 멀리 가버린 여자가 아닐까? 권력 주변의 여자 옆에 가면 뜨거운 화로처럼 몸을 데기 마련이니까, 그냥 영화 찍는 동지로 살아가지 그러나."

"저도 그랬으면 좋갔시오. 그러나 아무리 눌러도 되지 않습네다. 운명이란 것이 이런 것 아닌가 생각합네다."

"허약한 소리. 운명이라니."

"아무리 봉건적 사고의 잔재라고 비판을 들어도 저는 운명이라는 말을 믿습네다. 이것 때문에 잘못된다면 그것 또한 운명이겠지요."

노동당 대표들은 네 시간이 지난 후에야 열차로 돌아왔다. 그러고도 다시 반 시간이 지난 후에야 열차는 어둠을 가르고 서쪽을 향하여 무거운 몸뚱이를 움직였다. 열차가 떠난 후에도 설희는 지정된 객실로 돌아오지 않았다.

박준상은 한 자리 건너 서영경이 앉아 있는 자리를 살펴보았다. 서영경은 어디서 구했는지 보드카 병을 나팔 불고 있었다. 자신의 운명을 녹여서 마시는 것처럼.

열차는 옴스크에서 다시 밤을 맞았고, 이때도 옴스크 시당 서기의 초청으로 노동당 대표들은 만찬에 참석했다. 설희도 조선 여자의 우수성을 알리기 위해 수령과 나란히 행동했다.

그날 밤, 열차로 돌아온 수령은 영화감독 박준상을 자신의 특별 객실로 불렀다. 객실 전체가 수령 전용으로 꾸며져 있었는데 설희는 어디에 있는지 보이지 않았다. 수령이 탁자 건너편의 자리를 가리키며 턱짓으로 앉으라는 신호를 보냈다. 긴 여행 때문인지 술 때문인지 수령은 피곤해 보였다.

"박준상 동무라고 했지?"

수령의 목소리는 언제 들어도 듣기 좋은 울림을 지니고 있었다. 동북연군 88여단에서 거친 군대생활을 하느라 배운 것이 없어 무식하기 짝이 없는 사람들이 수령 자신은 물론이고 그를 둘러싸고 있는 '백두산 줄기'들의 한심한 실상이었다. 유물론과 변증법이 무엇인지 철학적 토대도 없이 단순 무지하게 이해하고 있는 자들이 지금 조선인민공화국의 뇌수를 형성하고 있었다. 그저 스딸린 동지를 하늘처럼 떠받들고 그가 만들어낸 소련공산당사 중에서 마음에 들고 편리한 구절만 달달 외고 있는 사람들이었다. 옛날 무식한 시골 할멈들이 예배당에 나가 한 마디씩 주워들은 대로 성경 몇 구절을 달달 외면서 지독한 예수쟁이 행세를 하는 것과 같은 일이었다.

적어도 박준상이 본 노동당 수뇌들의 모습은 그랬다. 그러나 김일성 수령은 달랐다. 지금까지 박준상이 수령을 직접 만나본 것은 이번이 두 번째였다. 영화 〈만월대〉의 시사회를 마친 후 불려가 "이 영화가 앞으로 우리 공화국 영화예술의 전범이 될 것"이라고 극찬을 해줄 때 처음 만났었다. 여배우 설희와 함께 불려간 자리였다. 그때 처음 느낀 일이지만 수령은 무식하지도 거칠지도 않았다. 그가 알고 있는 스딸린 동지와도 격이 달랐다. 무엇이든 이해하려는 호기심을 지니고 있었고, 공산주의를 제대로 실현하려는 의지와 상상력도 지니고 있었다. 수령의 눈길은 상대의 폐부를 찔러보는 듯하다가도 아득히 먼 곳을 바라보고 있는 듯했다. 한 마디로 종잡을 수 없었다. 그래서 그를 만나고 나면 일단 기분이 좋아졌다가 그 다음부터 깊은 불안이 스멀스멀 생기는 것이었다. 그 수령을 지금 두 번째 만난 것이었다. 물론 두 번 다 수령이 원해서 만난 자리였다.

"쩨마가 무엇이오?"

"예? 무슨 말씀이신지."

느닷없는 질문에 당황해 하자 수령은 마음씨 좋은 아저씨처럼 웃었다.

"이번 여행을 통해 만들고자하는 영화의 쩨마(테마)가 무엇이냐고 물었소."

"예에, 수령 동지. 대개 기록영화는 기록된 사실을 종합해서 보고나서 쩨마를 결정하는 것이 옳은 일입니다만…"

"그래서?"

박준상은 등으로 식은땀이 몇 줄기 흘러내리는 것을 느꼈다.

"그러나 잠정적으로 쩨마를 가지고 있지 않으면 기록할 대상을 잘못 선택할 수도 있습니다."

"그러니, 말해보시오. 이번 22차 소련공산당대회에 참석하는 우리 조선노동당대표의 기록영화를 감독할 동무가 미리 가지고 있는 쩨마가 무엇이오?"

이미 되돌아갈 수 없는 막다른 골목에 몰려 있음을 알았다. 이것이 수령의 기술이었다. 단도직입으로 본질에 도달하고 막다른 골목으로 사람을 몰아넣는 기술.

"주체입니다."

"주체?"

"예, 수령 동지."

수령은 몇 번이고 입 속으로 "주체, 주체"를 뇌었다. 그런 다음 지나가는 말처럼 가볍게 던졌다.

"왜 주체인가?"

"제가 알기로 흐루시초프 서기장 동지는 이번 대회에서 알바니아를 국제공산당운동의 틀을 깨는 교조주의의 전형으로 지목하고 추방할 것입니다. 그러나 수정주의자들이 정작 경고하고 싶었던 대상은 알바니아가 아니라 중국공산당입니다. 주은래 동지가 가만 있지 않을 것이고, 공산당 역사상 두 마리의 거대한 용이 주도권 쟁패를 공식 선언하는 자리가 이번 22차대회장일 것입니다. 여기서 우리 조선노동당이 가야할 노선은…"

"말해 보라."

"주체노선입니다. 이미 20차 대회 이후 국제 공산당은 사실상 없습니다. 없는데도 허상을 움켜쥐고 종주권을 행사하려는 소련 공산당 수정주의자들의 발버둥만 존재할 뿐입니다. 수령 동지께서는 지난 6월에도 당과 정부 대표들을 인솔하시어 모스크바를 방문하셨고, 조소 우호조약을 체결하셨고 7월에는 북경을 방문하시어 조중우호조약을 체결하시었습니다. 그리고 9월에는 인민경제발전7개년계획을 발표하시었습니다. 그러나 소련은 수령 동지의 인민경제7개년계획 추진에 필요한 자금과 물자의 지원을 기대한 만큼 하지 않을 것이 분명해 보입니다. 7개년계획은 실패할 것입니다."

수령이 등받이에서 허리를 일으켰다. 옆에 앉아 있던 임춘추가 눈썹을 세우며 입을 열려고 했다. 그러나 수령이 손을 흔들어 임춘추를 제지했다.

"계속하라."

"소련이 지원하지 않으면 7개년계획은 실패할 것입니다. 중국 정부의 지원만으로는 안 됩니다. 모택동 주석은 국내에서 그 나름으로 새로운 전쟁을 벌이고 있으므로 수령 동지를 지원할 여력이 없습니다. 그러나 이것은 기회입니다. 공화국 경제와 정치가 진정한 공산사회 완성에 목표를 두고 달린다면 주체를 회복할 절호의 기회입니다. 그래서 이번 22차대회에 참석하는 수령 동지의 비장한 행적은 장차 도래할 주체 조국의 첫걸음이 될 것이라고 보고 쩨마를 잠정적으로 주체로 정한 것입니다."

수령은 말이 없었다. 그러자 임춘추가 눈짓으로 이만 가보라는 신호를 보냈다. 박준상이 나가고 나자 수령이 눈을 떴다.

"저 동무가 어디서 그런 정보를 소상하게 듣고 있지? 내 마음을 소름

끼칠 정도로 꿰뚫고 있는 저 자의 정체가 무엇이지? 잘 조사해 보고 관리하시오."

1961년 10월 – 모스크바

조선노동당 대표 일행이 22차 소련공산당대회 참석을 중도에 포기하고 귀국하기로 결정한 날 비로소 박준상은 소콜린스키 공원 옆에 있는 안나 카트리나의 집을 찾아갔다. 중국공산당 대표로 참석했던 주은래가 회의장을 박차고 나가 일찌감치 돌아가 버리자 김일성 또한 수정주의자들의 회합에 더 이상 머물 필요가 없다고 판단하고 대표단을 철수하기로 결정해 버린 것이었다. 이렇게 된 이상 이 더러운 수정주의자들의 파티에 미련을 둘 필요가 없었다. 이런 대회를 배경으로 영화 만들 일도 없었다. 그 덕택에 준상은 대표단이 다시 시베리아 황단철도에 오르기로 예정한 날을 하루 앞두고 비로소 시간을 내어 안나를 찾을 수 있게 된 것이었다.

"박준상 동무가 오늘 나를 찾아올 줄 알고 있었어."

카트리나가 목을 끌어안으며 말했다. 그녀에게서는 옛날 프라하의 벤체슬라우스광장 뒷골목 그녀의 숙소에 감돌고 있던 진한 장미 향기가 났다.

두 사람은 한동안 말이 필요 없었다. 오래 굶은 짐승들처럼 서로의 육체 안에서 자신의 모습을 발견하려고 진땀을 흘렸다. 땀으로 온몸을 흥건하게 적신 후에야 비로소 두 사람은 상대의 얼굴을 바라보았다. 침대 시트 속에 몸을 감추면서 안나가 먼저 입을 열었다.

"말해 봐. 시대착오적인 동양 남자야. 당신은 언제든지 찾아오면 내가 기다리고 있을 거라고 어떻게 확신하지? 조선 여자들처럼 두 손 모아 빌면서 남자가 돌아오기만을 수절하고 기다릴 거라고 자신만만하게 믿는 이유가 뭐지?"

"여기 이렇게 만났잖아."

"하긴 내가 오늘 즘 당신이 올 줄 알고 기다리고 있었던 것은 사실이야. 당신에 조선인민공화국 대표들이 기차를 타고 요란하게 소문을 뿌리면서 모스크바에 도착하기 전에 이미 나는 당신이 그 일행 속에 섞여 있다는 것을 알고 있었어. 그 전에 당신이 만들었다는 영화 〈만월대〉를 봤지만 정말 엉터리 영화였어. 그 영화 속에서 당신의 체취를 느낄 수도 없었고. 그랬는데, 당신네들이 시베리아 횡단철도를 타고 극동에서 오고 있다는 기사를 읽고는 정말 감동 되더라. 그날부터 밤마다 나는 자위를 해야 했어. 지난 몇 년 동안 남자를 만날 기회가 없었거든. 괴물 같은 스탈린 동지가 사라진 후 나는 정말 바빠. 지금 소련에서는 문예 부흥 비슷한 일이 벌어지고 있어. 그 때문에 바빠서 남자 만날 겨를이 없었던 것이지 당신 기다리느라 수절했던 것은 아니야. 착각하지 말라고."

"착각 안 해."

"그 여자 참 좋더라."

갑자기 안나가 말꼬리를 돌렸다.

"어떤 여자?"

"〈만월대〉의 여자 주인공 말이야. 이름이 뭐라 했지? 탐나더라. 그런 배우. 기회 있으면 그 여자 내세워 영화 한 번 만들어보고 싶어. 당신이 만든 영화는 별것 아니었지만 그 여자 연기는 정말 뛰어나더라. 당신이 그런 연기를 이끌어냈다면 당신도 천재라 할만하고. 그런데 그 여자와 자봤어?"

"그 동무를 생각하면 가끔 아랫도리가 이상해지지만, 모든 젊은 여자들이 다 그런 것 아니야? 별 관심 없어. 조선에서는 관심이 있다고 모든 여자들을 안아볼 수 있는 것도 아니야."

"그래서 수령님에게 진상품으로 들인 거야?"

"무슨 소리."

준상은 벌떡 몸을 일으켰다. 그러나 안나는 태연했다.

"여기서는 그런 소문이 돌고 있어. 영화감독이 여배우를 데리고 말도 안 되는 기록영화 촬영을 미끼로 수령님에게 여배우를 진상하는 황제여행을 하고 있다고. 어쩐지 당신 앞날이 걱정된다. 그리고 슬퍼."

그들은 다시 한 번 서로의 몸속으로 들어갔다. 그러나 그 몸속에서 아무것도 찾아낼 수 없었다.

1961년 11월 – 평양

　수령의 두 번째 부인인 김성애는 일주일 뒤에 개최할 전
국어머니대회를 준비하느라 눈코 뜰 새 없이 바빴다. 어머니대회를 성
공적으로 개최하여 천리마운동의 한 축을 이룬다면 수령과 함께 공화
국을 움직이는 확실한 동력으로 자리매김하게 될 것이었다.

　그녀는 수령은 걱정하지 않았다. 수령이 설희라는 여우같은 년을 말
도 안 되는 핑계로 소련 여행 가방에 넣어갈 때부터 사실은 회심의 미
소를 짓고 있었다. 그녀의 기대대로 수령은 열차 안에서부터 여배우의
수청을 들게 했던 모양으로 귀국해서는 그 일을 김성애가 알고 있는지
여부를 알기 위해 그녀의 눈치를 보는 모습이 역연했다. 그녀는 그러
나 아직은 그 상처를 터뜨리지 않고 있었다. 수령의 약점을 적절하게
이용하려는 계산에서였다. 그러나 설희라는 계집을 생각하면 계산이
고 뭐고 당장 속에서 불길이 치솟았다. 그녀는 그 불길을 누르지 못하
고 마침내 폭발시켰다. 어머니대회 때문에 하루에 몇 번이나 들락거리

던 사회안전부 정치보위부장에게 말을 던졌다.

"이번 모스크바 여행에서 뭐 이상한 것 없었나요?"

보위부장은 김성애가 무엇을 노리고 있는지 짐작하고 있었으나 짐짓 모른 척했다.

"설희라는 여배우가 공화국의 일급비밀을 소련 첩자들에게 넘겼다는 정보가 있는데 보위부에서 모르고 있었다는 게요?"

"이미 조사하고 있는 중입니다."

"그래서?"

"조사해 보니 영화감독 박준상도 소련의 첩자인 안나 카트리나와 비밀스럽게 접촉하여 공화국의 정보를 다량 흘렸다는 사실이 확인됐습니다. 두 연놈을 한꺼번에 엮어 처치할 생각입니다."

"수령님에게는 보고하지 않아도 좋소. 특히 설희라는 년은 다시는 여자 노릇을 못하도록 거기를 찢어놓으시오."

보위부장은 속으로 '여자라는 것들은' 하고 생각했으나 겉으로는 "예, 찢어놓겠습니다" 대답하고 물러나왔다.

1961년 11월 - 평양

　김성애는 입술을 비틀어 깨물었다. 그녀가 입술을 비틀어 피가 나도록 깨물면 김일성도 하던 말을 멈추고 슬그머니 자리를 피해버리는 경우가 많았다. 그것은 위험한 폭발물이 자체 내의 뜨거운 온도 때문에 임계점에 도달하고 있다는 신호였다.

　그녀는 호위국장 사회안전부 정치보위부장 이신일에게 분명한 메시지를 주고도 성에 차지 않아 다시 호위국장 오백룡 상장을 5호 관저로 불렀다. 김일성을 경호하는 기관으로 전쟁 전에는 경위대가 있었으나 전쟁 후 경위대를 격상시켜 호위국으로 개편했는데 초대 호위국장으로 임명된 오백룡은 경위대 시절부터 경위연대장 강상호 밑에서 경호 업무를 몸에 익혔고, 경위대가 호위국으로 개편되면서 국장을 맡은 이래 8년이 넘도록 질기게 그 자리를 차지하고 있었다.

　오백룡은 전쟁 중 김일성이 비서였던 김성애와 은밀한 관계일 때부터 가까이서 지켜보았고, 김성애 때문에 첫 부인 김정숙이 마음속에

치받아 오르는 울분을 참지 못하고 끝내 병을 얻어 불귀의 객이 되는 모습도 지켜보았다. 공식적으로는 김정숙이 아이를 낳다가 죽었다고 발표했으나 실은 아이를 가진 것도 아니었고 심화로 얻은 병 때문에 일찍 가버린 것이었다. 김정숙도 빨치산 시절을 김일성과 함께 보내며 산전수전 다 겪은 여장부인데 한갓 여비서 출신인 젊은 년에게 삶의 근거를 빼앗기고 호락호락 물러서 있을 여자는 아니었다. 다행히 김일성이 전쟁을 일으켰고, 전쟁이라는 특수한 상황 속에서 전선과 지하벙커를 오가며 밤을 지새우는 김일성의 옆에서 김성애는 자연스럽게 몸을 주고받을 수 있었으나 그 경황 속에서도 김정숙의 견제와 질시는 식을 줄 몰랐다. 결국 김정숙은 지난 날 자신이 빨치산 부대의 비정상적인 전투 속에서 김일성과 한 몸이 되고 가까워졌듯이 김성애 또한 조국해방전쟁을 수행하는 총사령관 김일성을 옆에서 보좌하면서 아주 자연스럽게 자신의 자리를 가져갔으며, 그것을 되돌릴 수는 없게 되었다고 인정하는 순간 삶의 끈을 놓아버린 것이었다. 그것은 김성애에게도 쉬운 세월이 아니었다. 그러나 그 어려운 과정을 한 점 흐트러짐 없이 차갑게 잘 견디고 김일성과 공식적으로 베개를 같이하게 되기까지 무서운 인내심으로 견뎌온 김성애를 누구보다 잘 아는 사람이 오백룡이었다. 그녀는 모든 일을 잘 참아냈지만 요 몇 년 전부터는 언제 그랬냐는 듯이 인내심을 거두고 걸핏하면 폭발하는 성질을 드러냈다. 앞서 잘 참고 무엇이든 감수하려는 듯 했던 다소곳한 자세가 그녀의 진정한 모습이었는지 아니면 사소한 것도 참지 못하고 폭발하는 요즘의 모습이 진짜 그녀의 모습인지 김일성으로서도 헷갈리는 문제였다.

이들 가족의 내부사정을 누구보다 잘 아는 오백룡은 그녀가 첫 딸 경진을 낳은 후에는 변함이 없었고, 그 다음에 아들 평일을 낳고부터 약간 히스테리가 심해진다 싶었는데 둘째 아들 영일을 낳은 후부터는 걷잡을 수 없는 성격으로 변모되었다고 판단하고 있었다. 아이 셋을 낳은 여자가, 전처소생의 아들 정일과 딸 경희 남매로부터 어머니 대접을 받지 못하고 늘 갈등 속에 살아오면서 자연스럽게 신경질적인 성격으로 변하지 않을 수 없었으리라는 것이 그 판단의 근거였다.

5호 관저는 김일성이 소련에서 평양으로 들어온 이후부터 사용하고 있는 건물로 평양시 한가운데의 소련 대사관 건너편 언덕 위에 있었다. 김성애가 개인적으로 사용하는 별채가 따로 있었는데 외부에서 들어온 사람을 만날 때 그녀는 옛 러시아풍으로 꾸며놓은 커다란 응접실을 사용했다. 이 방에서는 창문을 통해 길 건너편 소련 대사관의 모습이 한눈에 들어왔다. 들고나는 사람들의 수를 헤아리는 것은 물론 그들이 누군지 얼굴까지 식별할 수 있을 정도였다.

김성애는 무심한 얼굴을 가장하면서 소련 대사관의 뜨락을 내려다보고 있었다. 오백룡은 그녀의 이런 표정을 보고 이것 보통 일이 아니구나, 직감했다.

"오 동지."

"옛."

"나는 빙빙 둘러 말하는 재주가 없습니다."

"그냥 편하게 말씀 하십시오."

"왜 나에게 말하지 않았어요?"

"무슨 말씀이신지?"

"시치미 떼지 말아요. 설희라는 계집애, 알고 있지요?"

오백룡은 여기서 우물우물하면 안 된다는 것을 알고 있었다.

"예, 알고 있었습니다."

호위국장이 순순히 털어놓자 김성애는 한 발 물러섰다.

"수령님의 사사로운 일을 일일이 보고할 의무가 없다는 것을 알아요. 하지만…"

그녀는 입 속에서 다음 말을 골랐다. 적당한 말이 떠오르지 않았다. 김일성의 여자에 대한 습성을 이야기하려던 것인데 아무리 가족이나 다름이 없는 호위국장이라 해도 이런 이야기까지 해도 좋은가, 설혹 이야기 한다고 해도 평생 한 조강지처 한 여자만 데리고 살아온 이 고지식한 군인이 알아듣기나 할 것인가.

김일성은 여자를 만나 정을 통하기까지 오랜 시간이 걸리는 남자였다. 혈기 왕성한 나이의 대부분 남자들은 아무 여자나 치마만 둘러도 수놈의 역할을 다하는 것인데 김일성은 마치 수줍은 소년기처럼 오래 뜸을 들이면서 마음을 먼저 통하고 정을 들인 다음에야 치마 밑으로 들어왔다. 일단 치마 속을 들여다 본 이후에는 다른 여자를 돌아보지 않고 한 여자만 파고들었다.

"나는 정이 들지 않으면 아무리 고운 여자를 만나도 남자 구실을 하지 못한다"고 언젠가 김일성이 고백한 일이 있었다. 굳이 김일성 본인의 입에서 그런 말을 듣지 않아도 김성애 자신이 경험으로 더 잘 알고 있는 사실이었다.

"이 여자, 저 여자 가리지 않고 상대하는 남자를 짐승 같은 놈이라고 하지만 그런 남자들은 조강지처를 버리지는 않는다. 그러나 한 여자와 오래 정을 들인 후에 결합하는 남자는 바람이 들면 돌아오지 못한다. 그런 남자가 더 나쁘다. 조심해야 한다."

김일성과 결혼하겠다고 했을 때 친정어머니가 들려준 말이었다. 그런 수령이 설희라는 젊은 여배우와 정을 통했다고 한다. 그것도 모스크바로 가는 열차 속에서. 이 일을 두고 호위국장을 비롯한 남자들이 모를 리 없을 터인데도 모른 척하고 있는 것은 그 일을 지나가는 바람 정도로 가볍게 여기기 때문일 것이다. 그러나 친정어머니가 했던 말처럼 김일성의 여자에 대한 습성을 아는 김성애로서는 그것이 가벼운 바람이 아니라 세상을 뒤집어엎는 폭풍과 같은 것이었다. 그것을 호위국장에게 어떻게 설명할 것인가. 입술만 깨물고 있는데 호위국장이 먼저 입을 열었다.

"지금 202호 특각에 있습니다. 그냥 두면 안 됩니다. 수령 동지의 성격으로 보아 그 여자를 내쫓지 못할 것이고, 언젠가는 가까이 불러들일 것입니다. 그러므로 수령 동지께는 불충한 말씀이지만 여기쯤에서 그 여배우 동무를 보내버려야만 합니다."

"어떻게, 어디로 보낸단 말이에요?"

"이미 조사해 놓았습니다. 설희 동무는 영화를 찍으러 다니면서 여러 남자와 부화한 사실이 있습니다. 당의 선전선동부 부부장을 비롯하여 남자 배우, 인민군 고급 군관, 최근에는 일본에서 들어온 귀환 동포 남자들까지 제 발로 찾아다니며 부화한 사실이 있습니다. 악마 같고 걸레 같은 여자로 수령님의 상대가 될 수 없는 여자입니다. 미제국주의자들이 공화국에 망국의 병균을 심어놓기 위해 보낸 첩자라는 의심을 하지 않을 수 없습니다."

오백룡의 말 속에는 이미 하잘것없는 젊은 여자 하나를 어떻게 처치할지 방법까지 모두 들어 있었다. 더 물을 말도 해야 할 당부도 없었다.

"고맙습니다. 동지."

김성애는 진심으로 고개를 숙였다. 호위국장이 오라비처럼 믿음직하게 느껴졌다.

"별말씀을 다. 그런 일이라면 걱정을 하지 않으셔도 됩니다."

"걱정하지 않겠습니다."

오백룡이 자리에서 일어나자 문 앞까지 배웅을 하면서 김성애가 지나가는 말처럼 물었다.

"그 여자의 무엇이 남자를 끄는가요?"

오백룡이 뒤로 몸을 돌렸다. 그리고 간단하게 대답했다.

"모르겠습니다."

모르겠지. 김성애는 속으로 생각했다. 전쟁과 호위 업무 밖에 아는 것이 무엇이 있겠는가. 그런 남자도 아이 낳고 사는 것이 신기했다.

오백룡을 보내고 김성애는 이번에는 자신의 친 동생인 김성갑을 불렀다. 김성갑은 대학을 졸업하자마자 누나인 김성애의 줄을 타고 평양 시당의 조직국에 들어가 고속으로 승진을 거듭하여 지금은 중간 간부가 되어 있었다.

응접실에 들어온 김성갑은 누나의 표정부터 읽었다. 그는 누나가 자신을 부른 이유를 알아차렸다. 누나의 불같은 성격도 잘 알고 있었고, 그녀의 표정만 보아도 속으로 무슨 생각을 하고 있는지 짐작할 정도로 동생 성갑은 누나에 대해 잘 알고 있었다. 그것이 그의 출세의 밑천이기도 했다.

"그 에미나이 아주 위험해요, 누님."

"누구?"

"왜 그래요, 날 부른 이유가 그것 말고 또 있어요? 설희라는 년 이야 긴데, 여러 남자 잡아먹을 년이라고들 해요."

"너도?"

"에이, 난 그런 여자 상대 안 해요."

"얼굴 보니 아닌 것 같은데?"

동생이 누나에 대해 잘 아는 것 이상으로 누나 또한 동생을 잘 알고 있었다.

"누님은 속일 수 없으니까 말인데, 한 번 만나보기는 했어요. 그것뿐이라니까."

"언제? 언제 만났어?"

"걱정 말아요. 수령님이 그 여자를 아시기 전이니까."

"그래도 그것은 죄가 된다. 그년을 알았던 남자들을 모조리 저승으로 보내버릴 작정이다."

성갑은 목을 움츠렸다.

"억울하게 매장 당하지 않으려면 그년에 대한 조사를 해 오너라. 가족은 누구인지, 어떤 동무들과 어떻게 어울렸는지, 특각에 들어간 후 어떤 행동을 하고 있는지, 사회안전부와 호위국에서 알아보고 있겠지만 그들이 알아내지 못했거나 알아낼 수 없는 길거리의 소문들까지 모아가지고 오라는 말이다."

"알겠습니다, 누님 동지."

"가볍게 굴지 마라. 너의 행동을 주시하는 눈이 항상 옆에 있다는 사실을 한 시도 잊지 말고."

"나 어린애 아닙니다, 누님."

1962년 1월 – 평양

　김성갑은 설희의 '여자'를 못쓰게 짓이겨놓은 이후 이상한 병에 걸렸다. 처음에는 그까짓 것 오줌 한 번 눈 것으로 생각하고 털어버릴 참이었다. 따지고 보면 혁명 초기에 레닌 동지가 적절하게 말한 것처럼 목마를 때 차 한 잔 마신 것과 다름이 없는 일이기도 했다. 그러나 누님인 김성애에게 보고를 하고 칭찬을 들은 후 집에 돌아와 마누라 권상숙을 보니 이야기가 달라졌다. 그날 밤 권상숙은 마침 달거리를 끝내고 온몸이 근질거려서 남편 성갑에게 달라붙었다. 그러나 성갑은 그녀를 밀어냈다. 그때 설희의 몸이 떠올랐다. 마누라를 밀어낸 것은 자신이 아니라 설희의 환상이라는 사실을 비로소 깨달았다. 설희의 가냘프지만 속으로 통통한 몸뚱이가 떠올랐다. 그리고 자신이 겁탈하기 쉽도록 뒤를 열어주면서 짓던 묘한 표정도 떠올랐다. 무엇보다 열려진 그녀의 몸이 지금까지 알았던 어떤 여자의 그것과도 달랐음을 비로소 느꼈다.

'옛말에 훔쳐 먹는 것이 제일 맛있다 했다. 이건 강제로 뺏어먹은 것이니 훔쳐 먹은 것보다 더한 맛 아니겠나. 그래서 그런 게지.'

그러나 아니었다. 그녀의 여자에서 나던 냄새가 자신의 아랫도리에 그대로 묻어 있었고, 그녀의 온몸에서 나던 은은한 향내가 가슴속에 고여 있다가 연기처럼 피어올랐다. 견디지 못한 그는 마누라의 배 위에 올라갔으나 설희의 그 맛에는 어림도 없었다. 마누라의 배 위에서 내려오니 설희의 그 몸이 더욱 생각났다.

새벽녘에 그는 결론을 내렸다. 설희라는 여자가 독특한 성적 매력을 지닌 것은 분명하다. 경국지색이란 얼굴만 보고 말할 수 없는 것이니 결국 그 맛을 두고 말함이 아니겠는가. 양귀비도 뚱뚱하여 볼품이 없었다 하고, 만성위궤양에 시달리던 서시의 얼굴도 그때의 기준으로는 하급의 미모였다 하나 밤에 피는 현란한 꽃 때문에 남자를 사로잡았을 것이다. 설희도 그와 같다. 수령님이 한 번 빠지고 나서 당장 특각에 들여앉힌 것도 그 때문일 것이다. 그렇다면, 그년은 위험하다. 제거해 버려야 한다. 혁명대열에 결정적인 장애가 될 수 있는 암초와 같은 존재다. 그리고 내가, 하고 성갑은 생각했다. 누님을 도와 할 일이 얼마나 많은가. 그런 내가 하찮은 계집 하나 때문에 몸과 마음이 병든다는 것은 언어도단이다. 죽어줘야겠다. 설희, 내 것이 될 수 없다면 세상에서 없어지는 것이 이 세상을 위해 가장 안전한 도리이겠다.

그러나, 아침을 먹으면서 성갑은 다시 생각했다. 한 번만, 아니 두어 번만 그녀를 가질 수 없을까? 그런 다음 없애도 늦지는 않을 것인데.

김일성은 조선반도의 지도가 걸려 있는 벽을 응시하고 있었다. 쉰 한 살, 인생이 백세라면 절반의 고개를 넘고 있었다. 그는 요즘 자신이 어딘가로 떠밀려가고 있다고 느끼고 있다. 사회주의적 상식과 과학적인 사고에 의하면 인간은 분명 어딘가로 떠밀려가는 존재임이 분명하다. 무엇이 인간을 형성하고 떠밀려가는가. 그것은 사회라는 괴물이다. 그러면 오늘의 자신을 떠밀어가는 방향은 어디인가. '그건 알 수 없다'고 김일성은 생각했다. 알 수 없으나 갈 데까지 가 볼 수밖에 없다는 것도 알고 있었다. 그는 갑자기 생각을 거두었다. 앞에 앉아 자신의 표정을 살피고 있는 동생 영주가 자신의 내면 생각까지 속속들이 들여다보고 있는 것 같았기 때문이었다. 실제로 김영주는 형인 주석의 마음속을 언제나 거의 완벽할 정도로 꿰뚫어보고 있었다.

"무슨 문제인가?"

김일성이 먼저 운을 떼었다.

"몇 가지 문제가 있습니다. 수령님."

수령님이라, 김일성은 경계했다. 아우가 진지하게 나올 때는 꼭 말머리에 수령님을 깎듯이 붙이는 습성이 있었으니까.

"말해 보라."

김영주는 김일성이 보고 있던 한반도 지도에 눈길을 던지며 말했다.

"소련은 수정주의로 갔고, 돌아오지 못할 것입니다."

"나도 그렇게 생각하네."

"중국 또한 모 주석이 돌아가시면 소련보다 더 빨리 자본주의로 돌아갈 것입니다."

"그럴 리가?"

"확실합니다. 도대체 중국인들이 공산주의를 한다는 것은 개가 닭장에 사는 것처럼 어울리지 않거든요."

"그래도."

"그래도가 아닙니다. 보세요. 모 주석도 지금 황제놀이를 하고 있습니다. 천자란 말입니다. 시대착오적인 천자가 승하하고 나면 그 기세로 중국이 아주 빠른 속도로 오른쪽으로 돌아설 것입니다. 그러니…"

"그래서?"

"새로운 이데올로기를 만들어내야 합니다."

"새로운 이데올로기?"

"그렇습니다. 민족종교의 전통적인 가치에 뿌리를 두고 거기에 공산주의의 옷을 입힌 사상체계를 구축해야 합니다."

"그게 무엇인가?"

"수령님께서는 이미 그 사상의 밑그림을 그려내셨지 않습니까?"

"내가? 뭘 했다는 게야?"

"주체를 선포하셨지요? 그 말에 인민들이 강한 전기에 감전된 것처럼 감동하는 것을 보았습니다. 남조선 아이들도 감동할 것입니다. 주체, 그것을 사상으로 체계화하는 겁니다."

"그럴만한 재주가 있을까? 우리 학자 동무들에게."

"있습니다. 얼마든지 있어요. 학자 동무들은 과제만 주면 온 우주를 관통하는 철학 체계를 만들어낼 것입니다."

"여보게, 아우."

"예?"

"아우는 천재야."

그러나 김영주는 목을 움츠렸다. 수령의 칭찬은 곧 칼이 되어 목으로 날아올 수 있기 때문이었다.

"아까 몇 가지 문제가 있다고 했지?"

"다른 하나는 남조선과 일본의 문제입니다."

"말해 보라."

"박정희는 수령님이 보낸 밀사를 감옥에 처넣었습니다."

"알고 있어."

"박정희는 말할 것 없고, 쿠데타를 일으킨 젊은 군인들도 사회주의자가 아니었습니다. 그들의 머리속에 있던 사회주의는 구름 같은 환상이었을 뿐이었습니다. 환상적 사회주의자들이 정권을 잡아놓고 정신을 차리자마자 부르주아의 개로 재빨리 변신해버린 것입니다. 그래서 남조선은 파쇼의 길을 가고 있습니다. 파쇼 정권이 사회주의 건설에 가장 결정적인 장애요소가 될 것입니다. 즉 수령님의 사회주의 조국 건설에 경쟁자로 등장할 것이라는 예감입니다. 이승만 때는 보잘것없었으나 이제부터 남조선은 강한 경쟁자로 등장하게 될 것입니다. 정말 문제는 파쇼 군사정권의 등장보다 간교한 일본입니다. 일본은 남조선의 파쇼정권에 기술과 자본을 지원하여 저들의 시장으로 만들어갈 욕심을 노골적으로 드러내고 있습니다. 이렇게 되면 우리가 일본을 남조선 혁명의 거점으로 활용하려 했던 계획에 차질이 발생합니다. 우리가 귀환동포들의 코 묻은 돈과 한정된 기술로 구멍가게처럼 시작하고 있는데 비하여 남조선 파쇼들은 일본이라는 국가의 잠재력을 통째로 들여다가 변신을 꾀하고 있습니다. 그 속도와 결과는 불을 보듯 뻔합니다. 게다가 귀환선을 타고 온 째포들의 한 짓거리들이 우리 내부를 균열시켜놓고 있어요. 이 사업은 실패했습니다."

"자본주의에 깊이 물들어온 것들이니 많은 문제를 만들어내겠지. 치밀하게 관찰하다가 문제가 발생하면 사정없이 솎아 내도록. 감상에 빠지면 안 돼. 그보다 남조선 놈들과 일본의 회담이 어떻게 될 것 같은가?"

"양쪽 모두 서두르고 있습니다. 일본도 조선 시장에 다시 진출하고 조선 경제를 자신의 권역 안에 두기 위해 이번 기회를 최대한 활용할 작정이 분명하니까요."

"알았어. 이제 끝인가?"

"한 가지 남았습니다."

김영주는 목소리를 낮추었다. 김일성은 말없이 아우를 바라보았다.

"김성애 동지가…"

그는 일부러 형수를 공식적인 명칭으로 불렀다.

"일을 저질렀습니다. 보위부와 평양 시당을 움직여 영화배우, 여자입니다만, 한 사람과 감독을 잡아넣었습니다."

김일성의 얼굴에 구름 한 조각이 지나갔다. 그것을 보면서 김영주는 말을 이었다.

"설희라는 여배우와 박준상이라는 감독입니다. 둘 다 〈만월대〉를 만든 주역들입니다. 아시겠지만 두 동무 모두 지난번 모스크바 방문 때 동행했던 예술가 동무들인데 이들에게 간첩죄를 씌워 솎아낼 작정인 듯합니다."

"첩자 맞는가?"

"그렇지 않은 듯합니다. 설희가 미제의 첩자라면 수령님도 문제가 됩니다."

"그렇구만."

"그러니 적당한 선에서 김성애 동지의 화풀이가 마무리 되었으면 합니다. 지금도 그렇지만 영화 예술은 사회주의 건설을 위해 긴요한 재목이니까요."

"어떻게 마무리하지?"

"기왕 이렇게 되었으니 그 두 사람을 결혼시켜버리면 어떨까 합니다만."

"누구? 박준상과 설희를?"

"그렇지요. 두 사람에게 적당한 교화기간을 둔 후에 아주 자연스럽게 결혼하도록 조직하여 조장한 후 수령님의 하늘같은 은혜로 사회주의 건설 대열에 참여토록 한다, 이런 시나리오라면 어떨까요?"

김일성은 한참동안 생각을 굴리고 있었다. 마침내 그가 입을 열었다.

"아우의 생각대로 하게. 여자와 부딪치지 말고, 자연스럽게 하도록."

"맡겨 주십시오. 그런데 괜찮으시겠습니까?"

"뭬가?"

"그 아이, 없어도 괜찮으시겠느냐 말입니다."

"괜찮아. 아깝기는 하지만, 그 아이가 있으면 내가 시간을 많이 뺏길 것 같았는데 되레 잘 됐구만."

"역시, 수령님이십니다."

김영주는 안심했다. 그는 형님인 수령의 자제력을 믿고 있었다. 그 믿음이 허사가 아님을 이번에도 확인한 셈이었다. 그러나 그는 나무들이 긴 터널을 이루고 있는 주석궁의 진입로를 돌아나오면서 뒷골이 서늘해지는 느낌을 받았다. 얼마 동안이지만 사랑하고 아꼈던 여자를 용도폐기하는 물건짝처럼 처리하겠다는데 눈썹 하나 꿈쩍하지 않고 동의하는 형이라는 사람의 내면이 한편으로는 두렵고 한편으로는 애처로웠다.

"저건 인간도 아니야."

1962년 1월 – 평양

준상은 오늘 하루도 가망 없는 투쟁을 하다가 집으로 발길을 돌렸다. 예전에는 집이라는 것은 그저 잠을 자기 위해 필요한 공간일 뿐이었다. 그러나 지금은 외부와 차단된 자신만의 성벽과 같은 곳이었다. 만들고 싶은 영화, 표현하고 싶은 장면과 기법들에 대한 상상력을 펼쳐볼 수 있는 공간도 작은 집 밖에 없었다. 그는 여전히 2·8 영화제작소에 소속되어 있었다. 조국해방전쟁이라는 무궁한 소재의 바다에서 낚시질을 하는 낚시꾼처럼 수많은 기획을 하여 제시했으나 그의 기획은 번번이 위로부터 묵살 당했다. 최근에는 장진호전투를 소재로 한 〈겨울꽃〉을 기획하면서 어림잡아 소요 자재와 동원 인원을 계산하여 올렸는데 바로 오늘 당 선전선동부장과의 면담이 이루어졌다. 면담이라는 것은 곧 호출이었다.

부장은 무심한 표정으로 서류를 들여다보면서 물었다. 앞에 앉아 있는 사람에게는 관심이 없다는 표정이었다.

"박준상 동무, 동무는 소련에서 연출을 공부했고, 공화국에 와서는 감독 일을 하고 있지요? 맞지요?"

"맞습니다."

"감독이라면, 주어진 영화문학의 의도를 잘 료해하여 충실하게 표현하고 제작하면 그만인데 이런 영화를 하자, 저런 영화를 만들어야 합네 하고 끊임없이 무슨 안을 올리는 의도가 무엇이오?"

"소련에서는 영화감독이란 영화의 발상에서부터 최종 작품화까지 모든 책임을 진 유일한 존재입니다. 그저 현장 기술자가 되자고 소련까지 가서 공부한 것은 아니기 때문에…"

"여기가 소련이오?"

"아닙니다. 조선민주주의인민공화국, 저의 조국입니다."

"말은 그렇게 하지만 동무의 정신은 소련에 살고 있는 것 같소. 예를 하나 들어보겠소. 동무가 제출한 이 영화, 〈겨울꽃〉인가 뭔가를 찍자면 십이만 입방메터의 목재와 사천 명의 보조 출연자가 필요하오. 십이만 입방메터의 목재를 구하자면 지금부터 신청하여 목재 사업부에 벌목을 지시하고 벌목 후에는 제재사업부에 다시 제재사업을 의뢰하고 이것이 최종 목재가 되어 영화 만드는 현장에 투입되려면 최소 일 년은 걸려야 하오. 일 년 걸리는 것까지는 좋은데 장수산만한 큰 산 하나가 동무가 하고 싶다는 영화 한 편을 위해 발가벗게 된다는 계산이오. 게다가 보조 출연자 사천 명을 추려내자면 천리마운동을 한 달 정도 늦추어야 합니다. 동무는 대체 누구를 위해, 무엇을 위해 조국에 돌아왔소? 그리고 누구를 위해 복무하고 있소?"

"영화 한 편 만들자는 계획서를 냈을 뿐인데, 산을 발가벗긴다느니 천리마운동을 훼방한다느니 그게 대체 무슨 말씀이십니까?"

"못 알아듣겠소? 동무에 대한 이상한 이야기가 있어서 하는 얘기요. 조심하시오. 사람들을 허술하게 보지 마시오. 공화국에 동무보다 상상력이 모자라는 사람만 있다고 생각하면 오산이오."

"저에 대해 이상한 소문이 돈다니 무슨 말씀입니까?"

"됐소. 가보기요."

낮에 있었던 일이었다.

"미친 놈."

준상은 소리를 질렀다. 이런 소리나마 마음 놓고 내질러 반분이나마 풀 수 있는 공간도 공화국 안에서는 이 작은 집안 뿐이었다. 그런데 갑자기 밖에서 누가 듣고 있기라도 했던 것처럼 문을 두드렸다. 문을 열어주니 남자 두 사람이 억센 팔로 한 사람은 목덜미를 누르고 한 사람은 두 손을 뒤로 돌려 묶어버렸다. 두 남자를 뒤따라 또 다른 남자 두 사람이 들어왔다. 모두 네 명의 남자가 구둣발로 좁은 마루 위로 올라섰다. 그 중 지휘자인 듯한 사십대의 남자가 말했다.

"박준상 동무, 동무는 수정주의자와 종파분자들을 위해 조국을 팔아먹는 반동행위를 했소. 따라서 동무의 신병을 확보하고 집안을 수색하겠소. 이 집안의 모든 물건은 조국이 동무에게 내려준 것이거나 조국을 배반한 대가로 동무가 불순한 방법으로 매입한 것들이니 모두 압수하겠소."

"동무들은 어디서 나왔소? 이름과 직책을 대시오. 그리고 내가 무슨 반동이라고? 누가 그래요? 증거를 대시오. 함부로 내 집에 발을 들여놓지도 말고 물건에 손을 대지도 마시오. 동무들 눈으로는 아무리 봐도 알지 못할 영화 기자재나 필름이나 책들뿐이니 손도 대지 마시오. 우선 내 집에서 나가주시오. 필요하면 동무들이 소속된 기관에서 정식으로 호출하시오."

사내들은 비식비식 웃고 있었다. 지휘자인 사내도 웃으면서 말했다. 그의 얼굴은 웃고 있었으나 말에는 새파랗게 날이 서 있었다.

"호출하고 숨기고 도망가고, 그런 비능률적인 수사는 우리 사전에는 없소. 지금 정식으로 동무를 수사하는 것이니 아가리 다물고 가만 있어. 한 번만 더 입을 열면 그 입으로 아무것도 할 수 없도록 만들어주겠어."

준상은 입을 다물었다. 사내 한 놈이 준상을 마루 구석에 꿇어앉혀 놓고 자신도 옆에 앉아 지켰다. 다른 세 놈은 방 안에서부터 집안을 뒤집어놓기 시작했다. 독일제 카메라와 소련에서 가지고온 필름 덩어리가 쏟아졌다. 편집용 영사기도 들고 나왔다. 장롱 속의 옷가지로부터 세면도구까지 이 잡듯이 뒤졌다.

"반동놈의 새끼. 이건 쪽바리들이 만든 거 아니야?"

일제 상표가 붙은 여행 가방을 들고 나오면서 한놈이 말했다. 다른 놈은 일제 양말과 비누를 전리품처럼 들고 나왔다.

"이놈들의 영혼에는 조선의 혼백은 없고 일본놈 소련놈 독일놈의 혼령이 대신 들어앉아 있는 게로구만. 이참에 모조리 청소해버려야 해."

한놈이 시부렁거리며 들고 온 여러 개의 자루에 물건들을 담았다. 준상이 그들의 하는 짓을 멀거니 바라보고 있자니 물건을 자루에 담던 놈이 시계나 만년필, 치약, 양말 따위의 작은 물건들을 재빠른 솜씨로 자신의 주머니 속으로 넣고 있었다. 입으로는 그 물건에 묻은 외국의 혼령을 한없이 저주하면서.

마침내 한놈이 결정적인 증거 하나를 찾아냈다. 책상 서랍 맨 밑바닥에 챙겨두었던 안나 카트리나의 사진이었다. 프라하의 대학시절 안나의 방 침대에서 찍은 것으로 안나가 침대에 누워 몸의 숨겨야할 부분을 일부러 드러내어 찍은 사진이었다.

"내가 생각날 때마다 이 사진을 보면 반쯤은 그리운 마음이 풀릴 것"이라는 말과 함께. 안나는 집 안에 현상 시설을 가지고 있었기 때문에 그것 말고도 여러 장의 사진을 찍었으나 공화국에 돌아오면서 검열을 대비하여 모두 버렸다. 그 중 딱 한 장만 남겨두었는데 용케도 찾아낸 것이었다.

"이것 보라. 이년이 소련 첩자년 맞지?"

사내가 코 앞에서 사진을 흔들며 말했다.

준상은 대답하지 않았다. 그저 안나에게 미안할 뿐이었다. 이 야만의 나라에서 고생하는 안나의 벗은 몸을 보니 자신이 능욕 당하는 기분이었다.

그날 밤, 준상은 평양 시내에서 조금 벗어난 외곽의 산속에 자리한 무슨 기관으로 호송됐다. 겉으로 보기에는 농장처럼 생겼으나 일단 철문을 열고 들어서니 나지막한 콘크리트 건물이 길게 엎드려 있었고, 지하로 내려가니 지상에서는 짐작도 할 수 없었던 엄청난 시설이 숨겨져 있었다. 아마 국가보위부에서 운영하는 특별한 시설임이 분명했다. 준상은 이런 기관에 대해 들은 이야기는 많았다. 스탈린 시대의 소련에서 고안된 독재체제를 고스란히 수입하여 나쁜 쪽으로만 개조하여 발전시킨 것이 공화국의 체제이듯이 독재체제를 유지하기위한 필수품인 비밀경찰 조직 또한 소련의 그것을 훨씬 능가한다는 이야기만 들어왔다. 그러나 그런 전설 같은 이야기들이 자신과는 영원히 무관할 것이므로 관심을 두지는 않았다. 어느 날 그런 기관이 갑자기 자신의 인생에 뛰어 들어온 것이었다.

사내들은 준상을 사방에 창문이라고는 없는 콘크리트 덩어리 속에 넣어놓고 나가버렸다. 방의 크기는 두 평 남짓했다. 중앙에 낡은 나무 탁자가 놓여 있었고, 탁자 양쪽에 의자 두 개가 마주보고 놓여 잇을 뿐 아무런 시설도 물건도 보이지 않았다. 천장에는 희미한 전등불이 졸린 듯 껌벅거리고 있었다.

준상은 탁자 한쪽의 의자에 앉혀졌다. 처음 한동안은 분노가 끓었다. 미친놈들, 속으로 욕설을 뱉으며 공포를 쫓았다. 그러나 두어 시간이 흐른 후부터는 알 수 없는 미래가 고스란히 공포가 되어 몸을 적셔왔다. 시간은 멈춘 것도 아니고 흐르는 것도 아니었다. 그저 고여 있을 뿐이었다. 시간의 웅덩이 속에서 질식할 것 같았다. 고문을 받더라도 차라리 그쪽이 나을 것 같았다. 밖에는 밤이 깊었는지 새벽이 왔는지 아니면 또 하루가 저물었는지 도무지 알 수가 없었다. 카트리나에게서 스물 네 번째 생일 기념으로 받았던 체코제 시계는 자신을 호송해 온 사내들 중 한 놈이 압수하여 자신의 주머니 속으로 넣는 것을 보았다.

목이 탔다. 몸 속의 수분이 모두 증발하고 골 속에도 푸석푸석한 섬유질 몇 올만 남은 것 같은 느낌이 들었을 때 문이 열렸다. 영원히 열리지 않을 것 같은 문이 열리자 반가웠다. 안경을 낀, 비쩍 마른 마흔 줄의 사내가 종이 한 뭉치를 들고 들어왔다. 사내는 종이 뭉치를 탁자 위에 던지면서 말했다.

"낱낱이 쓰라우. 한 대목도 빠뜨리지 말고."

"뭘 쓰라는 겁니까?"

"이 새끼."

주먹이 날아왔다. 이빨 몇 개가 흔들릴 정도로 강한 주먹이었다.

"질문은 하지 말라. 태어나서 지금까지 모든 것을 쓰라. 특히 체코에서 소련 첩자와 접촉하고 공화국을 배반하기 시작한 이후부터의 일은 촌각도 빠뜨리면 안 돼."

썼다. 쓸만한 일이 있어서가 아니라 웅덩이에 고인 시간을 흐르게 하기 위해 썼다. 열 시간 쯤 후 안경이 다시 찾아와 대충 훑어보더니 좍 찢어버렸다. 그리고는 전보다 두 배나 많은 종이 뭉치를 던졌다.

"이렇게 나오면 인간이기를 포기하는 것으로 알가서. 그러니끼니 자세하게, 솔직하게 쓰라우."

1962년 1월 - 평양

김영주가 다녀간 그날 밤 김일성은 잠을 이루지 못했다. 설희에 대해 처남인 성갑이와 동생인 영주가 길가의 돌멩이를 치우듯 재빠르게 제거하려고 조치를 취한 것이나, 그런 조치에 앞서 자신에게 한 마디 의논도 하지 않았던 점이 서운해서가 아니었다. 설희 같은 아이를 다시 만나기 어려울 것이라는 아쉬움 때문만도 아니었다.

따지고 보면 김일성은 여복이 없었다. 빨치산 시절 만났던 첫 아내 김정숙은 신체 구조는 여자였으나 남정 같은 성격과 완력을 지닌 여걸이었다. 빨치산으로 고생할 때의 동지로서는 더할 나위 없는 여자였으나 평화로운 세상에서 살을 비비며 살아가기에는 영 불편한 여자였다. 두 번째 아내로 맞은 김성애 역시 조국해방전쟁 당시 비서로 밤낮 가리지 않고 지하 벙커에서 살냄새를 맡으며 살다보니 어쩌다가 살을 섞게 되었고, 일단 살을 섞으면 헤어나지 못하는 습성 때문에 두 번째 아내의 자리에 올라온 여자였다. 그것뿐이었다. 김성애는 첫 아내 김정숙이나 마찬가지로 여걸이었다. 게다가 김정숙이 갖지 못했던 나쁜 성질을 골고루 갖추고 있었으니 심한 질투와 태생적인 권력욕이었다.

그에 비해 설희라는 젊은 배우는 김정숙과 김성애로부터 채우지 못해 허전했던 빈속의 갈증을 녹이고 채워주는 특별한 힘이 있었다. 그랬는데 이제 그것을 마치 길가의 돌멩이 걷어치우듯 치워버린 것이었다.

"나쁜 놈들."

김일성은 입술을 깨물었으나 낮에 아우에게 했던 것처럼 겉으로는 얼마든지 태연한 표정을 지을 수 있었다. 아무리 그래도 까짓것 한 여자 이상도 이하도 아니기 때문이었다.

정작, 가장 참기 어려운 것은 아우 김영주나 처남 김성갑, 또는 그들을 등에 업은 다른 종파분자들이 이번 일을 어떤 형태로든 자신을 공격하는 무기로 이용할 수 있을지도 모른다는 불안이었다.

"어떻게 한다?"

뒷짐을 지고 책장과 책상 사이를 오가던 그는 새벽녘이 되어서야 마침내 결론을 얻었다. '나에게 독이 되는 것은 상대에게도 독이 된다'는 평범한 원칙을 겨우 생각해낸 것이었다. 그에게는 소련 비밀경찰 수뇌인 베리야를 엿 먹인 경험이 있었다. 지금 자신을 둘러싸고 있는 위험 요소들은 비밀경찰 수뇌이자 스탈린 동지의 오른팔이었던 베리야에 비해 한줌의 쓰레기 같은 존재들에 지나지 않았다.

1945년 8월과 9월 사이에 김일성은 베리야를 세 번이나 만났다. 베리야는 소련의 내무상 겸 부수상이라는 직함을 지니고 있었으나 사실상 비밀경찰 KGB를 손아귀에 쥐고 2인자 노릇을 하고 있었으므로 그의 생각은 곧 스탈린의 생각이었다. 베리야는 KGB 극동지역 책임자인 조르킨 소장의 주선으로 두 번이나 극동의 88특수여단으로 두 번이나 찾아왔다. 그리고 최종적인 결정을 내리기 위해 마지막 한 번은 김일성을 모스크바로 불렀다.

그 무렵 스탈린은 겨우 독일과의 치명적인 전쟁을 끝내고 시선을 동쪽으로 돌리고 있었는데 이미 러일전쟁 때의 패배를 맛본 경험이 있었기 때문에 일본이라는 상대가 독일보다 더 힘겹게 느껴지던 참이었다. 바로 그 때문에 어떻게 하든 제정 러시아의 뼈아픈 참패를 설욕하고 극동에서 태평양으로 나가는 항로를 마음껏 열고 싶은 욕망을 주체하지 못하고 있었다.

처음 비밀스럽게 극동의 88여단을 찾아온 베리야는 아직 종전 후 조선의 처리에 대한 명확한 밑그림을 가지고 있지 않았다. 그저 많은 가능성을 열어놓은 상태에서 종전 후 조선의 지도자로 내세울 막대기 하나를 찾고 있었는데 김일성 대위도 그 중의 하나였다. 두 사람은 88여단의 여단장 집무실에서 처음 만났다.

베리야는 온화한 미소를 지니고 있었는데 눈빛에 감춘 섬뜩할 정도의 살기와 입가의 따뜻한 미소의 부조화 때문에 보는 것만으로도 사람을 착각 속에 빠뜨리는 그런 사람이었다.

"김 대위의 할아버지는 기독교 장로이고 어머니 또한 독실한 신도라고 들었소. 공산주의가 빌려 입은 옷처럼 어색하지 않소?"

"유태교가 기독교의 뿌리라면 칼 마르크스의 선친도 기독교도 아니었습니까? 공산주의는 유태교를 아버지로, 기독교를 어머니로 하여 태어난 사생아 아니던가요?"

베리야는 공산주의에 대한 김일성의 독특한 해석이 마음에 들었다. 그러나 내색하지 않았다.

"역사라는 것은…"

베리야는 말을 이어갔다.

"전능한 무슨 신이 굴리는 것이 아니라 합리적 법칙성을 가지고 발전하는 것이오. 신 같은 것이 끼어들 자리가 없소."

김일성은 반박하지 않았다. 베리야는 이 젊은 조선인 장교가 자신의 이론에 승복한 것으로 착각했으나 훗날 "김일성은 무식하여 변증법적 유물론에 대하여 아는 것이 전혀 없었고, 역사 발전에는 관심도 없었다"고 떫은 심정을 토로한 적이 있었다.

두 번째 베리야가 88여단을 비밀리에 방문했다. 이때 김일성도 뭔가 낌새를 채고 준비를 갖춘 듯했다. 그는 조선의 해방이 임박했다는 것, 해방된 조선에 공산주의 정부를 수립하는 일에 대해 나름의 책략을 지니고 있었다. 그러나 그 책략이라는 것이 고작 "중국공산당처럼 인민군을 조직하여 10년 안에 정권을 잡을 것이다. 국토의 80퍼센트가 산악지대인 조선의 지리적 특성상 '산에서 마을로, 마을에서 도시로' 이어지는 유격대 전술은 중국공산당의 '농촌에서 도시로' 향하는 전략보다 월등하게 효과적일 것이라는 판단에 근거한 것이었다. 베리야는 고개를 끄덕였다.

"맞소. 그러나 10년을 기다릴 수는 없소. 조선을 해방하는 주체가 누구라 생각하시오?"

김일성은 눈치를 살폈다.

"소련이오, 스탈린 동지라는 말이오. 김 대위는 그 전위가 되어 주시오."

"전위든 후위든, 무슨 일이라도 다하겠습니다."

"좋소. 한 가지 문제는 당신이 너무 젊다는 것, 당신의 조국은 신화적인 영웅을 기다리고 있는데 당신에게는 그런 경력이 일천하다는 점이오. 그러나 그건 해결할 수 있을 것이오."

모스크바로 돌아간 베리야는 스탈린과 머리를 맞대고 숙의했다. 최종적인 판단은 스탈린의 몫이었다.

"겨우 30대 초반의 애송이라, 늙은이보다 써먹을 가치가 있겠구만."

스탈린의 이 한 마디가 결정적이었다. 베리야는 급히 김일성 대위를 모스크바로 불렀다. 김일성 대위가 모스크바에 왔을 때 베리야는 이미 김일성이라는 막대기를 내세워 조선이라는 나라에 공산 위성국을 세우는 시나리오를 완벽하게 만들어놓고 있었다.

"김성주라는 본명은 완전히 묻어버리고 김일성이라 하시오."

김일성은 반대했다. 김성주라는 이름을 버리고 김일성이 되는 순간 자신의 정체성은 사라지고 무대에 오른 배우가 될 수밖에 없다는 사실을 직감으로 느꼈기 때문이었다. 베리야가 쓴 대사를 아무 생각 없이 읊조리고 행동하는 무대 위의 배우, 그것은 싫었다.

"싫소? 이해하오. 그만 돌아가 보시오."

김일성은 황급하게 베리야의 바짓가랑이를 잡았다.

"김일성으로 개명하겠습니다."

"그럴 줄 알았소."

베리야는 김 대위를 끌어안고 볼에다 입을 부볐다. 김일성이 된 김성주는 이틀 더 모스크바에 머물렀다. 베리야가 내놓은 시나리오를 숙지하기 위함이었다. 소련의 대일 선전포고와 조선반도 진주계획, 진주 이후의 조선 국내 정치의 헤게모니 장악 시나리오가 치밀하게 짜여져 있었다. 김일성은 소련의 손바닥에서 벗어나기는 불가능할 것이라는 예감을 받아들였다.

베리야가 귀띔해준 대로 소련은 대일 선전포고를 했다. 선전포고와 동시에 조선반도의 북부에 진공했는데 그 속도가 전광석화 같았다. 소련군이 평양을 점령한 다음날 88특수여단은 해체되고 소속 조선인 대원들에게는 별도로 명령이 떨어졌다. 그들에게는 아주 특수한 임무가 주어졌다. '조선반도에 공산주의 위성국가를 건설하라'는 것이 그 명령의 핵심이었다. 이름하여 '조선공작단'이었다. 물론 그들은 나라를 건설해본 경험도 능력도 없었다. 그 사실을 그들 자신도 알았고 소련군도 알고 있었다. 조선공작단의 단장인 김일성 대위가 "소련군을 믿고 행동하면 된다"고 했고, 88특수여단의 조선인 대원들은 그 말을 믿었다.

그러나 해방된 조국에 돌아온 이 가짜 영웅들은 강한 저항에 부딪쳤다. 우선 그들의 배후인 소련군이 점령지인 북조선의 인민들에게 인기가 없었다. 인기는커녕 공공연하게 약탈자로 낙인 찍혀 있었다. 그 약탈 군대에 업혀 들어온 '영웅'들도 설 자리가 넓지 못했다. 갑자기 제 세상을 만난 무산계급의 전위대인 소작농과 머슴 따위들이 광기를 띠고 설쳐대자 북조선 일대의 인심은 폭발 지점으로 치닫고 있었다. 스탈린은 평양의 소련군 사령부에 비밀 지령을 내렸다. "북조선 땅에 막대기를 빨리 꽂으라"는 것이었다.

평양의 소련군 정치사령관 로마넨코는 서둘러 막대기 꽂는 작업을 시작했다. 먼저 조선공산당의 국내파 핵심인물인 현준혁을 암살하여 김일성이라는 막대기를 꽂는데 방해가 될 경쟁상대를 노골적인 방법으로 제거하기 시작했다. 그런 다음 1945년 10월 10일부터 나흘간 조선공산당 서북5도 책임자 및 열성자대회를 열고 그 자리에서 김일성으로 하여금 연설을 하도록 했다. 연설 원고는 평양 주둔 소련군 정치사령부에서 만든 것이었다. 김일성은 이 원고를 제대로 읽기 위해 하루 밤낮을 꼬박 연습해야만 했다. 그래도 김일성에 대한 인심의 흐름은 돌아오지 않았다. 로마넨코는 서둘러 다음 무대를 마련했다. '김일성 장군 환영 평양시 군중대회'가 그것이었다.

로마넨코가 평양시민 군중대회를 꾸미고 추진하고 있을 때 모스크바에서는 베리야가 바쁘게 움직이고 있었다. 그는 KGB의 극동책임자 조르킨을 통하여 평양에 나가있는 비밀경찰에게 지령을 내렸다.

1945년 10월 14일, 평남인민정취위원회가 주최하는 것으로 된 평양시군중대회가 기림리에 있는 평양공설운동장에서 열렸다.

대회는 로마넨코 소장이 김일성 장군을 소개하고 이어서 김일성이 연설하는 것으로 순서가 짜여져 있었다. 로마넨코는 뒷자리에 앉아 있는 김일성을 가리키며 "조선민족의 지도자" "항일독립투쟁의 영장" "절세의 애국자" "민족의 태양" 등등으로 그가 알고 있는 모든 찬사를 동원하여 김일성을 치켜세웠다. 군중들은 감동하지 않았다. 오히려 웅성거리며 서둘러 운동장을 빠져나가는 흰옷들이 많았다. 김일성, 그가 연단에 서서 조선말로 '위대한 조국 건설'을 내세웠으나 이미 흐르기 시작한 군중의 썰물은 막지 못했다.

그때였다. 한 청년이 연단 앞으로 뛰어나가더니 수류탄을 뽑아들었다. 소련군이 경계를 서고 있었으나 갑자기 다가온 청년을 제어하지 못했다. 청년은 수류탄을 던졌다. 수류탄은 김일성과 소련군 장교들이 앉은 연단의 가운데서 터졌다. 굉장한 폭발음을 내면서 터진 수류탄은 그러나 위력이 없었다. 소리만 요란했지 다친 사람은 아무도 없었다. 소련군 장교들과 지도자로 상석에 앉은 조선인들이 혼비백산하여 머리를 박고 숨었으나 정작 연설을 하던 김일성은 잠깐 멈칫했을 뿐, 하던 연설을 계속했다.

다음날 소련 점령군은 모든 선전 수단을 동원하여 이 사건의 내막을 보도했다. 범인은 '미제국주의와 남조선 이승만의 하수인'으로 밝혀졌다. 이런 악랄한 방해공작에도 불구하고 '민족의 태양'인 김일성 장군이 의연하게 연설을 계속한 모습이 자연스럽게 부각됐다. 민심은 바뀌었다.

그날 저녁 로마넨코와 김일성은 오랜만에 보드카에 취해 있었다.

"이봐, 김일성 동지, 내가 오늘 조선에서 통하는 신묘한 약을 발견했어. 그게 뭔지 알겠소?"

"말씀하십시오."

김일성은 짐작하고 있었으나 상대에 대한 예의로 모른척하고 물었다.

"어제 암살소동이 실은 베리야동지가 연출한 연극이라는 것을 알고는 있었으나 그토록 효력이 클 줄은 상상도 못했던 일이오. 문득 생각한 것인데, 조선에서 가끔 상여 나가는 것을 보았는데, 뭐랄까, 숙연하고 가슴이 저려오는 감동이 있었소. 그것을 정치에 이용하면 무슨 일이든 다 만들 수 있겠다는 생각을 했소. 어제 같은 자해 소동 말고도 일부러 군중을 자극하여 누구 한 사람 죽게 만들어놓고 군중들 스스로 상여를 떠메고 행진하게 만들면 그때의 민심은 어떤 총칼로도 막을 수 없는 폭발력을 지닐 것이라고 생각하오. 앞으로 참고하고 활용하시오."

"그렇게 하지요."

김일성은 떨떠름하게 대꾸했으나 로마넨코의 충고를 마음 속 깊이 접어두었다. '조선 군중들은 상여를 떠메고 행진하면 누구도 말릴 수 없는 폭발력을 지닌다'는 로마넨코의 관찰은 정치군인다운 형안이라고 생각한 것이었다.

평양군중대회는 모스크바의 베리야가 기획하고 연출한 암살극 덕분에 뜻밖의 효과를 얻었다. 그러나 이 사건이 김일성에게 좋은 떡만 가져다 준 것은 아니었다. 그날 수류탄을 뽑아들고 돌진했던 청년 이창학은 소련군에 체포되어 시베리아로 끌려갔다는 소문이 났다. 그러나 그는 모스크바에 살고 있었다. 소련 정부와 스탈린은 김일성에게 무리한 요구를 할 때마다 문제의 그 청년의 존재를 암시했다. 여차하면 사건의 진상을 폭로하여 김일성의 발밑을 흔들겠다는 의미가 숨어 있었다.

스탈린이 죽고 소련의 권력지각에 큰 변동이 일어났다. 소련의 혁명노선이 수정주의로 우회전하고 있었다. 스탈린을 하늘같이 받들며 그것을 국가건설의 열쇠로 삼아온 김일성으로서는 소련과 함께 우회전할 경우 곧 자신이 권력의 벼랑에서 떨어지는 것을 의미했다. 김일성이 소련의 우회전을 수정주의로 비판하기 시작하자 소련은 문제의 그 암살범을 평양으로 들여보냈다. 그 옛날 평양 공설운동장의 그 청년은 중년의 모스크바 시민이 되어 있었고 소련 정부의 대외경제협력 기관에서 일하는 중견간부의 명함을 지니고 있었다.

그 문제의 사내, 이창학이 평양에 들어오자마자 김일성은 그 자를 간첩 혐의로 잡아가두고 말았다. 소련 쪽에서 여러 경로를 통해 항의하고 협박도 했으나 김일성은 전격적으로 재판하여 이창학을 사형대에 세워버렸다. 증거를 확실하게 절멸시키는 방법 중 최상의 길을 선택한 것이었다. 그것이 불과 두해 전의 일이었다.

김일성은 지금 이창학의 경우를 생각하고 있었다. 이것은 샅바 잡고 다투는 상씨름판이 아니다. 간지를 겨루는 야바위판일 뿐이었다. 이창학이라는 놈은 어차피 평양군중대회에 나설 때부터 제물이 된 신세였다. 마찬가지로 설희 역시 제물이 아니겠는가. 따지고 보면 유구한 역사 속에서 볼 때 김일성 자신도 작은 제물에 지나지 않겠지만 원래 유구한 역사라는 것은 관념이지 현실은 아니었다.

'설희는 제물이다.'

이 명제가 마음에 들었다. 무대에 올려진 제물은 누가 먼저 이용하는가에 따라 그 역할과 효용이 달라진다. 설희라는 제물은 그 폭발력이 무한하다. 1945년의 평양 군중대회에서 터진 맥없는 수류탄에 비할 바가 아니다. 그 폭발력을 이용한다, 늙었거나 젊은 사내놈들, 부나비 같은 수놈들을 옭아매는 올가미로, 인계철선으로 사용하자. 아우 영주가 기발한 계획이랍시고 짜냈던 것처럼 젊은 감독놈에게 주어버리기에는 설희의 활용가치가 너무 크다는 것을 생각했다. 새벽녘이 되어서야 김일성은 미소를 띠며 잠이 들었다.

1962년 2월 – 아오지

꼬박 사흘 동안 아무 의미 없는 일이 이어졌다. 준상은 글을 쓴다는 일이 이처럼 형벌이 될 줄은 몰랐다. 그에게는 아침마다 두툼한 종이 뭉치가 주어졌다. 어림잡아 백 장은 넘을 듯한 종이뭉치였다. 종이라는 것이 군데군데 구멍이 숭숭 뚫린 데다 색깔이 거무스레하여 연필에 침을 발라 꾹꾹 눌러 쓰지 않으면 글자가 잘 보이지 않았다. 잘 보이게 쓰려고 연필 끝에 침을 발라 눌러쓰면 종이가 찢어지기 일쑤였다. 책상 덮개도 홈이 패이고 곰보처럼 얽어 있어서 글을 쓰기에는 어림도 없이 조잡한 물건이었다. "종이 한 장도 버리면 각오하라"는 엄포를 들었기 때문에 종이를 버리지 않고 글자가 잘 보이게 쓰기 위해 조심하지 않으면 안 되었다.

태어나서 지금까지 살아온 행적을 하나도 빠뜨리지 않고 다 쓰라는 것이 말이 되는가. 그러나 말이 되고 안 되고는 문제가 아니었다. 쓰라면 써야 했다. 저녁 무렵 보위부의 담당이라는 자가 와서 대충 눈으로 종이를 휙 넘기며 훑어 본 다음 어딘가로 들고 갔다가 한참만에 빈손으로 돌아와서는 이렇게 지시했다.

"더 자세히 쓰라. 진실하게 쓰라. 제대로 쓸 때까지 일년이고 이년이고 같은 짓을 반복해야 할 테니끼니 알아서 쓰라."

준상은 앞이 캄캄했다. 정말이지 이런 일을 계속하면 한 달도 못 가서 머리 속이 푸석푸석 메마르고 가슴 속이 새카맣게 타버려서 살아있어도 죽은 것과 마찬가지일 것 같았다. 자술서를 쓰게 하는 것이 그 무슨 범죄를 입증하기 위한 조사의 차원이 아니라 그 자체가 형벌이었다. 그런 짓을 사흘간 계속했다.

나흘 째 새벽에 감방 문이 열리고 들어선 자는 지금까지 자술서를 쓰게 하던 담당 보위부원이 아니었다. 보위부원 복장을 하긴 했으나 처음 보는 사람 둘이 감방문을 열고 들어왔다. 그들은 일단 준상의 두 팔을 등 뒤로 돌려 동아줄로 묶었다. 묶인 두 팔이 저려올 정도로 단단하게 묶은 다음 밖으로 끌어냈다.

"어디로 갑니까?"

대답 대신 주먹이 명치끝으로 날아왔다. 준상이 허리를 꺾자 이번에는 다른 놈이 발길로 가슴팍을 걷어찼다. 간신히 일어나면서 준상은 다시 물었다.

"어디로 갑니까?"

"가 보면 알아."

이번에는 발길질이나 주먹 대신 말이 돌아왔다.

"재판을 받게 해 주십시오."

"재판?"

한놈이 이상한 말 다 듣겠다는 듯이 되씹었다.

"너놈에 대한 재판은 끝난 걸로 아는데."

다른 한놈이 이죽거렸다. 지하의 감방에서 지상으로 나오자 낡은 트럭 한 대가 시동을 걸고 기다리고 있었다. 준상은 트럭의 적재함에 휴지조각처럼 구겨진 자세로 처박혔다. 두 놈의 보위부원도 적재함에 올라 준상의 양쪽에 호위하듯 앉았다.

트럭은 아직 어두운 평양 거리를 털털거리며 달렸다. 매서운 추위가 온몸으로 파고들었다. 아무것도 신지 않은 맨발이 금방 얼어붙을 것 같았다.

평양 시내의 포장길은 얼마 가지 않아 끝이 났다. 트럭은 울퉁불퉁한 자갈길을 달리다가 어둠 속에 멈춰 섰다. 준상의 양쪽에 붙어 앉아 감시하고 있던 놈들 중 한 놈이 트럭에서 뛰어내렸다. 그러더니 새로운 죄수 한 명을 밀어 올렸다. 준상은 어둠 속이라 새로 탄 죄수가 누군지 알 수 없었다.

낡은 트럭은 평양의 북동쪽으로 달리고 있었다. 한 시간 쯤 더 달리자 비로소 겨울밤의 검은 장막이 걷히고 희끔하게 날이 밝아왔다. 트럭 적재함의 맞은 편 의자에 앉아 있는 새 죄수를 바라보았다. 그쪽에서도 고개를 들어 이쪽을 바라보았다. 여자였다. 그리고 어디서 많이 본 듯한 얼굴이었다. 여자는 검은 목도리 속으로 밀어 넣었던 목을 길게 빼어 이쪽으로 시선을 주었다.

"설희 동무."

준상이 이름을 부르자 설희는 벌떡 몸을 일으켰다. 보위부원이 그녀를 붙들어 의자에 앉혔다.

"감독님."

더는 말이 나오지 않는 듯 설희는 울컥 울음을 터뜨렸다. 그동안 혼자 감당해야 했던 무서운 현실에 대한 공포가 박준상 감독을 보는 순간 비로소 울음이 되어 터져나온 것이었다.

1962년 2월 – 아오지

설희는 곧 울음을 거두었다. 볼을 타고 흘러내린 눈물이 얼어붙으면 볼이 쩍쩍 갈라지는 듯한 통증이 오기 때문에 마음대로 울 수도 없는 일이었다. 울음은 그쳤으나 이쪽을 바라보는 설희의 눈빛 속에서 준상은 수많은 이야기를 읽을 수 있었다.

영화 〈만월대〉를 찍을 때 단 한 번 같이 일을 해 본 배우였다. 그때는 설희도 첫 영화였고, 감독인 준상 역시 처음으로 만든 작품이었다. 처음 만드는 작품에 첫 출연하는 배우를 쓸 때는 일장일단이 있다. 연기를 일일이 가르쳐가면서 찍어야 하는 고달픔이 단점이고 작품에 맞는 신선한 얼굴을 등장시킬 수 있다는 것은 장점이었다. 설희에게는 두 가지 모두 적용되지 않았다. 첫 영화였으나 설희는 노련한 여자배우 이상의 연기력을 보여줬다. 무엇보다 재주와 기교만으로 연기를 하지 않고 온몸으로 연기하는 자세가 좋았다. 이런 배우하고라면 무슨 영화든지 만들 수 있겠다는 자신감이 생겼다. 그러나 설희를 고른 것은 감독 자신이 아니었다. 하긴 조선인민공화국에서 영화감독이 주연 배우를 마음대로 골라서 쓴다는 것은 상상도 할 수 없는 주제넘은 짓이었다. 그러니 작품의 성격에 잘 맞는 신인 배우를 찾아서 쓸 수 있다는 장점도 이 경우에는 맞지 않는 이야기였다.

박준상은 〈만월대〉를 찍으면서 만약 자신에게 여자 배우를 골라서 쓸 권리가 주어졌다 하더라도 어디서 이런 배우를 찾아낼 수 있었을까 싶을 정도로 설희의 연기나 연기에 임하는 자세에 탄복했다. 모르긴 하지만 세월의 켜가 앉고 연기가 무르익으면 설희를 따를 연기자가 지구촌을 통틀어 다시 나오기 힘들지도 모른다는 생각을 했을 정도였다.

설희의 어머니라는 여자, 해방 전 서울에서 술집에서 일했고, 하나뿐인 딸을 출세시키기 위해 온몸을 던지는 그녀의 행태가 불편하기는 했지만 밉지는 않았다. 지난 가을 모스크바로 가는 열차 속에서 수령과 함께 동행하는 그녀를 보았을 때도 준상은 덤덤했었다. 설희가 수령과 잘 어울리는 여자라는 생각도 했었다. 설희의 하는 짓이 무엇이건 그 자체가 인생이고, 영화는 결국 인생을 필름에 담는 예술이니까.

전설적인 배우 황철은 죽었다. 설희가 황철의 딸일지도 모른다는 소문은 〈만월대〉 현장에서도 돌고 있었으나 준상은 그녀가 누구의 딸이든 마음을 쓰지 않았다. 어쨌든 모든 인간은 누구의 아들이거나 딸이기 마련이니까.

해가 뜰 무렵 조금씩 흩뿌리기 시작하던 눈발이 차츰 굵어지더니 강동을 지나 성천에 이르렀을 때는 함박눈이 되어 쏟아졌다. 낡은 트럭은 길이 조금만 비탈져도 해소병을 앓는 환자처럼 골골거리다가 눈길에 미끄러져 신작로 밖으로 벗어나 처박히기 일쑤였다. 그럴 때마다 운전수는 말할 것 없고 두 명의 보위대원에다 죄수인 준상과 설희까지 내려와 트럭을 밀어야 했다. 그래도 트럭이 움직이지 않을 때는 가까이 있는 마을을 찾아가 사람들을 데리고 와서 트럭을 끌어냈다.

　트럭을 밀 때는 준상과 설희를 묶었던 포승줄을 끌러주었다. 도망갈 능력도 의지도 없다는 것을 간파한 탓인지 보위대원들은 두 사람에 대해 방심하는 눈치였다. 네까짓 것들 어디 도망갈 테면 가보라는 식이었다. 처음 트럭이 밭두렁을 밀고 들어가 대가리를 처박았을 때 보위원대원들이 포승줄을 풀어주며 트럭을 밀라고 하자 준상은 적재함에서 뛰어내려 사방을 둘러보았다. 사방은 산으로 둘러싸였고 길은 외길이었다. 왼쪽으로 평원천을 끼고 가파르게 깎아지른 산속으로 들어가봤자 보위대원들에게 잡히기 전에 얼어 죽고 말 것이었다. 게다가 설희가 홀로 남는다. 자신이 도망치고 나면 설희는 어떻게 될 것인가?

　트럭을 밀어 길 위로 끌어낸 뒤 다시 적재함으로 올라갈 때 준상은 먼저 올라가 설희의 손을 잡아 끌어올렸다. 설희의 손은 차가웠다. 두 사람은 나란히 붙어 앉았다. 보위대원들은 말리지 않았다. 포승줄로 다시 묶지도 않았다. 눈발이 거세게 휘몰아치자 보위대원들도 개털모자로 얼굴을 감싸고 다리 사이에 고개를 처박았다. 설희는 준상의 가슴을 파고들었다. 준상은 자신의 윗도리를 벗어 설희의 여린 몸뚱이를 덮었다. 떨고 있었다. 울고 있는지도 몰랐다.

　문득 준상은 '이 여자를 보호해야겠다'는 생각을 했다. 설희는 강하다. 평상시 같으면 준상이 자신보다 몇 배나 강한 힘을 가지고 있다. 그 힘이 무엇이든 따질 필요는 없었다. 그러나 지금은 아니다. 여자이기 전에 눈보라 치는 황량한 들판 위에 서 있는 여린 짐승에 지나지 않는다. 이럴 때는 누군가 도와주지 않으면 이 여린 생명은 죽는다. 그러므로 자신이 옆에 있어야 한다고 그는 생각했다.

강동을 지날 때 보위대원들과 운전수는 길가에 트럭을 세워놓고 가지고 온 주먹밥을 먹었다. 그러나 준상과 설희에게는 얼음이 서걱거리는 주먹밥조차 주지 않았다. 성천을 지날 때는 점심때를 지나 짧은 겨울해가 기울고 있을 무렵이었다. 배가 고팠다. 보위대원 한 명이 성천 마을로 들어가더니 한참만에 주먹밥 몇 개를 들고 돌아왔다. 이번에는 준상과 설희에게도 주먹밥 한 덩어리가 돌아왔다. 얼지는 않았으나 좁쌀뿐인 어린애 주먹만한 덩어리였다. 표면에는 소금이 조금 묻어 있었다. 설희는 그 주먹밥을 손에 들지도 않은 채 나무의자에 내려놓았다. 준상은 한 입 베어 우물거려 보다가 구역질이 올라와서 내려놓았다.

"동무들, 아직도 배 속에 기름끼가 남아 있소? 그 기름 찌꺼기가 언제까지 남아 있나 어디 두고 봅시다레."

보위대원 한 놈이 이죽거렸다.

양덕에서 트럭은 군 사회안전부 건물로 들어갔다. 여기서 하룻밤을 자고 갈 모양이었다. 양덕을 지나면 평안도와 함경도 사이를 가로지르는 산맥을 넘어야 한다. 아무래도 가는 방향은 함경도인 모양인데 보위대원들은 그 문제에 대해서는 입을 굳게 다물고 알려주지 않았다. 양덕 사회안전부의 책임자인 듯한 사내가 고개를 저었다. 이들을 수용할 감방이 마땅치 않다는 뜻이었다. "주민등록사업을 하면서 성분이 나쁜 인민들 일백여명을 솎아내어 벌써 며칠째 가두어 두었는데 이 반동들을 어떻게 처리할 것인지 평양에서 지시가 내려오지 않아 죽을 지경"이라고 했다. "감방마다 사람으로 넘쳐나서 들어갈 자리가 없고, 다른 죄수와 섞어 넣지 말라는 지시가 있었다"고도 했다. 그들을 호위해 온 보위대원 한 놈이 "마룻바닥이건 창고건 아무 곳이라도 좋으니 그저 하룻밤만 보내면 된다"고 했다. "그러다가 얼어 죽으면 어떻게 하느냐"고 되묻자 평양에서 온 보위대원은 씩 웃었다. "우리가 편해지는 거지 뭐, 동무, 안 그래?" 때려죽인 것도 아니고 얼어 죽는 것이라면 죄수들 자신의 문제이지 호위의 문제는 아니었다.

준상과 설희는 양덕 사회안전부의 지하실 계단을 끌려 내려갔다. 지하실 계단이 끝나는 지점에 작은 창고 같은 공간이 있었다. 귀퉁이에 빗자루와 걸레조각이 얼어붙은 채로 서 있었고 시멘트 바닥은 더러운 흙으로 새까맣게 절어 있었다. 녹슨 철제 출입문이 닫혀버리자 짙은 어둠이 고여있던 메스껍고 축축한 공기와 함께 출렁거렸다.

"동무들, 특별대우야. 신방이나 잘 차려보라우."

준상은 어둠 속에서 방안을 걸어보았다. 두 평이 될까말까한 작은 방이었다. 메스껍고 축축할지라도 이곳에 고여 있는 산소를 아껴야 한다는 생각을 했다. 말을 아끼고 잠을 자두는 것이 무엇보다 요긴한 일이었다. 당장 얼어 죽지 말아야 했다.

준상은 벽을 피하여 방 가운데 앉았다. 찬 시멘트벽에 기대앉았다가는 냉기가 등을 타고 스며들어 얼어 죽을 수 있기 때문이었다. 어둠 속을 더듬어 나무 궤짝 같은 것을 찾아냈다. 그 위에 엉덩이를 내려놓고 가부좌로 앉아 설희를 무릎 위에 올렸다. 두 사람은 끌어안았다. 얼어 죽지 않으려는 본능적인 행동이었다.

"살아남겠어요."

설희가 준상의 귀에 입을 갖다대고 말했다. 준상이 손가락으로 그녀의 입을 막았다.

"말하지 마라. 이곳에 고여 있는 산소를 아껴야 한다."

설희는 입을 다물었다가 한참만에 다시 입을 열었다.

"우리를 어디로 데리고 가는 거야요?"

"모르긴 하지만 함경북도의 끝머리가 될 것 같다."

"거긴 뭐가 있어요?"

"두만강이 있지. 조선과 소련, 중국의 국경이 맞대어 있고."

"거기서 탈출하면 소련으로 가겠네. 감독님은 소련에 여자가 있지요, 그렇지요?"

"그걸 설희 동무가 어더렇게 알아?"

"지난번 모스크바에 갔을 때 다 알고 있었더랬어요."

"그랬구나."

준상은 자신이 부처님 손바닥에서 놀고 있다는 사실을 깨닫고 몸을 떨었다.

"만약 우리가 함경북도 끝자락까지 끌려가면 우리 거기서 탈출해요, 소련으로 가면 그분, 감독님의 여자 동무 말이에요. 그분이 돌봐주시지 않을까요?"

준상은 설희의 꽁꽁 언 볼을 자신의 볼에 부볐다.

"그럴 기회는 없을 거다. 거긴 탄광지대니까, 막장에 끌려가면 살아서 햇볕 보기가 어려울지도 모른다."

잠시 침묵이 흘렀다. 한참만에 설희가 다시 입을 열었다.

"도대체 누가, 왜 우리를 죽이려고 하는 걸까요?"

"차츰 알게 되겠지. 한 가지 분명한 것이 있다. 절대로 죽어서는 안된다. 살아남으면 권력은 변한다. 이것이 역사이고 진실이라는 거다."

설희는 고개를 끄덕였다. 그리고 한참동안 말이 없었다. 잠이 들었나 하고 좀 더 힘을 들여 안아주었는데 그때 다시 작은 목소리가 준상의 귀에 흘러들었다.

"여기서도 될까요?"

"뭐가?"

"그거요, 남자와 여자가 하는 것."

"안 된다. 이럴 때 살아남는 방법 중 가장 좋은 것은 틈만 나면 잠을 자 두는 것이다. 내가 추위를 막아줄 테니 잠을 자 봐라."

"어디선가 들었어요. 얼음 위에서 남자와 여자가 그걸 하면서 살아 남았다고."

"옛 사람의 노래에 그런 구절이 있었지. 하지만 그건 노래다. 인간이 하고 싶으나 할 수 없는 것을 담고 있는 것이 노래 아니냐. 영화도 마찬가지다."

설희는 계속 꼼지락거리고 있었다. 그러다가 마침내 고개를 쳐들었다. 어둠 속에서도 두 눈이 빛나고 있었다. 늘 촉촉하게 젖어 있던 눈이었다.

"우리 결혼해요."

"왜 그런 생각을 했느냐?"

"죽을 것 같아요. 무서워요. 누군가 저를 가만두지 않을 거라는 생각을 늘 해 왔어요. 결혼을 하면 괜찮을 것 아니에요. 결혼하고 싶어요."

"죽지는 않을 거다. 너의 인생은 여기서 끝나지 않는다. 그러니 서둘러 결혼할 이유가 없다. 조급하고 두려운 마음은 알지만 너와 결혼할 수는 없다."

"제가 이미 많은 남자를 알고 있기 때문인가요? 그것들은 그냥 스쳐 지나가는 바람 같은 것들이었어요. 영화에 출연하기 위해, 아니면 한 벌의 옷을 구하기 위해, 권력의 날개 밑에서 편안하게 살기 위해 필요한 도구들이었어요. 하지만 결혼은 그게 아니잖아요?"

"결혼은 또 다른 도구냐, 너에게는?"

"그냥 사랑을 하고 싶었어요. 그 뿐이에요. 결혼을 하고나면 죽어도 좋다는 생각을 할 수 있을 것 같아요. 그 전에는 억울해서 죽지 못하겠어요."

"그렇다면 더욱 너의 제안을 받아들여서는 안 되겠네."

"사랑이 뭐에요? 저는 감독님을 어제 만나는 순간 이건 운명이다 하고 느꼈어요."

이번에는 준상이 긴 침묵에 빠졌다. 이 세상 어디에 이런 결혼이 있었던가? 어떤 영화에서도 소설에서도 보지 못했던 장면 속에 자신이 던져져 있었다. 한참만에 준상이 대답했다.

"그래, 우리 결혼하자."

어둠 속에서 설희가 벌떡 상체를 일으켰다.

"정말?"

"그래, 정말이다."

"언제?"

"날 받을 것 있나. 오늘이 길일이니 오늘, 아니 지금 당장 하지 뭐."

"아,"

설희의 입에서 탄식이 터져 나왔다.

"엄마가 옆에 없는 것이 문제지만, 나중에 알려드리면 좋아하실 거예요."

그럴 기회가 없을지도 모른다, 하고 준상은 생각했다. 지금 쯤 설희의 어머니에게도 저승사자가 가 있을 것이다.

두 사람은 더 힘차게 끌어안았다.

"눈을 감아."

눈을 감고 두 사람은 결혼식을 생각했다. 설희는 탈출과 결혼식이 혼

합된 영상 속에 묻혀 있었다. 그들은 도망치고 있었다. 많은 남자들이 그들의 뒤를 추격해 오고 있었다. 그녀의 여자를 처음 열었던 문화부 부부장도 있었고, 김일성의 처남이라는 김성갑도 있었다. 김일성 주석도 그 중에 끼어 있었다. 공화국의 기차는 한없이 느렸고, 트럭은 길이 나빠 제대로 달리지도 못했다. 뛰면서 따라오는 추격자들을 따돌리지 못했다. 남포항에서 배를 타고 바다를 항해하는데 그녀를 잡으려는 남자들의 무리는 헤엄을 쳐서 따라오고 있었다. 배가 얼마나 느린지 헤엄을 치는 무리들이 더 빨랐다. 그들 중 한 놈의 손이 뱃전을 잡는 순간 설희는 "아악"하고 비명을 질렀다. 식은땀을 흘리고 있었다. 연민이 준상의 가슴을 때렸다. 더욱 센 힘으로 그녀를 껴안았다. 설희는 준상의 가슴 속으로 파고들었다. 준상은 그녀의 손을 더듬어 잡고 말했다.

"이제 박준상과 설희는 공화국이 정하는 법규에 따라 부부가 되었음을 선언한다."

설희가 입술을 겹쳐왔다 얼음처럼 차가운 입술이었다. 준상은 그 입술에 자신의 입술을 포개어 오래 동안 빨고 문질렀다. 설희의 입술에 희미하게나마 온기가 돌 때야 겨우 입술을 떼냈다.

다음날 아침 낡은 철제문이 삐걱 열리고 평양에서 호송해 온 보위대원 두 명이 한꺼번에 얼굴을 디밀었다.

"신혼재미가 어드랬어?"

한 놈이 삐죽삐죽 웃음을 흘리자 뒤에 선 다른 한 놈이 앞엣놈의 옆구리를 찔렀다.

"얼어 죽지 않고 살아 있다니 명은 질긴 놈들이구만."

그들은 두 사람을 각각 포승줄로 묶었다. 그리고 어제의 그 트럭에 태워졌다. 트럭은 다시 동북쪽을 향하여 출발했다. 밤 사이 눈이 내리고, 내린 눈이 쌓여 천지가 하얗게 덮여 있었다. 뽀얀 눈보라가 엉성한 옷 속을 파고들었다. 포승줄로 묶기는 했으나 보위대원들은 두 사람이 옆자리에 나란히 붙어 앉는 것을 허용했다. 기막힌 일이지만 그래도 두 사람은 행복했다. 서로를 생각하는 것만으로도 몸이 따뜻해지는 기분이었는데 그 상대가 바로 옆에 있으니 온몸이 뜨거워질 때도 있었다.

"얼레, 이 동무들이 숫제 부부 행세를 하시는구만."

보위대원 한 놈이 씨부렁거리자 다른 한 놈이 이번에도 옆구리를 찔러 쓸데없는 말을 못하게 막았다.

트럭은 그날 저녁 원산에 닿았다. 원산에서는 사회안전부 신세를 질 것 없이 보위대 사령부에 도착했다. 죄수들에게도 주먹밥 하나씩이 주어졌는데 준상과 설희는 그 주먹밥을 억지로 목구멍으로 밀어 넣었다. 살아야한다는 생각이 그들 두 사람을 강하게 붙들고 있었다. 원산에서도 이상한 일이 일어났다. 전날 양덕 안전부에서 그랬던 것처럼 원산 보위부의 감방도 만원이었다. 이들 평양에서 온 두 죄수가 하룻밤을 보낼 감방이 없었다. 두 사람은 이번에도 어쩔 수 없이 보위부 지하의 빈 창고방 신세를 져야 했다. 양덕의 청소도구를 넣어두는 방보다 조금 크기는 했지만 유리창과 의자 나부랭이들이 잔뜩 쌓여져 있는 영선실 부속창고였다. 출입문 말고는 창문이 없기는 전날의 그것과 마찬가지였다. 이번에도 보위대원들은 두 사람의 포승줄을 풀어주고 대신 밖에서 출입문을 잠가버렸다. 내일 아침까지는 용변도 보지 못하고 갇혀 있어야 했다.

그날 밤 두 사람은 차가운 시멘트 바닥에서 결혼한 사람이 치러야하는 문턱을 넘었다. 여자를 안고 나서 이제 죽어도 좋다는 느낌을 가져

보기는 처음이었다. 설희도 같은 생각을 하고 있었다. 처음으로 남자의 몸을 받아본 기분이었다. 그 남자는 이대로 죽어도 좋다는 생각이 들 정도로 한없이 따뜻했다.

준상은 어제 그랬던 것처럼 오늘도 설희를 무릎 위에 올려 끌어안고 밤을 보낼 작정이었다. 그녀의 가슴의 진동이 느껴졌다.

"이상하다."

준상이 낮은 목소리로 말했다. 설희는 말없이 귀를 세우고 있었다.

"까닭이 뭘까? 무슨 음모를 꾸미고 있는 걸까?"

"저도 그 생각을 하고 있는 중이에요."

설희가 귓속말로 소곤거렸다. 이 작고 어두운 공간에 두 사람 말고는 아무도 없다는 것은 분명하지만 그래도 벽에 귀가 있는 듯, 누군가 엿보고 있는 듯한 느낌이 들었기 때문이었다.

"저들은 어제부터 의도적으로 우리를 한 방에 넣어두고 가깝게 만들려고 노력하는 것이 분명하게 보여. 그건 알겠는데 도무지 그 까닭을 짐작할 수 없어."

"저는 좀 알 것 같아요."

"말해 봐."

설희는 두 팔로 준상의 얼굴을 감싸고 입을 포갰다 떼면서 말했다.

"목표는 저예요. 저를 죽이지 못할 바에는 처분해 버리려는 것이에요."

"처분?"

"감독님에게 떠맡겨버리겠다는 것이지요."

"그게 누군가?"

설희의 침 삼키는 소리가 크게 울렸다.

"수령님?"

"수령님은 그런 잔꾀를 부리지는 않겠지요. 그보다 더 야비한 동무들이 있어요."

"언제부터 그런 일을 짐작하고 있었어?"

"지금요. 감독님이 이거 수상하다, 하고 말할 때 번개처럼 그런 생각들이 머리 속을 지나갔어요."

"맞는 것 같다."

준상은 고개를 끄덕였다.

"기분 나빠하지 마세요."

설희가 목을 감싸고 볼을 부비면서 말했다.

"기분 나빠하긴. 고마울 따름이야."

"저 때문에 감독님이 필요 없는 욕을 당할 수도 있겠다 싶어요. 그럴 염려가 있을 때는 언제든지 저를 버리세요. 우리 결혼을 취소하세요. 아무도 모르는 일이니까, 그냥 마음속으로 버리면 그만이에요."

"나는 목숨이 있는 한 끝까지 설희와 함께 간다. 우리 결혼은 하늘에서 맺어진 것, 인간이 어쩌지 못할 거다."

"너무나 훌륭한 말이에요. 어디서 그런 말을 가져왔어요?"

"프라하에 있을 때 공산당 몰래 종교의식으로 결혼하는 것을 보았거든. 나도 결혼을 할 때는 저런 식으로 해야겠다 마음속으로 챙겨두었는데 아주 적절하게 써먹는구만." 그들은 한 번 더 서로의 몸속을 헤집고 들어갔다. 영원히 하나가 되어 떨어지지 않으려는 것처럼.

이튿날 아침 트럭은 다시 출발했다. 출발하기 전에 원산 보위부에 수감되어 있던 죄수 다섯 명이 트럭에 올랐다. 서른대여섯 정도로 보이는 여자도 한 명 있었다. 나머지는 모두 마흔 줄의 남자들이었다. 그들은 그동안 취조를 받으면서 넋이 빠졌는지 심한 공포 때문에 얼굴들이 일그러져 있었다. 사형수 다섯 명이 늘었으나 호위 병력은 늘지 않았다. 그 때문인지 준상과 설희도 새로 탄 죄수들과 마찬가지로 단단하게 동아줄로 묶였다. 가까이 두지도 않고 두 사람을 멀찌감치 떼놓았다. 설희는 원산에서 새로 탄 여자 죄수와 함께 트럭 적재함의 앞쪽에 앉았고, 준상은 원산에서 탄 죄수들의 가운데 앉혀졌다.

그런 상태로 트럭이 눈 덮인 신작로를 털털거리며 달리기를 한 시간쯤 했을 무렵에야 바로 옆자리의 원산 출신이 나지막한 목소리로 입을 열었다.

"동무는 평양에서 오는 길이오?"

준상은 보위대원 눈치를 살피면서 고개를 끄덕였다.

"대체 어디로 끌고 가는 거요?"

"모르겠소."

"나쁜 놈들."

이를 갈았다. 이번에는 준상이 물었다.

"왜 끌려왔소?"

"모르겠소. 우리 다섯 사람은 모두 원산에서 인민학교와 고등중학교에서 선생을 하던 사람들이오. 학생들에게 부패한 반동사상을 퍼뜨렸다는 죗값으로 때려잡은 거요. 기필코 우리는 반동이 아니오. 동무는 왜 끌려왔소?"

"간첩이라고 합니다."

"진짜 간첩이오?"

"간첩이 대체 무슨 일을 하는 거요?"

"무고한 사람일 줄 알았소. 미제를 위해 간첩질을 했다는 거요?"

"미제가 아니고, 소련의 수정주의자, 공화국의 종파분자들을 위해 스파이 노릇을 했다고 합디다."

"우리들은 미제를 위해 반동사상을 퍼뜨렸다고 해요. 미제가 무엇이고 어디 있는 놈들인지도 모르는 데 말입니다."

"야. 이 반동 놈들아. 아가리 닥치지 않으면 다리를 분질러놓고 걸어가게 하갔어."

보위대원 한 놈이 이쪽을 노려보았다. 준상과 원산서 온 교사는 거북이처럼 모가지를 집어넣고 입을 다물었다.

트럭이 함흥에 닿았을 때는 짧은 겨울해가 아직 쥐꼬리만큼 남아 있을 때였다. 함흥의 보위부 감방은 양덕과 원산처럼 가득차지 않았는지 호송된 죄수들은 곧장 지하의 감방에 수용되었다. 이번에는 여자와 남자를 분리 수용했다. 그러나 수용하는 것으로 끝이 아니었다. 저녁밥이라고 옥수수 알갱이 삶은 것 작은 덩어리 하나씩 준 후 준상은 별도로 보위부 건물 이층에 있는 한 사무실로 불려갔다. 한 명의 간부가 책상에 앉아 준상에 관한 서류들을 들쳐보고 있었고, 그보다 직급이 좀 낮은 편인 한 놈은 선 채로 들어오는 준상을 노려보고 있었다.

간부가 턱짓을 하자 서 있던 대원이 준상을 마룻바닥에 꿇어앉혔다.

"동무는 멀리 보낼 것 없이 이 자리에서 처형해도 좋다는 전문이 왔어."

"이유를 물어도 되겠습니까?"

"그럼, 물어도 되지. 얼마든지 물어보라구. 간첩 주제에 여기까지 압송 도중 여자 죄수와 부화한 증거가 있어. 공화국을 얼마나 우습게 알았으면 이런 짓을 자행하지?"

"부화한 것이 아닙니다. 우리는 결혼을 한 사입니다."

"결혼? 개구리와 메뚜기는 날마다 결혼식을 하겠네? 동무 같은 악질 반동은 인민의 힘으로 의식을 개조하자고 시간을 낭비할 가치가 없어."

"저는 어떻게 하든 상관 않겠습니다. 설희 동무만은 죄가 없으니 풀어 주십시오."

"지랄하네."

보위대원은 거칠게 뱉었다.

"그 여성 동무도 악질이라 별도로 담금질이 필요하다는 당의 지시가 내려왔어."

"……."

"가보라우. 여기서 처형하는 것이 좋을지 인민의 이름으로 인간을 개조할 가치가 있을지 밤 사이 생각 좀 하자우."

준상은 다시 지하 감방으로 끌려 내려왔다. 지나고 보니 설희와 함께 보낸 이틀밤이 아득했다. 그리고 그리웠다. 어떻게 된 일일까? 설희의 추리가 맞다면 설희의 존재가 귀찮아진 어떤 인간들이 설희를 처치하는 방법의 하나로 준상과 맺어주는 공작을 했을 수도 있었다. 그랬다면 지금 이건 또 뭔가? 이번에는 또 어떤 공작인가?

아침이 되자 어제 이층으로 끌려가 협박 비슷한 취조를 당했던 일은 실제로 일어나지 않았던 환각 속의 일이었던 것처럼 아무런 후속조치가 없었다. 준상은 지금까지 타고 왔던 트럭의 적재함에 물건짝처럼 다시 실렸다. 원산에서 실린 다섯 명과 함흥에서 세 명의 죄수가 추가되어 트럭의 적재함 양편의 나무 의자는 평양에서 출발한 이후 사흘만에 사람으로 꽉 찼다. 원산에서 실린 여자 죄수 한 명도 올랐으나 설희는 끝내 보이지 않았다. 그렇다면 어제 저녁의 보위부 간부의 말은 지금부터 설희를 떼놓겠다는 암시였을까. 시퍼런 칼자루를 쥐고 마음껏 휘두르는 이 자들이 설희를 떼놓든 동행시키든 마음대로 하면 그만일 것을 굳이 준상에게 그 암시를 줄 필요는 또 무엇일까. 머리가 아플 정도로 수수께끼 투성이었으나 추리하고 짐작하는 데는 한계가 있었다. 설희, 부디 살아남아라. 그렇게 기원하는 것이 고작이었다.

평양을 떠난 지 닷새만에 트럭은 한소 국경을 지척에 둔 함경북도의 은덕군 아오지 탄전에 닿았다. 험악한 산들은 모두 하얀 눈으로 속살을 감추고 있었으나 군데군데 버려놓은 버력이 작은 산을 이루고 있었다. 그러다가 그 작고 검은 산들이 사방에 벽을 이루고 있는 곳에 공화국 최대의 규모를 자랑하는 아오지 탄전이 그 모습을 드러냈다. 트럭 위에서 길게 목을 빼고 사방을 살펴보던 죄수들은 후유 한숨을 내쉬었다. 눈에 덮인 탄전의 풍경이 아름답다고 할 정도로 고요하고 평화스러워 보였기 때문이었다.

탄전의 산허리를 감으면서 철조망이 길게 이어져 있었다. 철조망은 사람 키의 두 배 높이였다. 게다가 중간 중간에 높은 망루가 있었고 망루마다 기관총 총구가 새까만 총구를 삐죽하게 내밀고 방문자를 환영하고 있었다.

트럭은 석탄 가루와 얼음이 뒤섞여 지저분한 도로를 따라 달리다가 정문 앞에서 잠시 멈춰 섰다. 정문에는 색이 바랜 나무 현판이 수직으로 걸려 있었는데 거기에는 '제1701부대'라는 글씨가 반쯤은 지워진 채 희미하게 걸려 있었다. 부대? 여기가 군대인가? 그때서야 트럭 위의 죄수들은 좋지 않은 예감에 몸을 떨었다. 마침내 아오지 탄광에 온 모양인데 그들로서는 탄광의 실체를 알 수 없었다. 석탄을 캐는 광산의 입구는 보이지 않았고 다만 드넓은 계곡 한가운데 인민학교 교실처럼 납작 엎드린 단층의 검은 막사들이 수십 채 들어서서 한 마을을 이루고 있어 '사람이 사는 곳이구나' 하는 느낌을 줄 뿐이었다.

트럭은 마을의 한가운데에 있는 넓은 공지에서 멎었다. 평양에서 여기까지 닷새 동안 눈길에 빠지고 자칫하면 뒤집어질 뻔한 숱한 고비를 넘기면서 목적지에 닿았다는 안도감 때문인지 트럭은 광장에 닿자마자 타이어 한 개가 펑크 나고 길고 굵은 쇠몽둥이 같은 것이 덜렁 떨어져 땅바닥에 질질 끌리고 있었다. 트럭으로서는 사력을 다하여 여기까지 온 셈인데 더 이상 움직일 수 없는 고물이 되어 있었다.

준상을 비롯하여 트럭에서 내린 아홉 명의 죄수들은 일렬로 늘어섰다. 탄전의 우두머리인 것 같은 사내가 짧은 나무 막대기를 지휘봉처럼 휘두르며 그들의 앞에 버티고 섰다.

"에에, 또, 동무들, 내무성 건설대에 온 것을 환영한다. 그러나 알고 있겠지만 동무들은 환영 받을만한 성분이 아니다. 여기는 동무들과 같은 특별노무자들도 있고, 그저 평범한 사회주의 공화국 건설을 위해 그야말로 뼈 빠지게 일해 온 인민의 영웅들도 있다. 동무들은 그들과 함께 조를 이루어 노동투쟁에 투입되는 영광을 입게 될 것이다. 그러나 착각을 하면 안 된다. 동무들은 교화가 필요한 공화국의 찌꺼기 같은 존재들이다. 이곳에서 영웅적인 투쟁을 하고 정신을 세탁하여 공화국의 일원으로 되돌아가든가, 아니면 여기서 뼈를 묻어야 한다."

사내는 막대기로 사방을 가리켰다.

"저 철조망 꼭대기에는 삼천 볼트의 강한 전류가 흐르고 있다. 도망갈 생각이 나는 동무는 그냥 목을 메어 죽는 것이 마른 오징어처럼 전기에 온몸이 오그라들어 죽는 것보다 나을 것이다. 동무들을 위해 특별히 가르쳐 주는 것이니 마음 속에 챙겨두기 바란다."

새로 온 죄수 아홉 명 중 여자 한 명을 빼고 나머지 여덟 명이 제16사에 배치됐다. 등 뒤로 묶었던 포승줄을 풀고 팔다리가 자유를 얻었으나 포승줄보다 더 단단한 철조망 속에 갇히고 말았다는 사실을 깨닫는 데는 오랜 시간이 필요치 않았다.

16사에는 죄수 열 두 명이 더 있었다. 그들은 어두컴컴한 막사 안에 드러누워 있었는데 신참들에 대해서는 관심도 없었다. 그들은 모두 교화소 죄수들이었다. 준상은 교화소에 끌려온 셈이었으나 여기까지 오는 동안 누구도 교화소에 간다는 사실을 알려준 사람은 없었다.

16사의 방장은 사십대 초반의 남조선 출신 남자였다. 방장은 조심스럽게 신참 죄수들에게 몇 가지 주의를 주었다.

"살아남으라고 말하고 싶으나 산다는 것이 아무 의미도 없다는 것을 곧 알게 될 것이오. 여기서는 희망을 버리시오. 희망은 목숨을 앗아가는 병균과 같습니다."

어디선가 들은 소리 같은데, 저 친구 필시 쓸데없는 교육을 받고 쓸데없는 책을 읽어 소화불량증에 걸린 동무로구만. 준상은 속으로 웃었다.

1964년 9월 - 무산

세 살배기 승일이 밤 새 앓았다. 어린아이의 몸 속 전체가 불타고 있는 것처럼 끓고 있었으나 먹일 약도 없었고 체온을 재볼 만한 체온계도 없었다. 무산 시내에 인민병원 한 군데가 있었으나 밤에 아기를 안고 거기까지 찾아가다가는 아이를 죽일 것 같았다. 용케 아이를 안고 찾아간다 해도 야간 진료를 해 준다는 보장도 없었다. 그저 날이 밝아 열이 좀 내리기를 기다리는 수밖에 없었고 하늘이 보살펴 주기를 기대하는 수밖에 없었다.

아이의 할머니 장영순은 우물에서 길러온 차가운 물 한 바가지를 옆에 놓고 때에 전 무명 수건에 적셔 아이의 온몸을 닦아주면서 속으로 기도를 하고 있었다.

"천지신명이시여. 이 아이를 데리고 가시려거든 이 몸을 대신 데려가 주옵소서."

"엄마. 그거이 무시기 소리야?"

입 속에서 혼잣말을 했는데 옆에 있던 아이의 어미가 물었다.

"들었냐?"

"목숨을 바꾼다면 내 목숨을 주어야지 왜 엄마가 대신 가우?"

"미친 년."

장영순은 요즘 '미친년'이라는 소리를 입에 달고 있었다.

딸 설희가 보위부 요원들에게 끌려간 같은 날 장영순도 보위부에 끌려갔다. 죄목은 딸을 영화배우 만들기 위해 부화했고, 영화계에 침투하여 미제국주의 놈들의 앞잡이 노릇을 했다는 것이었다. 물론 이 황당한 죄목에 어울리는 증거는 아무것도 나오지 않았다.

장영순은 사흘만에 풀려났으나 딸 설희는 돌아오지 않았다. 다른 곳이면 몰라도 보위부에 끌려갔다면 저승 간 사람이나 마찬가지여서 어디로 갔는지 누구에게 물어보아야 하는지 깜깜해서 알아볼 길이 없었다. 장영순이 거의 미쳐갈 무렵 설희가 돌아왔다. 꼬박 일주일 만이었다. 왜 끌려갔는지, 또 어떻게 하여 풀려났는지 도무지 영문을 알 수 없는 일이 마치 영화의 한 장면처럼 이들 모녀를 덮치고 지나간 것이었다.

한 가지 희망은 있었다. 넋을 잃고 있는 설희를 대신하여 장영순이 2·8영화작소에 나가 알아보니 "새 영화에 중요한 배역을 맡게 되었으니 내일 당장 나오라"는 명령이 기다리고 있었다. 설희는 말이 없었다. 꿈을 꾸는 사람처럼 멍하게 앉아 있을 때가 많았다.

"저승사자가 잡아가다가 돌려보낸 걸 보니 앞으로 운이 탄탄하게 트일 모양이다. 정신 차려라. 여기서 정신을 잃으면 우리는 죽는다. 죽지 않으려면 일어나라. 모양새도 좀 가꾸고."

설희는 다시 일어났다. 보위부에 끌려가 돌아오기까지 일주일 동안의 일에 대해서 그녀는 입도 벙긋하지 않았다. 장영순도 묻지 않았다. 상처를 건드려 도지게 할 필요가 없다는 생각에서였다. 그러나 그 일 주일 동안 설희가 완전히 다른 인간으로 변해버렸다는 것을 어머니의 직감으로 알았다. 운명적인 사랑이 젊은 여자를 변하게 만든다는 것은 그녀 자신도 겪어보아 알고 있는 일이었다. 그러나 보위부에 끌려가 죽음의 문턱을 넘었다가 돌아오는 사이에 운명적인 사랑이 끼어들 틈이 어디 있었겠는가.

다시 2·8영화제작소에 나간 설희에게 정말 새로운 배역이 기다리고 있었다. 영화는 〈피아골의 영웅들〉이었다. 지난번 찍었던 〈만월대〉와 마찬가지로 조국해방전쟁 때의 영웅적인 전투 이야기였다. 이번에는 정규군 아닌 남쪽 지리산을 근거로 적의 뒷덜미를 잡고 투쟁했던 빨치산 동무들의 영웅적인 투쟁과 조국과 인민을 위해 정렬하게 산화한 정신을 찬양하는 이야기였다. 이 영화에서 설희는 전라남도 소작인의 집안에 태어나 가난하게 살면서 미제와 그 앞잡이인 반동 지주들에게 항거하다가 조국해방전쟁이 터지자 지리산으로 들어간 여자 혁명가의 역할을 맡았다.

"이건 특별히 위에서 내려온 지시이니끼니 영웅적으로 노력하라우."

배역을 통고해 주면서 2·8영화제작소의 책임비서인 백종우 상좌가 말했다. 그는 "위에서 내려온 지시"라고 말하면서 실제로 아득한 하늘을 쳐다보았다. 설희는 무심한 얼굴로 그 지시를 받았다.

"고맙지 않아?"

백종우 상좌가 표정 없는 설희의 얼굴을 들여다보면서 물었다.

"고맙습니다. 동지."

"아냐, 아냐. 나에게 고맙다고 해서는 안 되지. 그러나 저러나 말은 그렇게 하면서 설희 동무의 얼굴에 고맙다는 생각이 한 점도 떠오르지 않아. 설마 그런 표정으로 영화를 찍겠다는 건 아니겠지?"

"동지께서는 연기와 실생활을 혼동하고 계십니까?"

"한 방 맞았네. 알갔어. 연기 할 때는 무시무시하게 하라우. 생명을 태우면서 말이야. 나는 설희 동무를 믿지만, 위에서 더 믿는 모양이더만. 그리니끼니 잘하라우."

그러나 영화는 빨리 진행되지 않았다. 지리산과 비슷한 조건의 산으로 황해도의 구월산이 선정됐다. 전라남도의 평야지대를 재현할 장소로는 역시 황해도의 연백평야가 꼽혔다. 그것뿐이었다. 촬영 장소만 정해졌을 뿐 시나리오는 무슨 연유인지 몇 번이나 고치고 또 고쳤지만 다시 노동당 선전선동부의 검토 도마 위에 올려져 있었다. 은밀하게 떠도는 이야기에 따르면 여자 주인공의 배역을 두고 선전선동부와 2·8영화제작소 사이에 뜻이 맞지 않아 선전선동부가 시나리오에 가랑이를 걸고 있다는 소문이었다. 그러자 정작 여자 주역배우로 선임된 설희는 그게 무슨 소린지 알지 못하고 있었다. 남자 주인공으로 발탁된 당대 최고의 배우 엄길선이 자신의 아내인 김현숙을 여자배우로 선임해 주지 않으면 영화를 찍지 않겠다고 뻗친다는 소리도 있었다. 그러나 이건 헛소문이었다. 아무리 인기가 하늘 높은 줄 모른다는 엄길선이라 하더라도 당과 인민의 이름으로 정해준 배역에 트집을 잡는다는 것은 배우를 그만두겠다는 선언이나 마찬가지였고, 제 발로 교화소 담장 안으로 걸어 들어가는 짓이었다.

확인되지 않는 이런저런 소문들이 무성하게 퍼져가고 있는 것은 영화 찍는 일이 처음 단계부터 지지부진했기 때문이었다. 그럴듯하게 나도는 소문은 원래 이 영화는 제대로 된 절차에 따라 추진된 것이 아니라 아득한 하늘에서 어느 날 갑자기 지시가 내려와 번갯불에 콩 구워 먹듯 억지로 굴러가기 시작한 사업이라는 것이었다. 그런 사업은 지시를 내린 '하늘'에서 계속 관심을 보일 때만 굴러가는 동력을 얻는 법인데 그 '하늘'이 어느 날 아침 기분 내키는 대로 "누구를 여배우로 하여 영웅적인 영화를 찍으라"고 막연한 지시를 내려 보낸 후 그만 그 사실을 까맣게 잊어버릴 경우 그 영화를 찍어야 할지 찍지 말아야할지 도무지 갈피를 잡을 수 없어 그저 하는 척하고 세월만 보내고 있는 경우가 더러 있는데 이번 영화가 바로 그 경우라는 것이었다.

영화제작소에서는 이번에 '하늘'에서 떨어진 영화제작 지시가 바로 설희라는 여자배우 한 사람을 위해서 만들어진 명령일 것이라고 알고 있었다. 언젠가 '하늘'을 모시고 모스크바까지 갔다가 온 내력이 있는 설희가 이번에도 어딘가로 사라졌다가 돌아와 마치 저승의 비밀을 보고 온 사람처럼 입을 꽉 다물고 있는 점, 그리고 갑자기 어른이 된 것처럼 거만해 보인다는 점도 영화판 사람들의 추측과 입심에 올랐다.

그런 가운데서도 배우들이나 촬영 일꾼들은 날마다 바빴다. 이번 영화의 철학적 이데올로기적 의미와 조국해방전쟁의 역사를 공부했고, 연기와 촬영의 요령을 익혔다. 그런 일을 하느라고 그 해 1962년의 봄이 갔다. 제대로 사업이 추진되었더라면 봄날 특유의 경치 속에서 벌어지는 산 속 전투장면이라도 미리 찍어둬야 했을 것이다. 그러나 구체적인 봄 장면이 나오기도 전에 여름이 와 있었다.

여름이 깊어가면서 이상한 이야기가 떠돌았다. 여자 주인공으로 선임되어 있던 설희의 몸이 이상하다는 소문이었다. 검정 치마 위로 배가 불룩 솟아오른 것을 누구나 알 수 있었다. 얼굴도 조금 부어 있었다.

"아기 둘을 낳아본 내가 목숨을 걸고 인민의 이름으로 맹세하갔어. 저건 임신이야. 늦어도 가을에는 몸을 풀어야 해. 그렇다면, 지난 겨울에 설희 동무가 하늘로 날아버렸을 때 그때 임신한 거이 틀림이 없다야."

단역 배우로 이번에도 설희의 가난한 어머니 역으로 선임된 서말숙이라는 여자배우가 입에 침을 튀기며 떠들고 다녔다. 사람들은 그 말이 사실일 것으로 믿었다. 정말이지 설희의 배는 누가 보아도 임신 막바지의 모습이었다.

그러나 당사자인 설희는 사람들의 이런 끈적거리는 시선과 입놀림에 개의치 않았다. 처녀가 부화해서 해방처녀로 낙인찍히면 사회주의 낙원 건설에 장애물로 치부되어 처분되는 것이 마땅하다. 2·8영화제작소 생긴 이래 처음 있는 해괴한 일이었고, 전체 조선인민공화국 내에서도 자취를 감춘 자본주의의 썩은 풍경이었다. 그 썩은 인간이 썩은 냄새를 풀풀 풍기며 바가지를 엎어놓은 것 같은 배를 내밀고 뒤뚱거리며 다니는 꼴이란 공포스럽기까지 했다. 보통 여자 같았으면 애저녁에 벌써 청소차가 어디선가 날아와 싣고는 인간 쓰레기장으로 보내버렸을 일인데 상대는 설희였다. 하늘같은 수령께서 모스크바를 다녀오실 때 동행했던 여자였다. 그렇다면 여자의 배 속에서 자라고 있는 것이 누구의 씨겠는가. 이런 아주 자연스러운 추리 때문에 아무도 대놓고 설희의 부풀어가는 배를 두고 시비를 걸지는 못했다.

아무리 배 속의 아기가 하늘님의 씨라 하더라도 설희가 영화의 주역이 될 수는 없다는 사실이 분명해지고 있었다. "임금님 귀는 당나귀 귀"라고 가장 먼저 외친 용감한 사람은 엄길선이었다. 엄길선은 설희가 자신의 마누라이자 당대 최고의 배우인 김현숙, 그리고 김현숙과 경쟁하고 있는 성혜림을 물리치고 당당하게 〈피아골의 영웅들〉의 주역을 따낸 설희를 본능적으로 미워하고 있었다. 김현숙은 그래도 공훈배우인 엄길선의 처라는 든든한 배경이 있었고, 성혜림 역시 소설가 이기영의 아들 이평의 마누라로 문학예술계에서는 지도적인 인물의 집안사람이었다. 단지 설희만 어디서 날아 들어온 홍두깨 같은 존재였다. 말은 하지 않았지만 영화제작소 내의 배우들과 관리들은 설희의 밑천이 치마 사이에 감춰놓은 그 무슨 요상한 물건일 것이라고 짐작하고 있었다. 이런 까닭으로 하여 남자 주인공과 여자 주인공이 속으로 미워하면서 지고한 사랑을 제대로 연기할 수 있을까. 이런 호기심으로 두 사람을 지켜보고 있는 호사꾼들도 있었고 남자배우들 중 더러는 설희의 치마 밑에 감추어 둔 그 물건의 맛을 보고 싶다는 생각으로 그녀의 불룩한 엉덩이를 훔쳐보는 놈도 있었다.

추석 명절을 며칠 앞둔 어느 날 엄길선이 2·8영화제작소의 책임비서 백종우 상좌를 찾아가 이야기를 오래 참았던 말을 꺼냈다.

"설희 동무 말입네다만."

"그래서요?"

백 상좌는 무심한 표정으로 되물었다.

"배가, 아니 이보라우, 책임비서 동지. 설희 동무의 배가 그거이 체니로 둔갑할 수 있겠슴? 그런 배를 영화에 내보내겠슴?"

"그래서요?"

백종우는 여전히 가라앉은 목소리였다.

"그래서요라니, 바꿔야지요."

"누구로 바꾸라는 게요? 김현숙 동무가 좋겠소?"

"아니, 이보라우, 동지. 내가 내 마누라 등장시키자고 이런 말 하는 거이 아니라는 거 동지도 잘 알잖소."

"나는 잘 모르겠는 걸."

백종우 상좌가 벌떡 일어났다. 백 상좌의 네모진 머리통 한 구석이 임길선의 이마에 부딪칠 뻔했다.

"내일 귀한 손님이 오기로 돼 있소. 그때까지만 이번 영화를 찍는 척하면 되오. 손님이 가시고 나면 그때는…"

"그때는?"

임길선의 장 생긴 얼굴 위에 백 상좌의 침이 튀었으나 엄길선은 참고 있었다.

"달리 길이 있으면 말해 보라우. 이번 영화를 배러리면 그만이지."

"아이, 지금까지 반 년 이상을 멀쩡한 인간들을 이 영화 찍는다고 묶어 놓고설랑 이제 와서 무시기 안 찍기로 했다고? 그건 또 무시기 말이오?"

"못 들었소? 〈피아골의 영웅들〉은 없었던 일로 하기로 했소."

"설희 동무 때문이오?"

"그런지도 모르고 안 그런지도 모르지. 하여튼 내일 손님이 왔다가 가고나면 결정할 일이오."

"손님이 누구요?"

"나도 모르겠소."

"어느 나라 사람이오?"

"모른다니까. 보위총국에서 그렇게 꼬치꼬치 관심을 갖는 자들을 모조리 보고하라고 했소. 길선 동무를 보고할까요?"

"제길."

엄길선은 소득 없이 책임비서의 방에서 물러났다. 그날로 영화제작소 안팎으로 소문이 날개를 달고 한 바퀴 돌았다. 수령이 직접 방문지도를 나올 것이라는 소문이었다. 수령이 갑자기 왜 하필이면 2 · 8영화제작소일까? 설희 때문일 것이라고 사람들은 믿었다.

다음날 정말 손님이 왔다. 그러나 수령은 아니었다. 수령보다 체구가 작아 땅딸막한 데다 곱슬머리를 한 볼품없는 젊은 청년이 찾아왔다. 청년은 그 나이 또래의 여자 한 명을 데리고 왔는데 이들 두 사람을 위해 보위사령부의 요원들이 영화제작소를 까맣게 덮었다.

청년은 자신을 호위하는 무리들을 경멸하는 듯한 표정이었다. 오로지 영화에 관심이 많았다. 지금 찍고 있는 영화가 무엇이냐. 〈피아골의 영웅들〉은 왜 그리 지지부진하냐. 배우들은 누구냐. 이 대목에서 책임비서 백종우 상좌가 진땀을 흘리면서 입 속에 말을 담고 웅얼거렸다.

"똑똑하게 말하라."

젊은이를 수행해온 오진우 상장이 낮으나마 위압적인 말투로 나무랐다.

"아, 저기 엄길선 동무하고, 설희 동무하고."

"설희 동무?"

젊은이가 되물었다.

"만월대의 그 설희 동무 말이지요?"

"옛, 그렇습네다. 동지."

"데리고 오시오. 만나봐도 되지요?"

"옛, 그거이…"

"이봐."

오진우가 눈을 치떴다.

"당장 데리고 오갔습네다. 김정일 동지."

설희가 책임비서의 방으로 들어오자 방 안에 있던 사람들의 시선이 모두 그녀의 배에 가 박혔다.

"동무의 배 속에 들어 있는 것은 연기를 위해 넣은 바가지요? 그럴듯하네."

"아깁니다."

설희가 대답했다. 책임비서가 한숨을 쉬었다.

"진짜 아기라는 말이지요?"

"그렇습니다."

젊은이, 김정일은 김일성종합대학 졸업반이었다. 그는 영화에 관심이 많았다. 영화를 사회주의 건설의 가장 중요한 무기로 활용해야 한다는 신념을 가지고 영화예술에 대한 공부에 대학의 전공인 정치경제학보다 더 많은 시간과 열정을 쏟아 넣고 있었다. 오진우 상장을 통해 2·8영화제작소를 방문하고 싶다는 뜻을 전하자, 수령의 장남에게 모든 것을 걸어보기로 한 오진우가 날쌔게 기회를 잡아 인민군대 내의 영화제적소인 2·8영화제작소에 방문을 주선하고 직접 안내를 맡은 것이었다. 김정일은 이날의 방문에 앞서 〈피아골의 영웅들〉의 실제 영웅이었던 지리산 남부군의 영웅적인 지도자 이현상의 딸 이진숙을 데리고 왔다. 두 사람은 김일성대학 정치경제학부에서 같이 공부하는 친구였다. 친구 이상이었다. 김일성 수령이 이현상의 두 딸을 관저에 머물게 하면서 가족처럼 대해 왔기 때문에 김정일과 이진숙도 형제처럼 스스럼없이 살아오고 있었다. 2·8영화제작소에서 남부군의 영웅적인 이야기를 영화로 만들고 있다는데 같이 가보지 않겠느냐, 그래서 데리고 온 것이었다.

그랬는데, 주인공을 맡은 여자 배우가 배 속에 바가지도 아니고 진짜 아기를 담은 채 어기적거리며 걸어 들어오다니, 그러고도 부끄럼 없이 "아깁니다"하고 대답하다니. 오진우는 김정일의 눈치를 살폈다. 김정일은 설희의 배에 관해서는 관심을 보이지 않았다. 2·8영화제작소를 다 둘러본 다음 저녁 무렵 떠날 때 한 마디 했다.

"만월대에서 그 연기 굉장했는데, 아깝구만."

이진숙도 한 마디 거들었다.

"인민들은 피땀을 흘리고 있는데 영화판의 동무들은 딴 세상에 살고 있네."

그 다음날로 〈피아골의 영웅들〉에 대한 제작 중단 지시가 떨어졌다.

설희는 배역만 잃은 것이 아니었다. 2·8영화제작소에 더 이상 나오지 않아도 된다는 통보를 받았다. 아이를 낳고나서 언제까지 나오라는 얘기도 없었으므로 축출이나 다름없는 지시였다. 그날로 살고 있는 집도 빼앗겼다. 평양에 다시 돌아온 이후 그녀는 중구역의 보통강이 내려다보이는 방 두 개짜리 아파트를 받아 어머니 장영순과 둘이서 살았다. 그러나 영화제작소에서 쫓겨난 그날 모녀는 평양 변두리의 쓰러져가는 낡은 한옥의 곁방 하나를 배정 받아 옮겼다. 거기서 아이를 낳아 승일, 박승일이라 이름 지었다.

아이의 아버지인 박 감독에게는 알릴 길이 없었다. 귀신에게 잡혀가면 어디로 갔는지 알 수 있어도 보위부에 끌려가면 행방을 알 길이 없었다. 그저 짐작만 할뿐이었다. 아오지 탄광으로 갔을 것이라고. 그곳에서 살아서 돌아올까? 지금도 살아 있기나 할 것인가? 꼬물거리는 아기의 손을 꼭 잡고 설희는 피가 나도록 입술을 깨물었다.

아이를 낳은 지 한 달이 지나자 노동당의 명령서가 배달됐다. 평양을 떠나 무산에 있는 김영숙무기공장에 가서 신성한 노동으로 조국의 은혜에 보답하라는 지시였다. 어머니 장영순은 무기공장의 노동자 빨래를 하는 조에 편성되었고, 젊은 설희는 젊다는 이유 때문인 듯 수류탄 조립공정에 투입된다는 내용도 있었다.

그렇게 하여 이곳 무산으로 옮겨왔다. 절대로 죽지 않겠다는 각오로 모녀는 일을 하고 아기를 길렀다. 두 여자가 공장에 출근하는 아침에는 아기 승일은 공장 내에 있는 아기마당에 맡겼다. 그러다가 저녁에 돌아올 때 아기를 찾아 안고 집으로 돌아왔다. 대부분 장영순이 먼저 퇴근하여 아기를 업고 돌아와 저녁밥까지 지어놓으면 설희가 솜처럼 풀어진 육신을 끌고 돌아와서는 죽은 듯이 잠에 빠지기 일쑤였다. 그때부터 장영순의 입에서는 '미친 년'이라는 말이 나왔다. 뭐가 어쩌고 어째? 남자와 여자가 그 살 떨리는 공포 속에서도 몸을 섞는 것은 있을 수 있는 일이라 치자. 그런데 들창도 없는 창고 속에 갇혀 둘이 결혼을 했다고? 그게 무슨 자랑이라고 당당하게 떠들고 다녀? 다니긴. 장영순은 수령이 그래도 설희를 잊지 못할 것이라고 확신하고 있었다. 남자란 으레 그런 동물들이니까. 하늘보다 높은 권력을 깔고 앉았으니 어느 날 갑자기 설희가 생각나면 찾아오거나 영화에 다시 얼굴이 나오도록 조치를 취할 것으로 알고 있었다. 그래서 만든 것이 〈피아골의 영웅들〉이었다.

그런데 배 속의 아기가 모든 것을 망쳐놓고 말았다. 배 속의 아기뿐이겠는가. 설희 스스로 박 감독과 결혼을 했다고 떠들고 다녔으니 그 말이 수령의 귀에 들어가지 말라는 법이 없었다. 2·8영화제작소 일꾼들만 막연한 상상을 하며 쑤군거리고 있었을 뿐 보위부와 보위사령부에 불려가서는 무슨 자랑이라도 되는 듯이 박 감독과의 결혼 사실을 낱낱이 말해버린 것이었다. 그 결과가 무산의 무기공장으로 내쫓긴 것이라고 장영순은 확신하고 있었다.

하필이면 김정숙무기공장이라니. 그 억척같은 여자의 이름은 아무 곳에나 붙어 다니더니 이제는 무기 만드는 공장의 이름에도 걸려 있었다. 설희 모녀를 하필이면 수령의 첫 부인 이름이 붙은 공장에 내몰아 넣은 것도 사회주의 강령의 어느 대목에 근거한 것인가? 이런 저런 생각으로 분통이 터질 때마다 장영순의 입에서는 '미친년'이라는 소리가 저절로 나왔다. 그러나 식은땀을 흘리며 자는 설희의 팔을 베고 승일이 꼬물거리며 붙어있는 모습을 보면 "내 목숨이 붙어 있는 한 이놈의 땅에서 너희 모자가 기를 펴고 살게 해 주겠다"고 이를 악무는 것이었다.

1965년 여름 - 아오지

거친 바다를 항해하던 배가 난파될 위기에 처하면 배 속에 살고 있던 쥐들이 먼저 뛰어내린다고 한다. 장마가 오기 전에 개미들이 보다 안전한 지대로 이사를 가는 것과 같은, 생존본능이 시키는 지침에 따른 것이다. 인간이라고 그런 본능 몇 가닥이 없을 리 없다.

6월 13일 탄전(옛 이름 아오지 탄전)은 북조선인민공화국이 야심을 가지고 추진하는 제1차 7개년계획의 핵심사업 중의 하나로 지목되어 갈탄 채광의 방법을 개선하고 기계화를 적극 도입하는 등 많은 개선작업을 벌였다. 그러나 탄광은 탄광이었다. 먼 미래에 로봇을 이용하여 완전 무인 채광 시스템을 도입한다면 모르거니와 그 이전에는 무슨 방법을 동원하고 무슨 기계를 도입하여 설치하더라도 막장에서 일하는 탄부는 인간이 아닌 소모품이었다. 6월 13일 탄전에 공급되는 소모품들은 대부분 정치범들이었는데 1년에 3분의 1은 죽거나 다쳐 폐품으로 처리됐다. 그러나 어디서 오는지 소모품들은 끊임없이 공급됐다. 그 소모품들이 지금 겁을 먹고 몸을 사리는 일이 벌어지고 있었다.

16사의 남조선 출신 방장은 준상이 이곳 탄전에 들어오던 해에 죽었다. 지하에 수직과 수평으로 탄층을 따라 굴을 뚫고 길게 파들어 간 갱도와 갱도를 잇는 거미줄 같은 막장에 들어가면 그곳이 곧 무덤이었다. 들어갈 때의 갱도를 따라 다시 나오면 살아 있는 것이고 나오지 못하면 소모품으로 소모되는 것이었다. 1962년에 방장이었던 남조선 출신의 사십대 남자는 해발 마이너스 5천 미터의 수직갱 밑에서 지하수가 모여 거대한 힘으로 부풀어 오르다가 터져버린 홍수 속에 휘말려 목숨을 잃었다. 같이 작업하던 갱부 열 세 명이 함께 팥죽처럼 시꺼먼 물길에 휩쓸려 개미처럼 짓이겨졌다.

방장이 죽자 그 후임으로 이번에는 일본에서 귀국선을 타고 금의환향하는 기분으로 거들먹거리며 들어왔다가 한 두 해 살아본 다음부터 공화국에 대해 심한 불평을 늘어놓다가 보위부의 손길에 잡혀온 째포 남자가 방장을 맡았다. 나이는 서른다섯이었으나 칠십대의 노인처럼 허리가 굽었고 머리칼마저 백발이었다. 16사의 사람들은 그를 "노인"이라고 불렀다. 이 노인도 방장을 맡은 지 다섯 달이 되던 1963년 어느 날 돌아오지 않았다. 돌아오기는 했으나 갱내의 가스에 질식하여 퍼렇게 식어버린 시체로 돌아온 것이었다. 그 다음 준상에게 방장이라는 영예로운 직함이 주어졌다. 방장이라는 것은 인원을 점검하고 막사 안의 살림살이에 필요한 생필품을 타오거나 위로부터 내려오는 지시를 전달하는 것이 임무였다. 준상이 처음 이 막사로 배치되었을 때 먼저 와 있던 죄수들 중 살아남은 사람은 다섯 명도 되지 않았다.

요즘 16사에는 이상한 소문이 돌고 있었다. 제27수직갱이 허물어질지도 모른다는 소문이었다. 탄전 비서국과 정치국에서는 지난해부터 채탄 목표를 두 배로 올려놓고 광부들을 거칠게 내몰고 있었다. 목표를 달성하지 못한 조는 밥을 굶기거나 잠을 재우지 않는 가혹한 벌을 가했다. 동유럽과 소련에서 비싼 장비들을 들여와 탄전을 현대화하고 기계화 했으므로 채탄 목표량을 두 배로 올려 잡은 것이었다. 소모품들도 더 많이 들어왔다. 어디서 죄 지은 사람들이 그리도 많은 지 6월 13일 탄전에 공급되는 죄수들의 수는 배로 늘었다. 그만큼 죽어 소모되는 양도 늘었다. 죽는 이유는 여러 가지였다. 병들어 죽거나 굶어 죽은 경우가 가장 많았고, 갱도에서 사고로 죽는 수가 그 다음이었다. 이래 죽으나 저래 죽으나 결국 저 높은 철조망 밖으로 나가 햇볕을 보지 못하고 죽는다는 것은 누구에게나 명백한 사실이었다. 그래도 죄수들은 갱도에서 사고를 당해 검은 굴 속에 갇히거나 시꺼먼 물반죽에 파묻혀 죽는 것을 가장 두려워했다. 제27수직갱은 채탄 목표량을 채우기 위해 그 해 처음으로 개발한 갱도였는데 막장이 해발 마이너스 5천 미터에 집중되어 있었다. 이 갱도에 배치되는 인원은 주로 16사 죄수들이었는데 요즘 그 막장에서 탄벽이 묽은 죽처럼 흐물거리는 경우가 더러 있었다. 방장인 준상이 몇 번 비서국에 보고했으나 "탄벽이 부드러우면 채탄에 힘이 덜 들어 좋을 텐데 뭘 걱정하느냐. 반동새끼들아" 하는 욕만 듣고 올 뿐이었다.

그날 아침 27갱에 탐색조로 들어갈 인원을 조직하라는 명령이 떨어졌다. 탐색조란 형식적이나마 채탄조가 들어가기 전에 막장의 안전도를 점검하는 작업이었는데 군대의 전초병처럼 숨어 있던 적의 대군을 만날 가능성이 많은 임무였다. 당연히 자원하는 사람은 없었다. 방장인 준상이 며칠 전 새로 들어온 젊은 죄수 한 명을 데리고 나설 수밖에 없었다.

땅 속으로 5천 미터를 파고 내려가면 그 속의 온도는 40도에 가깝다. 열탕 속에 들어가 있는 격이다. 공기는 희박하고 탄 먼지는 자욱하다. 습도는 높아 숨을 쉬기가 어렵다. 이런 어둠 속에서 살아온 지 벌써 3년째였다. 아직도 살아 있다는 사실이 믿어지지 않을 때가 많았다. 꿈에서 설희를 보지 못한지도 오래 됐다. 요즘 꿈에는 거의 예외 없이 시커먼 옷을 입은 저승차사가 나타났다. 나타나서는 데리고 가지 않고 고생을 더하라는 뜻으로 그냥 버려두고 떠나버리는 것이었다.

27호 수직갱에서 옆으로 수평갱으로 굴진한 막장에는 어제 발파작업을 한 후 채탄을 마치지 못한 석탄 부스러기가 쌓여 있었다. 준상은 탄차에서 내린 후 젊은 신참을 데리고 머리 앞에 붙은 랜턴 불빛으로 탄벽을 비추면서 손으로 일일이 만져가며 점검했다.

"방장 동무."

신참이 불렀다.

"여기 물이 나옵니다."

물은 어디서나 나오기 마련이다. 얼마나 많이 나오느냐가 문제일 뿐이다. 신참이 손으로 반죽 같은 것을 한웅큼 쥐고 들어보였다. 신참이 걱정스럽게 보고 있는 탄벽을 확인해 보니 16사 사람들이 무서워하는 바로 그 현상이었다. 준상은 괜찮다, 걱정 말라는 시늉으로 고개를 끄덕여 보이고 앞으로 나아갔다.

"방장 동무."

신참이 또 불렀다. 이번에 부르는 소리는 떨리고 있었다.

"소리가 납니다."

준상도 듣고 있었다. 그건 소리가 아니라 공기의 떨림이었다. 땅 속이 움직이면서 내는 숨소리거나 비명 소리 같은 것이었다. 준상은 왔던 길을 돌아보았다. 수평갱에서 수직갱으로 이어지는 곳까지 겨우 십 미터 정도였다.

"뛰어."

두 사람은 뛰었다. 그러나 그들이 몸을 돌리는 순간 천지가 무너지는 소리와 함께 수평갱도가 막혀버렸다. 젊은 신참은 이미 죽은 사람이나 다름이 없었다. 공포가 사람을 반쯤 죽여 놓은 것이었다.

'이렇게 오는가?'

준상은 생각했다. 세상에 태어나 그 마지막이 이렇게 싱겁게, 이렇게 품위 없게 오는가? 그는 문득 자신이 결혼을 했다는 사실을 떠올렸다. 설희와의 결혼을 진지하게 생각해 본 적은 없었다. 설희가 그 약속을 지킬 것이라고 믿지도 않았다. 그랬는데, 지금 죽음을 앞둔 시간에 갑자기 설희의 그 약속을 믿고 싶어지는 것이었다. 믿고 싶은데 확인할 길이 없었다.

'살아야 한다.'

그는 다짐했다. 살아야 한다는 생각만으로 살 수가 있다면 무덤 속에 들어가 누울 사람이 누가 있겠는가. 그러나 아직은 끝이 아니라는 생각이 그의 몸 속에 있는 생존 본능을 깨웠다. 그는 신참에게 나지막한 목소리로 말했다.

"삽을 들고 있나?"

"저기서 도망쳐 올 때 놓아버렸습니다."

"좋아. 여기 하나 있으니 됐고, 랜턴을 끄게. 빛을 아껴야 해. 말을 하지 말도록. 공기를 아껴야 하니까."

벌써 숨이 가빠오고 심장에 큰 바위를 올려놓은 것처럼 갑갑했다. 아끼면 얼마나 오래 가겠는가, 신참의 눈빛과 거칠게 토해내는 신음 속에서 그런 의구심을 보았다.

　"죽을 때 죽더라도 해봐야지, 안 그래?"

　신참은 고개를 끄덕였다.

1965년 여름 - 평양

 김일성대학을 졸업하자마자 조선노동당 당원이 되고 이어 당의 선전선동부 예술과장으로 올라앉은 김정일은 영화에 몰입해 있었다. 아버지 김일성은 "공산주의는 쌀이다"고 했으나 김정일은 이 말을 "공산주의는 영화다"라는 말로 바꾸어 자신의 표어로 삼았다. 그는 김일성대학의 영화예술과 조교수였던 허명학으로부터 영화의 기본 이론을 배웠으나 허명학은 영화의 정치공학을 이 미래의 지도자에게 주입시키려 애를 썼고, 영화를 통해 김정일을 지배하고 김정일을 통해 세상을 지배해 보려는 야심을 가지고 있었다. 그 표본은 멀리서는 로마 황제들의 행태에서 빌어 왔고 가깝게는 히틀러의 괴벨스와 모택동의 강청을 교사로 삼았다. 허명학은 김정일이 특히 히틀러와 괴벨스에게 깊은 애정을 가지고 있다는 사실을 간파했다. 그는 자신이 괴벨스가 되기로 작정했다.

 김정일은 선전선동부에 오자마자 허명학을 대학에서 빼내어 선전선동부에 앉혀 놓았다. 자신과 영화판의 연결고리로 삼기 위함이었고, 영화를 소재로 한 정치공학의 스승을 지근거리에 두고 필요할 때는 언제나 의논을 하기 위해서였다. 비록 과장이라는 중간 위치였으나 주석의 아들이자 미래의 주석이 될 가능성이 많은 김정일이 들어오자 당의 선전선동부는 자연스럽게 그의 발밑에 엎드렸다. 허명학 같은 사람 하나 불러오는 것은 말 한 마디로 충분했다. 이 일로 자신의 권력을 시험해 본 김정일은 이후 거침없이 그 권력을 행사했고, 차츰 수위를 높여 갔다.

그는 지금도 히틀러와 괴벨스를 생각하고 있었고, 이어서 모택동과 강청을 생각했다. 그러다가 문득 떠오르는 생각이 있어 급히 허명학을 불렀다. 허명학은 바로 옆방에 있었기 때문에 문 앞에 대기하고 있었던 것처럼 곧바로 달려왔다. 김정일보다 열두 살이나 많은 허명학은 권력 앞에서는 개처럼 몸을 낮추었다.

"부르셨습니까? 과장 동지."

"강청이라는 에미나이 말이오."

"옛, 강청 동지 말이지요?"

"동지는 무슨."

김정일은 코웃음을 쳤다. 허명학도 따라 웃었다. 김정일이 웃음을 거두자 허명학도 재빨리 얼굴에 남아 있던 웃음의 흔적을 지웠다. 허명학의 얼굴에 스쳐가는 변화의 속도를 바라보며 김정일이 말했다.

"요즘 그 무슨 오페라를 만들었다 했소? 아니면 경극을 만들었다 했소?"

"오페라입니다."

"중국 인민이 그런 형식의 연극을 좋아한답니까? 내가 보기에 어리석은 일 같아 보이는데."

"그럼요. 어리석은 일입니다."

"오페라를 우리말로 하면 가극이 되겠지요?"

"오페라는 오페라이고 가극은 가극으로서 각자 문화 예술적인 기반이 다르지요."

"우리도 가극을 만들어 보면 어떻겠소? 중국 에미나이가 만든 가극보다 몇 배나 인민들의 피를 끓게 할 그 무엇이 필요하오."

"영화가 좋지 않겠습니까?"

"동무는 영화 밖에 모르오? 영화도 물론 중요하오. 하지만 무대예술도 이참에 우리 민족의 특수성을 살린 거작을 만들어놓아야 한다고 생각하는데."

"그럼요."

"뭐가 그럼요야? 좋은 생각이 있소?"

"진작부터 이런 하문이 계실 줄 짐작하고 몇 가지 쩨마와 종자를 준비해 둔 것이 있습니다. 우리 인민들의 피를 끓게 하는 이야기는 항일투쟁사와 미제를 쳐부순 영웅적인 전쟁입니다."

"간단하게 생각하면 그렇지요."

"진리는 간단한 데에 있습니다. 작품의 종자와 쩨마도 간단하고 명료할수록 감동이 큽니다. 두 가지 역사적 사건은 우리 인민들의 영원한 감동의 원천입니다."

"좋은 이야기가 있소?"

"중국 공산군들이 만리나 쫓겨 가서 절치부심 혁명의 야망을 불태우고 있을 때 경극으로 무료한 시간을 달랬지요. 우리 항일 빠르띠잔들도 야영지에서 연극을 했댔습니다. 김일성 수령님께서 손수 줄거리를 만들고 연기를 지도하여 만든 작품이 몇 개 있었지요. 그걸 무대에 올려놓으면 어떨까 하고 생각해 왔습니다만."

"동무는 천재야."

작은 키의 김정일이 의자를 박차고 벌떡 일어났다.

"일석이조, 아니 일석삼조, 일석사조의 효과를 거둘 수 있겠구만."

"그럼요. 수령님을 비롯하여 빠르띠잔 일세대들의 마음을 뺏아오는 데 그만한 미끼는 없을 것입니다."

"그러니까 동무를 천재라 하지 않소. 밀영지에서 했던 연극의 줄거리를 알고 있소?"

"옛, 압니다."

"말해 보시오. 그 중 하나만."

"하나는 혈해(血海)라는 것으로 일제의 잔혹한 탄압과 조선 민중의 영웅적인 항거, 그리고 수령님의 위대한 행적을 그만큼 적실하게 전해 주는 이야기도 없습니다. 다만 그 제목이 구태스러워 순 우리말로 바꾸는 것이 어떨까 합니다만,"

"순 우리말로 바꾸면 어떻게 되오?"

"피바다가 되지요."

"그건 좀 심하네. 너무 노골적이고 천박하고."

"인민들을 감동시키는 것은 대개 그런 노골적이고 천박한 제목의 작품들입니다. 인민들이 좋아하는 것은 그런 것들입니다."

"그렇다 하더라도, 혈해는 괜찮은데 피바다라 하니 비린내가 나지 않소?"

"피비린내가 나야 합니다. 인민들의 피를 끓게 해서 혁명의 대열에 묶어세우려면 그보다 더한 피비린내가 나야 합니다. 로마 황제들이 인민들의 피 속에 끓고 있는 가학성을 적실하게 이용했더랬고, 괴벨스도 그랬고, 강청 동지도 연극과 영화와 문학을 총동원하여 그런 효과를 자아내고 있습니다."

괴벨스라는 말은 효과가 있었다.

"좋소. 동무의 의견을 따르기로 하지. 한데 강청 에미나이가 노리는 것이 무엇이라 생각하오?"

"간단합니다. 모택동의 절대적인 신임을 얻는 것이 첫째이고, 권력을 얻어내는 것이 둘째입니다."

"우리끼리니까, 더 자세하게 말해 보라."

"옛. 강청 동지는 모택동 동지를 황제로 만들 작정인 것 같습니다."

"그 다음은?"

"강 동지 자신이 측천무후가 되려고 하는 것 같습니다."

김정일은 한숨을 쉬었다.

"역사에서 배우는 것이 그것뿐이오?"

"역사를 벗어날 수 없습니다."

"공산주의도?"

"옛, 공산주의도 역사의 손바닥을 벗어나지는 못합니다."

"동무는 반동이구만."

"과장 동지께서도 반동이십니다."

"하하. 맞소. 동무와 애기하면 이래서 즐겁다니까."

김정일은 얼굴에서 웃음을 지웠다. 허명학도 재빠르게 얼굴에서 웃음을 몰아냈다.

"우리도 가능할까?"

"가능합니다."

"내가 무엇을 말하려는지 알지도 못하고 가능하다고 대답해?"

"이런 말씀 아니었습니까? 김일성 수령 동지를 황제로 만들 수 있을까? 나아가 과장 동지께서 측천이 될 수 있을까?"

"동무는 아무래도 오래 살기 어렵겠어."

"과장 동지께서 죽으라 하시면 죽겠습니다. 그 외에는 누구도 저를 죽이지 못합니다."

"질문을 내놓았으니 대답도 내놓으시오."

"옛. 수령님께서는 황제가 되실 수 없습니다. 과장 동지께서도 측천이 될 수 없습니다."

김정일의 얼굴에 구름이 지나갔다. 못 본 척하고 허명학은 빠르게 말을 이었다.

"황제 이상이어야 합니다. 주석 동지께서는 황제가 아니라 신이 되셔야 합니다. 과장 동지께서도 언젠가 신의 자리에 오르셔야 합니다."

"신이라 했소? 그건 인민들을 착취하기 위해 만들어낸 그림자일 뿐이오."

"상상 속의 신들은 거짓이지요. 그러나 살아 있는 신들은 진실입니다."

"살아 있는 신이라."

김정일은 몇 번이나 그 말을 씹어 보았다. 차츰 김정일의 입이 옆으로 찢어지는 것을 보고 허명학은 쐐기를 박았다.

"수령 동지를 신으로 만들어야 합니다."

"이미 신이 되어 있소."

"더 높이 띄우십시오. 그 자리에서 내려오시지 못할 정도로."

"동무는…"

김정일은 허명학의 얼굴을 찬찬히 들여다보았다.

"아무래도 처형감이오. 이 자리에서 즉각 처형해도 무방할 엄중한 죄를 지었소."

"저는 죽을 각오로 살고 있습니다."

"좋소."

김정일은 통이 큰 뱃심과 뱀 같이 차가운 냉정함을 동시에 지니고 있는 젊은이였다. 허명학은 김정일의 이런 천성의 틈을 파고들어 그를 요리하고 있었다.

"그 혈해, 피바다는 아무래도 좀 그렇소만, 혈해를 강청이 만든 가극 이상의 큰 무대로 만들어보도록 합시다. 또 없소?"

"있습니다. 얼마든지 있습니다. 일본 제국의 만행을 고발하는 소재 라면 거의 무궁무진합니다. 조국해방전쟁이라는 전설의 창고는 그냥 남겨두어도 말입니다."

"내가 괴벨스나 강청을 연구해 보니 이 사람들은 연극 영화, 음악과 문학 따위를 대중 선동의 무기로 활용하는 지혜뿐만 아니라 현실 속에 서 영웅을 만들어 대중을 이끌어가는 재주도 비상해요. 우리에겐 그것 이 필요한데, 천리마운동의 영웅들 가지고는 식상해서, 인민들이 억지 로 끌려오고 있거든."

"맞습니다."

허명학은 이 미래의 지도자가 지닌 감각에 감탄했다. 이 젊은이는 무 엇이 똥이고 무엇이 된장인지 알고 있는 것이다. 북조선 천지에 이런 현실감각, 균형감각을 지닌 사람은 이미 소멸해버렸다고 허명학은 생 각하고 있었다. 그런데 여기 한 사람이 있었다.

"그럴만한 종자가 어디 있소?"

"죽음이라는 절체절명의 위기를 극복하는 것이야말로 극적인 요소를 모두 갖춘 비장한 이야기가 됩니다. 그 주인공을 영웅이나 신화적인 인물로 만들기도 쉽습니다."

"지금 죽어가고 있는 인민이 있소? 병들거나 늙어서 죽어가고 있는 사람을 빼고 말이오."

"있습니다. 제 느낌으로는 뭔가 작품이 될 것 같습니다. 아오지 탄전입니다."

1965년 여름 - 아오지

살아야 하는 이유 하나는 있어야 했다. 이대로 죽어서는 안
되는 이유도 있어야 했다. 그러나 준상은 두 가지 이유를 모두 찾지 못
했다. 처음에는 어둠이 물감처럼 피부를 적시더니 차츰 가슴을 짓누르
고 이제는 뼈마디까지 젖어들어 벌레들처럼 시간과 공간을 해체시키
고 있었다. 이 어둠이 머릿속을 완전히 새까맣게 물들이면 그때는 죽
는 것이다. 준상은 그렇게 느끼고 있었다. 밝은 세상을 생각해 보려고
애를 썼으나 어둠의 반대 되는 햇살 밝은 세상의 풍광이 단 한 조각도
떠오르지 않았다. 나는 이미 죽었다, 하고 준상은 생각했다. 죽은 뒤의
세상이 어떨 것인가, 어릴 때부터 뒷덜미에 달라붙어 있던 그 의문이
너무 쉽고 싱겁게 풀리는 기분이었다. 죽음이 이런 것이고 이렇게 오
는 것이었다면 밤을 하얗게 밝히며 그토록 걱정하지 않았을 것을.
　몇 가지 고통이 있었다. 제일 참기 어려운 것은 배고픔과 갈증이었
다. 시간이 얼마나 흘렀을까, 밖의 세상에서는 지금도 해가 뜨고 지기

를 반복하고 있는 것일까. 그렇게 만든 하루라는 단위의 시간이 몇 번이나 되풀이 되었을까. 감각이 없었다. 시간이라는 것, 공간이라는 것이 태양이 뜨고 져야 비로소 감각으로 느껴진다는 것을 처음으로 깨달았다. 여기서는 시간도 공간도 느껴지지 않았고 느낄 필요도 없었다. 그까짓 세월이 얼마나 흘렀으면 그게 무슨 상관인가.

시간의 흐름은 상관이 없는데 배가 고픈 것이 문제였다. 몸뚱이의 모든 조직이 시간에 맞추어 음식이 공급되는데 익숙해져 있었으므로 때가 되면 격심한 배고픔이 찾아왔다. 그럴 때마다 아, 지상에서는 밥을 먹을 때가 되었나보다, 하고 생각했다. 혓바닥을 아무리 훑어도 촉촉한 기운조차 없었다. 혀가 갈라지는 느낌, 목구멍이 마른 섶처럼 불에 타들어갔다.

또 하나의 고통은 추위였다. 작업을 할 때는 더워서 숨이 막히는 막장이었으나 막상 그 속에서 고립되고 보니 인간이 내팽개쳐진 채 지내기에는 추운 곳이었다. 그나마 지열이 조금 식은 것은 다행이었다. 사십도 안팎을 오르내리는 열기가 계속되었다면 열기와 함께 뿜어 나오는 이산화탄소 때문에 벌써 질식하여 죽었을 것이었다.

준상은 어둠 속에서 젊은 신참의 몸을 더듬었다. 가슴이 희미하게 띄고 있었다. 손목을 더듬어 잡았다. 손목에서는 맥박이 거의 느껴지지 않았다. 처음 한동안 흐느끼기도 하고 삽으로 무너진 흙더미를 파기도 하던 그는 어느 순간부터 준상이 시키는 대로 완전히 체념하고 누워버렸다. 그러나 누워 있어도 배고픔과 갈증은 피해가지 않았다.

준상은 손으로 사방을 손으로 더듬어 보았다. 그들이 갇힌 공간은 생각보다 넓었다. 너비와 높이는 어른 한 사람의 키 높이 정도였으나 짐승 우리처럼 그들을 가두어놓은 동굴의 길이는 제법 길었다. 한쪽은 막장이었고 다른 한쪽은 수직갱으로 연결되는 교차지점이었다. 그 교차지점이 흙더미로 묻혀버린 것이었다. 밖에서 구원의 손길이 여기까지 뻗어올 가능성은 전혀 없었다. 지금까지 두 해 동안 이 지옥 같은 탄전에서 일하는 동안 몇 번의 사고를 목격했으나 죽은 사람을 구원하기 위해 쓸데없이 기계와 노동력을 투입하는 것을 본 일이 없었다. 그저 소모품 몇 개가 소모된 것으로 장부만 정리하면 끝인데 왜 어려운 구조작업에 공화국의 아까운 힘을 낭비할 것인가.

손끝에 무언가 물컹하게 잡히는 것이 있었다. 계속 더듬어 확인해 보니 그들을 이 지옥 속에 가두어버린 죽탄이 한쪽 탄벽 아랫부분에 질펀하게 퍼져 있었다. 몸을 그쪽으로 움직여 간 준상은 손에 닿은 것을 입으로 가져갔다. 굳어진 혓바닥에 물기가 닿았다. 처음에는 손가락 끝으로 조금 찍어 혓바닥에 올려놓았으나 그것이 목구멍으로 넘어가면서 허기져 말라붙은 위장이 찢어질 듯한 고통으로 반응했다. 식도를 따라 죽탄이 내려가자 위장의 고통은 멈추었다. 살 것 같았다. 좀 더 오랜 시간 이 어둠 속에서 연명할 수 있다는 생각이 들었다. 갈탄의 성분이 무엇이더라? 떠오르는 단어가 없었다. 그저 화력이 좋으니 생명을 유지하는 힘도 있을 것이다, 하고 생각할 뿐이었다. 두 번 세 번 죽이 된 갈탄을 씹어보니 맛도 있었다. 석탄의 맛이 그렇게 좋을 수가 없었다. 살아남기만 하면, 하고 준상은 생각했다. 아오지의 갈탄으로 공화국 인민들이 주린 배를 채울 수 있는 음식을 만들어 내리라. 수령은 "공산주의는 쌀이다"고 했으나 나는 "공산주의는 석탄이다" 하는 새로운 떼제를 만들어 내리라. 그는 어둠 속에서 처음으로 히죽 웃었다.

엷은 신음소리가 들렸다. 얼마 전까지만 해도 울기도 하고 넋두리도 곧잘 하던 젊은 동무가 말을 끊었고, 가끔 의식을 잃기 시작했다. 지금도 그저 송장처럼 누워 있었다.

　준상은 죽 같은 갈탄 덩어리를 한 줌 쥐고 젊은 동무의 얼굴을 더듬어 입이라고 생각되는 부분에 조금 흘려 넣었다. 처음에는 입이 열리지 않았다. 준상이 손가락으로 젊은 동무의 입을 조금 벌려 죽 같은 갈탄 덩어리를 억지로 밀어 넣었다. 그러고 나서 반응을 보았다. 한참만에 턱이 조금 움직이더니 곧 이어 빠르게 움직였다. 그런 다음 손이 오더니 준상의 손에서 남아 있던 갈탄 덩어리를 뺏어갔다.

　"이봐, 천천히 먹어. 석탄은 얼마든지 있으니까."

　그랬다. 석탄뿐이겠는가. 흙이고 돌이고 무엇이든 먹을 수 있었다. 문제는 수분이었다. 흙과 돌 속에도 수분은 조금씩 섞여 있다. 그러나 그것만으로는 갈증을 해소하기 불가능하다. 오줌을 낭비하지 않고 활용하는 수밖에 없었다. 그러나 언제부터인가 오줌이 나오지 않았다. 오줌이 나올 때는 미처 그 생각을 못했는데 이제 오줌이라도 아껴서 사용하려고 하니 그 귀한 오줌이 한 방울도 나오지 않았다.

　준상의 머릿속에 번개 같은 생각이 스쳐갔다. 묽은 죽 같은 갈탄 덩어리를 먹었으니 그 안에 있는 영양분과 수분을 구분하여 처리하는 것은 몸속의 내장이 할 일이다. 인체는 정교한 화학공장이라 하지 않는가. 그 화학공장이 일을 할 때가 온 것이다. 갈탄 속의 영양은 흡수하고 수분은 콩팥을 통해 배출하면 된다, 그때 나온 수분을 다시 활용하면 되는 것이다. 수분을 받아서 저장할 그릇도 있었다. 곽밥을 사 온 찌그러진 양은그릇이 있었다.

　젊은 신참 동무가 일어나 앉더니 준상의 손을 그러잡았다. 기운이 나는 모양이었다. 쓸데없는 짓을 했다는 후회가 준상의 가슴을 쳤다. 이렇게 해서 생명을 얼마간 더 연장시켜놓는 것이 도대체 무슨 의미가 있다는 것인가. 그러나 젊은 동무는 생각이 달랐다. 사방의 벽과 바닥을 더듬어 먹을 수 있는 죽탄의 양과 그 속에 함유된 수분의 양을 모두 측정해 본 후 다시 돌아와 누웠다. 두 사람의 머릿속에 동시에 하나의 생각이 떠올랐다. 먹었으니 나올 것이다. 오줌만 나오라는 법은 없다. 그때는 어떻게 할 것인가? 이 좁은 공간 속에서 악취를 어떻게 견딜 것인가? 그건 그때 가서 생각하기로 하고 두 사람은 기운을 아끼기 위해 다시 바닥에 누웠다.

'6월 13일 탄전'(아오지탄전의 새 이름)의 정치국 비서 양경식은 중앙당 선전선동부의 긴급 전화를 받았다. 상대는 선전선동부의 하급 일꾼인 허명학이라는 자였으나 그 어조는 마치 수령님이라도 된 듯한 기세였다.

"동무, 이름을 대시오."

전화로 들려오는 목소리는 자신보다 나이가 아래임이 분명한데 대뜸 하대라도 할 듯한 목소리였다. 호가호위라는 말을 떠올리며 양경식은 속으로 배알이 뒤틀렸으나 참을 수밖에 없었다. 선전선동부의 과장으로 김정일 동지가 가 앉으면서 공화국 권력의 추가 그쪽으로 기울기 시작했다는 것 쯤 변경의 탄전에 와 있는 양경식도 동물적인 감각으로 느끼고 있었다. 양경식은 자신의 이름을 댔다.

"갱도에 갇혀 있는 동무들의 성분이 무어요?"

어떤 경로로 이런 보고가 당 중앙의 선전선동부에까지 올라간 것일까? 어쨌든 알고 전화하는 일이니 감출 수는 없는 일이었다.

"교화소 일꾼으로 성분이 좋지 않습네다."

"좋고 안 좋고는 이쪽에서 판단할 일이니 성분이나 대시오."

"옛. 한 사람은 영화 독이고, 다른 한 사람은 쩨포입네다."

"영화감독? 쩨포?"

"그렇습네다."

"이름은?"

"영화감독이라는 자는 박준상이고, 쩨포는 일본 오사까에서 빠찡꼬 하는 녕감의 부화방탕하던 아들놈으로 이름은 김명호라 합네다. 나이는 스물일곱 살."

"두 사람 모두 살려내시오."

"살리고 싶은 마음이야 왜 없겠습네까. 그러나."

"유월 십삼일탄전의 모든 기계와 인력을 총동원해서 반드시 살려내시오. 공화국 안에 있는 구조장비를 모조리 그쪽으로 집중 배치하도록 조치해 놓았으니 기계가 없어 일을 못한다는 핑계는 대지 마시오. 만약 어렵거든 동무가 직접 삽을 들고 파내시오. 그것이 안 되면 동무는 갱도에서 나오지 마시오. 이건 수령님의 지시오. 알아들었소?"

"옛."

양경식은 앉은 자리에서 벌떡 일어나며 대답했다. 탄전의 책임비서 주영상이 "미친 놈" 하는 눈빛으로 건너다보고 있었다. 양경식은 허명학에게 받은 수모를 당장 털어버릴 기회를 발견했다.

"책임비서 동지. 위대한 수령님의 지시오."

주영상도 앉아서 히죽거리며 즐길 일이 아니라는 것을 알았다. 그도 자리에서 벌떡 일어났다.

"갱도에 묻혀 있는 소모품들을 산 채로 꺼내라는 지시가 떨어졌소. 그들을 영웅으로 만들 작정인가 봅네다. 아니면 그 반동 쩨포의 아비가 공화국에 엄청난 공헌을 하면서 아들놈의 목숨을 구걸한 것인지도 모르디요. 소문에는 평양에 거대한 병원도 지어주고 방송국도 새워준다고 합디다만. 그런 자의 아들이 저런 반동놈의 새끼라니 그저 죽어버리는 것이 가장 좋은 방법인데 수령님께서 살려내라 하시면 살려내야디요. 아니면,"

"아니면?"

그 다음 말이 궁금했다.

주영상의 얼굴에 침을 뱉듯이 양경식은 말했다.

"책임비서 동지가 갱도에 직접 들어가 나오지 말라고 합네다."

그 말이 무엇을 뜻하는지 주영상은 알아들었다.

그는 곧장 현장으로 달려갔다. 갱도에 가득 차 있던 가스는 뽑아냈으니 이제 무너진 흙더미만 파내려 가면 되는 일이었다. 그러나 그게 쉽지 않았다. 묽은 갈탄이 계속 무너지고 있어서 더 큰 사고가 날 가능성이 많기 때문이었다. 결국 파묻힌 소모품을 버리고 갱도를 폐기해버리면 간단하게 해결될 문제인데 중앙당이 무슨 이유로 이 일에 콩 놔라 팥 놔라 끼어드는 것일까?

"미친놈들."

아무도 듣지 않는 허공에 대고 욕을 했으나 주영상은 재빠르게 움직였다. 구조작업을 하다가 더 큰 사고가 나서 많은 소모품이 소모되면 그것은 그것대로 처리하면 그만일 것이다. 공화국의 인민들을 위해, 그리고 수령님을 위해 무엇이 더 큰 이익을 가져다 줄 것인가 따지는 일은 높은 곳에서 하도록 내버려두자.

서둘러야 했다.

아직 살아 있다는 보장이 없었다. 벌써 나흘이 지났다. 이쯤이면 대개는 살아남기 어렵다. 혹 목숨이 붙어 있다 해도 송장이나 다름이 없어 햇볕 속으로 꺼내놓을 가치가 없는 물건들이다. 죽지 말라, 제발.
주영상은 다급해졌다.

1966년 여름 – 평양

살다보면 기분이 좋을 때도 있고 나쁠 때도 있는 법이다. 대체로 일이 계획한대로 잘 풀리거나 칭찬을 들으면 기분이 좋고 반대로 잘 풀리지 않거나 비난을 받으면 기분도 저상된다. 높은 자리에 있는 사람이나 낮은 자리에 엎드려 있는 사람이나 다 같다. 김일성은 이즈음 기분이 좋았다. 그동안 중국과 소련의 틈새에서 비집고 살아갈 틈새를 만들어 보려고 노력했으나 어려웠다. 소련과 중국 자체는 그다지 어려운 상대가 아니었다. 어차피 국제 정치란 것은 앞에서 큰소리 치고 뒤에서 거래하는 야바위 비슷한 것인데다 적과 동지가 명확하지도 않은 비빔밥 같은 것이어서 깃발 하나만 제대로 꽂아놓으면 행세할 수 있는 어수룩한 판이라는 것을 알았기 때문이었다. 그보다는 국내 정치가 더 어려웠다. 소련의 영도적인 지위를 신앙처럼 받는 무리들과 중국이라는 이름만 들어도 설설 기는 조선인의 피를 숨기지 못하는 무리들은 중국에 기대야 한다고 노골적으로 편들고 나서는 판이었다. 이들을 누르고 자주노선의 깃발을 확실하게 꽂아두는 것이 무엇보다 어려운 작업이었다.

지원군은 밖에서 왔다. 최근 작은 나라의 지도자들이 제3세계의 기치를 내걸고 그 공간 확보의 틈새를 만들어주고 있었다. 반둥회의 체제도 그 중의 하나였다. 지난 해 인도네시아에서 열린 반둥회의 10주년 기념대회에 김일성이 직접 참가한 까닭이 그것이었다. 그는 알라아르함 사회과학원에서 〈3대 혁명 역량론〉을 강연했는데 그 반향은 마치 파도와 같았다. 이제 국제공산당 운동에서 소련과 중국의 영도적 지위는 막을 내리고 극동의 작은 나라에 세계의 이목이 집중될 것이라고 신문들은 표현했다.

그 결과는 아주 좋았다. 국내에서 더 이상 중국이냐 소련이냐 하는 따위의 자잘한 시비가 잠들었기 때문이었다. 이제 자주노선을 의심하는 무리들은 자취를 감추었다. 다만 자주노선의 철학적 과학적 토대를 만들고 가지를 뻗게 하여 풍성한 열매를 매달면 그만이었다. 요즘 그는 그 문제로 밤을 꼬박 새우는 일이 잦았다.

김일성의 기분이 좋아지는 말의 보따리를 들고 찾아오는 사람들도 늘었다. 독일 여자 루이제 린저와 캄보디아의 국왕 시아누크였다. 두 사람은 마치 김일성의 기분을 도우기 위해 약속이나 한 것처럼 비슷한 시기에 찾아와 비슷한 말들을 했다. 먼저 찾아온 사람은 독일 여자 루이제 린저였다.

김일성은 묘향산의 특각에서 루이제 린저의 손을 잡았다. 여자 손 치고는 거친 손이었다. 손등에 나 있는 노란 털이 거슬렸지만 김일성은 그녀의 손이 세상에서 가장 아름답고 부드러운 손이라는 듯이 몇 번이나 어루만지고 또 토닥거렸다.

"여자들은 말이오."

김일성이 걸걸한 목소리로 말했다.

"꼭 늙거나 병들어서 쓸모없어진 후에야 찾아온단 말이야."

루이제 린저의 얼굴에 구름이 스쳐갔다. 그것을 보면서 김일성이 말을 이었다.

"당신은 아직 이렇게 아름답고 싱싱한데 내가 늙어서 탈이구만. 조금만 더 일찍 만났더라면 큰 일이 날 뻔 했소, 하하."

"그 농담은 조금도 위안이 되지 않습니다."

독일 여자가 대들었다. 그녀가 대들 때는 입술을 오므리는 습관이 있었는데 그 모양을 보면서 김일성은 즐거워했다. 루이제가 말머리를 돌렸다.

"작년 반둥회의 10주년 기념대회에서 행한 연설문을 차근하게 음미해 보았어요. 역시 멋진 사람이야, 당신은."

김일성은 어깨를 들썩이며 웃었다.

"한 수 가르쳐 주었지. 내친김에 소련과 중국 노선을 모두 비판하고 자주 노선을 걷겠다고 선언해 버렸소. 소련, 중국의 지도자들이 공산주의를 깎고 비틀어서 병들게 해버렸소. 그걸 소생시켜야 하오. 그러자면 미국의 제국주의도 배척해야 마땅하지만 소련의 제국주의도 경계해야 합니다. 당신은 아마 중화의 패권주의가 아시아의 역사를 얼마나 지독한 노예의 역사로 만들었는지 모를 거요. 지금 그 패권주의가 꿈틀거리고 있어요. 그걸 차단해야 합니다. 내가 그 앞장에 서 있을 거요. 결국 중국과 소련의 국경분쟁문제로 알제리에서 열리기로 돼 있던 2차 회의가 깨지고 말았지만 그게 반둥회의의 태생적 한계였고, 앞으로는 그런 따위의 국제적 연대 없이 한 나라가 깃발을 들고 앞서 나가면 다른 나라들이 뒤를 따르는 실용적인 세계 질서가 자리 잡게 될 거요. 그 앞에 서 있는 나라와 지도자가 누구인지는 짐작하겠지요?"

"순수성을 잃지 말아야 합니다."

루이제가 강조했다.

"이 세상 한 구석에서 진정한 지도자 한 사람이 있다는 것을 아는 것만으로도 큰 즐거움인데 그 사람을 친구로 두었으니 나는 행복해요. 이 행복을 깨지 마세요."

"당신이 남조선 젊은 아이들한테 대단한 인기라면서?"

"내 머리털만 보고 나를 보았다고 착각하는 무리들이지요."

"아니오. 정말 부럽소. 남조선 아이들한테 나와 당신 중 누가 더 인기가 있는지 우리 시합해 봅시다. 그럼 우린 적인가?"

"우리 두 사람의 인기를 결합시키면 남조선을 뒤덮을 수 있을지도 모르지요. 그러니 협력자지, 적은 아닙니다."

"맞소."

김일성은 루이제의 손등을 두드리며 웃었다.

"우리 두 사람이 남조선을 해방시킵시다. 온 김에 금강산을 함께 가겠소?"

"금강산은 이미 지난번에 보았습니다. 이번에는 사람들을 보고 싶어요. 밑바닥에 있는 사람들을."

"인민의 나라에 밑바닥이 어디 있갔소. 그러나 당신이 보고 싶다면 어디든지 안내하라고 일러두지."

루이제는 안내원 없이 마음대로 북조선 천지를 돌아다니고 싶다고 했으나 김일성은 못 들은 척하고 딴전을 부렸다. 그리고 내각에 명령하여 최고급의 자동차와 유능한 안내원을 선발하여 루이제를 수행하도록 지시했다.

독일 여자가 평양과 해주, 그리고 함흥을 돌아보고 지쳐서 자기 나라로 가버리자 이번에는 캄보디아의 국왕 시아누크가 날아왔다. 이 이상한 나라의 이상한 임금님은 미리 약속도 없이 불쑥 나타나는 묘한 버릇이 있었다. 이번에도 겨우 일주일 전에 평양을 방문하고 싶다는 연락을 해 왔다. 연락이라기보다 통고에 가까웠다. 김일성은 시아누크에게 누가 진정한 지도자인지 확실하게 가르쳐 주리라 마음먹고 있었다. 루이제 린저 때와 마찬가지로 이번에도 김일성은 묘향산 특각에서 시아누크를 맞았다. 헐렁한 반소매에 푸릇한 나뭇잎 무늬의 남방을 걸치고 나타난 시아누크는 묘향산에 대한 감탄으로 말문을 열었다.

"내 고국 캄보디아에 살 수 없다면 이곳에 와서 살고 싶습니다."

"만약, 만약에 말이오. 당신이 캄보디아에서 쫓겨나기라도 하는 날에는 이곳으로 오시오. 묘향산에 좋은 집을 지어 드리리다."

뼈 있는 말이었으나 시아누크는 웃으면서 받았다.

"동지가 이곳에서 실각하는 날에는 우리 캄보디아에 묘향산 특각보다 훨씬 더 좋은 집을 지어드릴 테니 지체 말고 찾아오시오."

두 사람은 배를 들썩이며 웃었다. 수행한 사람들과 통역도 따라 웃었으나 김일성이 웃음을 거두자 재빨리 얼굴을 긴장시켰다.

"역사에서 배워야 합니다."

김일성이 정색을 하고 말했다.

"역사는 우리가 만들어나가는 것이지요."

시아누크가 자신 없는 어조로 받았다.

"오만하면 안 됩니다. 역사는 오만한 인간에게 징벌을 내리는 법이니까."

"어떻게 하는 것이 겸손해지는 것입니까?"

"준비를 해야지요. 우리가 애써 만들어놓은 체제와 이념이 허물어지지 않도록 단단하게 뿌리를 내리고 기둥을 박아야 합니다. 혹시 후계 체제를 잡아놓았습니까?"

"아직은."

시아누크가 어깨를 들썩했다.

두 사람은 비슷한 데가 많았다. 시아누크는 부왕이 타계하자 왕위 계승 대신에 국가 원수의 직위를 물려받았다. 국가원수나 왕이나 그게 그건데 이름이 다를 뿐이었다. 실제로 시아누크는 왕 이상의 왕 노릇을 하고 있었으나 굳이 왕의 권좌 대신 국가원수라는 이름으로 권력을 행사했다. 김일성은 왕 이상의 왕이 되어 있었으나 그도 역시 노동당 중앙위원장이나 국가 주석 따위의 격이 낮은 명칭으로 권력을 행사하고 있었다. 두 사람의 목표는 같았다. 왕권적 공산주의를 정착시키고 이를 온 세상에 전파하는 것이었다. 인민들이란 지도자가 필요하다. 공산주의 국가의 인민들도 마찬가지다. 지도자가 진정한 지도자인가 아닌가 하는 것은 오로지 지도자 개인의 품격과 능력에 달렸으나 시아누크와 김일성 두 사람 모두 자신들이 일찍이 역사에 등장하지 않았던 위대한 지도자라는 데는 이견이 없었다. 왕권공산주의, 제왕적 통치방식과 공산주의의 결합을 성공시키는 것은 오직 이들 두 지도자들의 마음먹기에 달려 있었고, 이들의 위대한 발상이 대를 이어 연면하게 뿌리를 내리느냐 아니냐에 달려 있다고 생각하는 것이었다.

"발밑을 잘 살펴야 합니다. 외곽을 튼튼하게 하고 권력의 뒤를 이을 끈을 만들어두어야 합니다."

"아직은 그런 걱정을 할 단계가 아니지만 아무튼 충고 고맙게 받아들이겠습니다."

시아누크는 김일성의 충고에 대해 고마워했다. 그러나 그 고마움이 말뿐이라는 것을 말을 하는 사람이나 듣는 사람 모두 알고 있었다.

김일성은 문득 생각난 듯이 노동당으로 전화를 걸었다.

"과장 동지를 바꾸라."

선전선동부의 영화예술과장 김정일이 전화 저편에 나왔다.

"준비를 하라. 김책제철소로 현장지도를 가야겠다. 가는 길에 함경도의 당 사업을 재검토해야갔어."

1966년 여름 - 청진

인민군 육군 제10군단 사령관 유대홍 상장은 관모봉 지하의 군단 지휘소에서 이틀째 밤을 세웠다. 그는 벽에 걸린 시계를 보았다. 새벽 4시였다. 김일성 김정일 부자가 청진의 김책제철소를 현장지도 차 방문하는 시간이 정확하게 10시간 앞으로 다가와 있었다.

'눈을 좀 부쳐야 되는데.'

그러나 육신은 자신을 철저하게 배반했다. 정작 중요한 시간에 잠을 자려고 해도 머릿속이 하얗게 밝아오면서 눈꺼풀만 아플 뿐 이틀 밤을 끝내 잠을 이루지 못하고 말았던 것이다. 조국해방전쟁 때도 이러지는 않았다. 전쟁 때 그는 중위 계급장을 달고 중대장으로 참전하였으나 전쟁이 끝났을 때는 상좌로 연대장이었다. 그로부터 13년, 상장으로 군단장에 오르기까지 스스로 혁명의 울타리 역할을 다한다는 다짐 하나로 군인의 길을 걸어왔다.

이제 혁명을 핑계로 왕이 되려는 철면피한 인간을 제거하여 역사의 흐름을 바로 세우려고 하는데 어찌하여 이토록 잠을 이루지 못하는가. 줄리어스 시저를 제거하려 했던 부르터스도 이토록 잠을 이루지 못했을까. 만약에, 하고 유대홍은 생각했다. 역사는 가끔 갈 지자로 게걸음을 하는 수가 있다. 부르터스와 공화파가 시저를 제거하는 데는 성공했으나 로마는 거꾸로 황제의 나라가 되고 말지 않았는가. 마찬가지로 이번 거사가 실패로 끝나면 조선인민공화국은 이천년 전의 로마처럼 제국으로 가는 길을 거침없이 내달리게 될 것이다. 그렇게 될 경우 뒷날의 역사는 자신에게 그 죄를 물을 것이다. 유대홍은 자신이 김일성 부자의 제왕놀이에 융단을 깔고 기름을 부어줄 수도 있다는 점에 생각이 미치자 몸을 부르르 떨었다.

원래의 계획은 이렇지 않았다. 함경북도의 제10군단을 움직여 일단 청진과 조, 중, 소의 3개국이 잇닿아 있는 국경을 장악한 후 함흥의 제7군단과 협응하고 나아가 평양까지 접수한다는 단계적 거사계획을 세웠었다. 제7군단과 평양 호위사령부의 내응을 얻지 못할 경우가 발생하면 국경지대에 해방구를 설치하여 중국과 소련의 힘을 끌어들인다는 것이 차선의 배수진이었다. 동조선만을 통해 미국 항모의 지원을 기대한다는 마지막 카드도 준비되어 있었다. 그러나 이것은 공화국 인민들이나 인민군 사이에 감염되어 있는 반미 반제국주의 정서를 감안하여 군단 내의 장령들 사이에도 몇 사람만 알고 추진해 온 비밀 계획이었다. 거사 날짜는 가을의 공화국 창건 기념일로 잡았다.

그랬는데 변수가 생겼다. 김일성 김정일 부자가 갑자기 청진의 김책 제철소를 현장지도하기 위해 방문한다는 통고를 받은 것이다. 날짜는 겨우 엿새 앞으로 다가와 있었다. 유대홍은 제왕의 갑작스러운 현장지도에 대해 그 의미를 곰곰이 따져 보았다. 이들 부자가 현장지도라는 이름으로 손을 잡고 전국의 인민군과 공장 기업소, 협동농장을 누비고 다니며 가는 곳마다 헛소리를 흘려놓고 다니는 것이 한두 번도 아니고 어제 오늘 생긴 일도 아니었다. 그러나 이번 함경북도 방문은 각별한 의미가 숨어 있다고 유대홍은 생각했다. 첫째 김책제철소가 이번 현장 지도의 목표가 아닐지도 모른다. 아마 그동안 진행해 온 함경도 세력 숙청의 마지막 확인청소 작업을 독려하기 위함일지도 모르는 일이었다. 겉으로는 유일지도체제이지만 속으로는 집단지도체제가 분명한 공화국의 지도체제를 안팎이 확실한 유일지도체제로 굳히기 위함이고, 그렇게 토대를 굳혀놓고 그 위에 자식놈의 후계를 확실하게 못박으려 하고 있는 것이다. 이번 함경북도 방문은 김일성 부자가 두 마리 토끼를 동시에 잡으려고 기획한 행사임이 분명하다고 유대홍은 읽었다. 따라서 이번에 저들을 작살내지 못하면 조선은 봉건시대의 제왕국가로 후퇴하여 근대국가로 되돌아 올 길이 너무나 아득하게 된다. 그렇게 되면 조국해방전쟁 때 흘렸던 인민 동지들의 피의 값은 대체 어디서 찾아야 하는 것인가. 유대홍은 식은땀이 흘렀다.

평양의 호위사령부로부터 김일성 부자의 김책제철소 방문을 호위하기 위해 제10군단 군관 및 전사들 중 토대가 좋은 사람 1천명을 차출하여 평라선의 함경북도 구간 일부의 철로변 호위를 담당해 줄 것을 요청하는 전문을 받고나서 유대홍은 당장 동지들을 모았다. 그 자리에서 그는 거사를 가을까지 끌고 갈 것이 아니라 이번 기회를 이용해야 한다고 역설했고 동지들 전원이 아무 이견 없이 찬성했다. 문제는 거사에 참여할 전사들이었다. 그러나 이 문제는 생각보다 쉽게 해결됐다. 평라선의 관모봉 지하 터널을 호위의 책임이 제10군단에 있었고, 호위에 나설 전사들의 차출 권한도 군단에 위임됐기 때문이었다. 물론 군단 정치위원이 전사들의 차출에 최종 책임을 지게 돼 있었으나 전사들한 사람 한 사람의 토대와 성분을 거울 들여다보듯 들여다 볼 수는 없기 때문에 얼마든지 이쪽의 충실한 동지들을 투입할 수 있었다. 게데가 관모봉은 10군단사령부가 있는 지역이다. 적은 지금 범의 아가리 안으로 들어오는 격이었다.

준비는 완벽했다. 그런데도 왜 이리 불안하기만 한가. 원인을 알 수 없는 불안이 가슴 밑바닥에서 자라고 있었다. 유대홍은 벽에 걸린 시계를 보았다. 아직도 새벽 4시 5분이었다.

같은 시간, 제10군단의 작전참모 김열규 소장도 청진의 군관 거주지역 막사의 거실에서 똥마려운 개처럼 오락가락하고 있었다. 마누라 이유경이 같이 잠을 이루지 못하고 거실에서 안방으로 안방에서 거실로 연신 들락거리며 남편의 불안한 모습을 지켜보고 있었다. 그러나 남편은 천근의 납덩어리를 입술에 매달아놓은 것처럼 입을 열지 않았다. 그녀는 인삼 다린 뜨거운 물 한 잔을 받쳐 들고 다시 거실로 나와 남편의 옆에 앉았다.

"어제 저녁 오라버니를 만나고 왔어요."

김 소장의 몸이 움찔하다가 뻣뻣하게 굳어지는 것을 옆에서도 느낄 수 있었다. 그러나 남편은 무심한 듯

"아, 그래?"

했을 뿐이었다. 그러나 귀로는 마누라의 다음 말을 기다리고 있었다. 마누라 이유경의 오라버니 이유범 중장은 제10군단의 정치위원이다. 명색 군단장인 유대홍 상장이 있으나 실제로 군단의 모든 것을 지휘하고 결정하는 권력의 핵심은 정치위원인 이유범 중장이었다. 김열규 자신이 군단 작전참모라는 요직을 얻어 오게 된 것도 힘 좋은 처남이 이

사령부에 있기 때문이었다. 게다가 처남의 집도 걸어서 10분이면 닿을 지근에 있었다. 그러니 마누라가 여차하면 쪼르르 오라버니의 집을 찾아가 남편 험담도 하고 부탁도 하는 것이 일상생활의 일부가 되어 있었다. 그러나 지금은 아니었다. ·

"오라버니에게 물어 보았어요. 당신이 요 며칠간 이상하다, 아무래도 부대 안에 무슨 문제가 있는 것 같은데 알아봐 달라고."

"그게 무시기 소리야?"

김열규는 버럭 소리를 지르며 펄쩍 뛰었다.

"내가 뭐 못할 소리를 했어요? 남도 아닌 오라버니에게 한 소리고, 당신이 요 며칠 이상한 것도 사실이고, 아무리 말을 붙여도 입을 열어 주지 않으니 내가 오라버니에게 하소하는 것이 당연한 일 아니에요?"

김 소장은 인삼 물에 코를 박듯이 하고 있었다. 참아야지. 마누라와 싸우면 끝장이다. 그놈의 처남도 오늘이면 끝장이다. 처가도 끝장을 내야지. 내친김에 세월이 좋으면 마누라도 버려야겠다. 그의 생각이 여기에 미쳤을 때 귓가에 마누라의 소리가 들렸다.

"오라버니가 그럽디다. 요즘 부대 안의 공기가 아무래도 이상하다. 무엇인지 확실히 알 수는 없지만 군단장을 비롯하여 니 남편까지 무슨 잘못된 전염병에 걸린 것 같은 냄새를 풍기고 있다. 그러나 그것이 무엇인지 현재로는 알 수가 없다. 너는 잘 지켜보아라. 혹시 남편에게 이상한 징후가 발견되거든 나에게 알려다오, 합디다."

마침내 김열규도 꼬투리를 잡았다.

"그래서? 지금 남편을 감시하고 있는 중이야? 오라버니 지시를 받고 남편을 감시해?"

마누라도 만만치 않았다.

"왜 역정을 내요? 남자가 밥맛을 잃고 잠도 못자고 안절부절하는 이유는 딱 두 가지랍니다. 첫째는 밖에 여자가 생겼기 때문이고 둘째는 역적질을 모의할 때라고 합니다. 아무리 봐도 당신은 밖에 여자가 있는 것 같지는 않고 역적질이란 우리 공화국에서 가당치도 않은 일이고, 그러나 대체 왜 그런단 말이에요? 이십년 넘게 같이 살아왔지만 당신은 병이 들어도 끼니는 놓치는 법이 없었고, 아무리 어려운 일을 앞에 두고도 잠은 잘 자는 사람이었어요. 그런데 지금 도대체 무슨 큰 일이 있기에 잠도 못자고 밥도 못 먹느냐 이 말이에요."

"아무 일도 없소. 그것이 걱정이오. 군인이 너무 한가하면 병이 들거든."

"그런 소리로 넘어가려고 하지 말아요."

김열규는 여기서 마누라와 이런 실갱이를 하는 것이 좋지 않다는 느낌을 받았다. 차라리 사령부에 가서 유대홍 상장과 함께 있는 것이 좋겠다는 생각으로 현관으로 나갔다.

정치군인의 동생답게 이유경도 끈질겼다. 그녀는 김열규가 군화를 신으려 하자 발 앞에 버티고 섰다. 군화 끈을 매고 일어서던 김 소장은 눈 앞에 서 있는 마누라의 눈에 이슬이 맺힌 것을 보았다. 김 소장은 그런 마누라의 허리를 두 팔로 감았다. 처녀 때는 무척 아름다웠던 여자였다. 지금도 그 여운이 허리 어디에 남아 있는지 가늠해 보려고 팔에 힘을 주었다.

"만약, 만약에 말이오. 내가 사고를 당하여 돌아오지 못하더라도 당신은…"

다음 말을 잇지 못하고 김열규는 돌아섰다. 그러나 마누라가 다시 그의 앞에 서 있었다.

"무슨 말이에요? 무슨 일인지 귀띔이라도 해 주셔야 마음의 준비를 할 것 아니에요? 우리 아이들, 저 아이들이 어떻게 살아야 하는지 생각 해 두어야 하지 않겠어요? 그냥 가지 말아요."

그렇지, 아이들 생각을 못한 것은 아니었다. 그러나 마누라의 애기를 듣고 보니 그것은 큰 문제였다.

"당신 오라버니에게는 절대로 말하지 말아요."

김열규가 현관에 선 채로 대충 이야기를 끝내고 서둘러 사령부로 떠나버리자 이유경은 맨발로 구르다시피 달려 오라버니 이유범의 집으로 쳐들어갔다. 가면서 그녀는 생각했다. 남편 한 사람이 희생되고 많은 목숨이 살아야 한다. 안 됐지만 그것이 순리다. 미안해 여보.

그날 아침, 동평양역을 출발하려던 특별열차는 운행이 취소됐다. 아들과 함께 객실에 올라 있던 김일성은 호위사령관의 보고를 받고 도로 내렸다. 내리면서 김일성은 웃고 있었다. 웃음은 전염되어 그 아들도 함께 웃고 있었다.

"바보 같은 놈들."

여전히 웃으면서 김일성은 아들에게만 들리는 목소리로 말했다.

"잘 보아라. 낚시의 비법이 이것이다. 기다리고 있으면 물고기들은 공기방울을 수면 위로 올려 자신의 존재를 알리고 만다. 좋은 낚시꾼은 바늘 하나로 두 마리 세 마리의 고기를 낚아야 한다. 이번 기회가 바로 그것이다. 내가 청진으로 간다고 하자 저놈들이 공기방울을 밀어 올리며 내 여기 있소 하고 얼굴을 내민 것이다. 얼마나 좋은 기회냐. 자 아들아, 이런 기회를 너는 어떻게 활용하겠느냐?"

"유일지도체제를 견결하게 세워야 합니다. 그렇지 않으면 이번과 같은 병균은 계속 어디선가 창궐할 것입니다."

"잘 보았다. 너의 노선도 아주 좋다."
아버지는 아들이 어깨를 다정하게 쓰다듬어 주었다.

1970년 가을 - 원산

무슨 바람일까? 파도가 거세게 일고 있었다. 창문을 열고 내다보니 검은 밤바다가 하얀 이빨을 드러내고 으르렁거리고 있었다. 원산 송도 해변의 남쪽에 자리 잡은 이 특각에서는 바다가 금방이라도 쏟아져 들어올 듯이 가까웠다. 특각의 본채는 나지막한 언덕 위에 자리 잡고 있었으나 바다에 최대한 가까이 지은 별채는 모래톱이 시작되는 지점에 지어놓았기 때문에 태풍이 불면 파도가 거실로 들어올 정도로 바다와 가까웠다.

박준상은 벌써 두 달째 이 특각의 별채에서 〈영화예술론〉 원고를 만지고 있었다. 처음 이 책을 쓰기로 결정하고 뼈대를 세우고 자료를 수집하기 시작한지 벌써 오 년째 접어들었다. 웬만하면 책으로 출판할 수도 있었을 터인데 김정일의 욕심은 끝이 없었다. 작업을 시작한지 삼 년만에 준상은 쓰기를 마치고 원고를 김정일에게 제출했다. 하루가 지난 다음 중앙당 선전선동부의 김정일 집무실로 찾아가 보니 김정일은 준상의 발 아래에 원고 뭉치를 던져버렸다. 끝났는가, 했는데 그게 아니었다.

"다시 쓰시오."

"제 능력으로는 동지가 원하는 글을 못 만들 것 같습니다."

이쯤에서 짐을 벗어버리고 싶으니 다른 사람을 물색해 보라는 뜻이었다. 김정일은 그 말을 듣지 못한 듯 딴소리를 했다.

"다 좋소. 문장도 마음에 들고 자료도 아주 적절하게 배열했소. 그러나 한 가지 가장 중요한 요소가 빠져 있소. 동무는 사회주의 리얼리즘의 틀에서 벗어나지 못하고 있소. 우리 것, 사회주의 리얼리즘을 능가하는 그 무엇을 찾아보시오. 지금까지의 사회주의 이론과 강령으로는 우리 조국이 험난한 파도를 헤쳐가기 어려운 것처럼, 사회주의 리얼리즘의 감옥에 갇혀 있어서는 사회주의 낙원 건설이라는 혁명의 목표를 완성할 수 없소. 그렇지 않소?"

"아, 예에, 그렇습니다."

김정일은 그 작은 체구를 창가로 돌리면서 등 뒤에다 대고 말했다.

"그것을 찾아 다시 쓰시오."

박준상은 집으로 돌아와 원고 뭉치를 책상 위에 던져버렸다. 그런 식으로 한 달을 공허하게 지내다가 어느 날 그는 다시 김정일의 호출을 받았다. 조선노동당 중앙청사 안에 있는 김정일의 집무실에는 김정일 말고도 다른 한 사람이 더 있었다.

"허명학 동무요."

김정일이 소개했다. 처음 만나는 사이였으나 두 사람 다 서로의 이름은 들어서 알고 있었다.

"박준상 동무가 헤매고 있을 거요. 허 동무가 길을 뚫어주시오."

김정일의 집무실은 3층에 있었다. 부르기를 과장이라고 하지만 실제의 직급은 맨 아래 일꾼인 지도원이었다. 그러나 중앙당 내부에서나 정무원에서도 김정일에 대한 호칭은 과장 동지였고, 실제 그의 집무실은 선전선동부의 부부장 집무실보다 크고 화려했다. 한 층 아래인 2층에는 스무 명 가량의 선전선동부 직원들이 일하고 있었는데 그 한쪽 모서리에 허명학의 책상이 있었다. 김일성대학 영화예술과 조교수였던 허명학을 끌어다가 중앙당의 지도원으로 앉혀 놓았으나 당사자인 허명학은 불평하지 않았다. 지도원 신분인 김정일이 과장 동지로 불리면서 부부장보다 더 큰 권력을 휘두르는 것처럼 지도원 허명학도 김정일 말고는 그 누구의 명령도 듣지 않았고, 실제로 김정일 말고는 그에게 명령을 내리는 사람도 없었다. 허명학은 나무로 만든 작은 의자를 박준상에게 권했다. 준상은 둥글고 작은 의자 위에 겨우 엉덩이를 걸치고 앉았다.

"과장 동지로부터 박 동무의 고충은 대개 들어서 압니다."

허명학은 군더더기 없이 대뜸 본론으로 들어갔다.

"동무 혹시 혁명가극 얘기를 들어보셨소?"

"말만 들었지 아직 실체는 모릅니다."

"아직 만들지 않았으니 모를 수밖에."

허명학은 거드름을 피웠다. 준상은 참을성 있게 다음 말을 기다렸다.

"수령 동지께서 항일유격대 시절 각본을 만들어 혁명 전사들에게 상연했던 몇몇 위대한 작품들이 있소이다. '혈해(血海)'라든가, '금강산 처녀'라든가 하는 작품들이 그것이오. 이 작품들을 주체적으로 새롭게 해석하고 혁명가극이라는 새로운 그릇에 담아내려고 지금 작업 중이오. 제일 먼저 '혈해'는 제목을 '피바다'로 하여 평양예술단에서 제작

중이고 '금강산 처녀' 는 영화로 먼저 만들었으나 만족치 못해서 다시 '금강산의 노래' 로 혁명가극을 만들고 있는 중이오. 역시 평양예술단 동무들이 땀을 흘리고 있습니다. 노래 한 구절 들어보시겠소?"

허명학은 목소리를 가다듬은 후에 노래 한 구절을 읊었다.

"설한풍 스산한 북간도 피바다야.

참혹한 죽음이 묻노니 얼마냐?

혁명에 피 흘린 자 그 얼마나 되느냐?

무참히 죽은 자 비참한 그 형상,

애달픈 대중의 가슴이 터진다.

기막힌 이 원한을 천만번 죽어도 못 잊으리."

"어떻소? 감동이 있지 않소? 이런 감동을 영화에서 만들어내는 것, 그것이 영화예술의 진정한 종자 아니겠소? 자칫하면 조선의 영화는 혁명가극이라는 새로운 형식의 예술에 자리를 내놓아야 할 것이오. 과장 동지의 속내는 그런 일이 없도록 영화예술이 새로운 경지를 열어야 한다는 것 아니겠소?"

"그 새로운 경지가 어떤 땅입니까?"

"사회주의 리얼리즘의 낡은 틀로는 사회주의 낙원 건설을 위한 우리 민족의 마지막 혁명 투쟁을 그려낼 수 없소."

"그렇다면?"

"뭐가 그렇다면이오? 인간이 주체가 되는 예술이지. 조금 전 내가 읊은 피바다의 삽입곡을 들으면 피가 거꾸로 솟구치는 감동을 느끼지 않소? 초점이 사람 중심으로 옮겨왔기 때문이오."

"내가 보기에는 그게 그거 같은데, 아니오?"

"이런, 아둔하기는."

허명학은 말문을 닫아버렸다. 그 순간 준상은 깨달았다.

'그렇지, 주체사상.'

그것이 열쇠였다. 국제공산당의 이념과 강령이 녹 쓴 호미처럼 버려진지 오래다. 그 시체 위에 한 떨기 꽃처럼 피어난 것이 주체사상이었고, 유일지도 노선이었다. 앞으로의 세계는 이 사상과 노선으로 개편될 것이다. 영화는 말할 것도 없고 모든 예술이 주체의 옷을 입고 다시 태어날 것이다. 김정일이 요구하는 것은 그것이었다. 그는 일어섰다.

"고맙소, 동무."

서둘러 떠나가는 박준상의 뒷모습을 보면서 허명학은 회심의 웃음을 날렸다.

집으로 돌아온 박준상은 원고를 다시 쓰기 시작했다. 인간이 주체가 되는 예술, 인간이 주체가 되는 세상의 건설을 위해 복무하는 예술, 이렇게 기둥이 서자 글은 잘 풀려나갔다. 첫째 장인 영화문학론을 다시 써서 김정일에게 보이자 그는 원고를 내던지는 대신 발뒤꿈치를 들어 올리며 억지로 준상의 어깨를 보듬었다. 그러나 김정일은 스스로 원고를 집필하지는 않았으나 매우 까다로운 저자였다. 그는 자신의 이름으로 출판될 이 책의 원고를 글자 한 자, 구두점 하나까지도 세심하게 살피고 손을 보았다. 어떤 때는 열흘 동안 하나의 문장을 가지고 씨름하는 때도 있었다. 준상이 주체사상을 근간으로 다시 글을 쓰기 시작하자 김정일은 만족해했다. 그러나 꼼꼼하게 살펴보고 다시 쓸 것을 요구하기를 계속했다. 웬만했으면 "동지가 직접 쓰시오" 하고 집어던졌겠지만 권력의 힘을 충분히 맛본 준상으로서는 그럴 수가 없었다. 죽으라면 죽는 시늉도 할 수 있고, 머리 숙여 발바닥을 핥으라면 핥겠다. 이 더러운 목숨만 부지할 수 있다면 무슨 짓이라도 다 하겠다는 생각이었다. 누군가 아내 설희와 아들 승일이의 생명을 저당잡고 있는 한 준상의 남은 생명은 자신의 것이 아니었다.

다시 두 해가 흘렀다. 이제 '영화예술론'은 거의 완성의 단계에 접어들어 있었다. 여덟 개의 분야 중에서 마지막으로 영화창작론과 창작지도론의 두 분야를 남겨놓고 있었다. 이 분야는 앞서 써놓은 분야들과는 달리 구체적인 대상이 없는 공허한 이론들이었다. 그만치 정치적인 논리들이었다. 여기서 준상은 다시 막혔고, 벌써 석 달째 헤매고 있었다. 마치 이쪽의 내면을 투시경으로 들여다보고 있는 것처럼 눈치 빠른 김정일이 자신의 원산 특각에 방을 하나 내주면서 "바다를 보면 좋은 생각이 떠오를 게요" 했으나 바다를 앞에 두고도 생각은 절벽처럼 막혀 있었다. 글을 쓰는 사람들을 인적 없는 한적한 곳, 풍광 좋은 산천에 밀어 넣어두면 절로 좋은 글을 줄줄이 잘 쓸 것이라고 터무니없는 믿음을 가지게 된 이유는 무엇일까. 아무튼 김정일도 그런 미신에 빠져 있는 사람 중의 하나였다. 준상을 비롯한 대부분의 글쟁이들이 냄새나는 골방에서 아이들 오줌 냄새를 맡으며 마누라의 악다구니 속에서 더 글을 잘 쓸 수 있으며, 산사처럼 한적하고 풍광 좋은 곳에서는 생각이 달리지 않고 붓끝이 움직이지 않는다는 사실을 그들은 알지 못하고 있었다.

술이라도 마시고 싶다, 하고 그는 생각했다. 술을 마시려면 특각을 지키고 있는 호위총국의 지도원 동무에게 부탁을 하고 허락을 받아야 한다. 아마 그는 김정일이 마시다 만 양주병을 보관하고 있을 것이다. 그는 지도원 김진수라는 남자를 찾아보려고 어둠 속으로 나왔다.

밖으로 나오자 바닷바람이 차가웠다. 파도 소리에 섞여 가까운 모래 위에서 남자와 여자가 심하게 다투는 소리가 들렸다. 여자가 악다구니를 쓰고 남자가 달래려고 애를 쓰는 소리였다. 파도 소리 때문에 자세한 내용은 알 수 없었으나 남자의 목소리가 호위총국에서 나와 있는 지도원 동무의 목소리라는 것만은 확실했다. 준상이 가까이 다가가자 지도원은 전장에서 구원병을 발견한 것처럼 반가워했다.

"술을 마신 여자입네다. 동무의 부인이라고 우기고 있습네다만 아무래도 수상해요. 부인 아니라 부인의 할애비라도 허락 없이는 출입할 수 없다고 했는데도 들어먹지를 않습네다."

"여보, 준상 동무."

여자가 달려와 준상의 품 안으로 쏟아졌다. 준상은 잠시 휘청거렸으나 가까스로 몸을 가누고 여자를 안았다. 설희였다. 자도원의 말대로 설희의 온몸에서 지독한 술냄새가 났다.

"당신, 또 감옥에 갇힌 거예요? 아오지로 돌아간 거예요? 저 무지한 동무가 여긴 감옥보다 더하다, 하늘같은 사람이라도 허락 없이는 들어가지 못한다, 그러데요. 미친 놈. 이 동무가 하늘이고 내가 땅이야. 그럼 됐지? 우리 들어가요. 저는 쉬고 싶어요. 술을 마시고 싶어요."

설희가 어떻게 하여, 왜, 이곳에 나타났는지 알 수 없는 일이었지만 우선 술 취한 그녀를 눕히고 볼 일이었다.

"부부장 동지에게는 내가 뒷날 보고하겠소."

김정일은 얼마 전 정식으로 선전선동부 부부장으로 승진해 있었다. 그에게 어울리는 직책은 없었다. 그냥 김정일이면 그것으로 족했다.

"그래도,"

지도원이 두 사람의 앞을 가로막았다.

"미친 놈, 안 비켜? 내가 부부장 동지에게 네놈의 모가지를 당장 잘라버리라고 말하겠어. 너, 날 알지? 알면서도 모르는 척하는 거지? 이

사악한, 전갈같은 놈들. 야, 난 겁나는 거 없어.”

설희의 거침없는 욕지꺼리에 이상하게도 지도원이 한 발 물러났다.

“그럼 한 번만 봐 주갔소. 그 대신 보고는 동무들이 해 주구라.”

“그래, 착하지. 착하려고 마음먹은 김에 한 번 더 힘을 쓰라우. 부부장 동지가 먹다 남은 술 있잖아? 그것 한 병 가져 오라우. 동무, 알갔소?”

지도원은 대꾸 없이 어둠 속으로 사라져버렸다.

준상은 설희를 끌어안고 질질 끌면서 간신히 방 안으로 데리고 들어갔다. 방에 들어와 구석에 깔아놓은 이불 위에 눕히려 하자 설희는 준상의 손을 뿌리치고 벌떡 일어나 앉았다.

“박준상 동무.”

설희가 시선을 멀리 두고 말했다.

“아니, 승일이 아버지. 동무는 여기서 뭘 하는 거야요?”

“자, 자, 이야기는 나중에 하고 우선 한잠 푹 자라구.”

설희를 눕히려 했으나 그녀는 다시 그의 손을 뿌리치고 일어나 앉았다.

“성혜림, 그년이 공훈배우가 됐어. 이평이라는 놈하고 이혼하고 혼자 되어 영화도 하지 않고 살살 흘리고 다니더니 뭐라? 공훈배우? 공훈은 무슨 공훈? 아랫도리 공훈? 이런 판에 동무는 뭐야? 부부장 동지의 밑씻개야, 뭐야? 마누라가 얼마나 참담한 지경에 이르렀는지 알기나 해? 영화예술론? 다 미친 소리. 이 특각에 거쳐 간 여자들이 몇 명이나 되는지 동무가 알기나 해?”

“입 다물어.”

준상이 낮으나마 강한 어조로 말했다. 그러나 효과가 없었다.

"왜? 내가 여기를 어떻게 알고 찾아왔겠어? 날이 밝아 정신이 들면 그걸 묻고 싶은 거지? 지금 다 말하겠어. 이놈의 특각에 온 여자들이 몇 사람이나 되는지 알아? 나도 왔어, 두 번이나, 왜? 잘난 남편하고 아들놈 살리려고 그랬다, 어쩔래? 함흥에 있는 특각에도 갔고, 신천 온천에도 같이 갔다. 영화 촬영하면서 시도 때도 없이 부부장 동지의 엄중한 지도를 받았다. 그러다가 한 년이 먼저 낚아챈 거지. 난 당신과 승일이 때문에 밀려난 거구."

설희는 짐승처럼 몸부림을 치면서 신음을 토했다.

'불쌍한 사람.'

준상은 아내의 손을 더듬어 잡았다. 차가운 손이었다. 설희가 손을 빼냈다.

"아까 봤지? 그 지도원이라는 놈 말이야. 그놈은 내 얼굴을 알고 있어. 이 특각에 드나든 년들의 얼굴을 모조리 알고 있겠지. 그 중에 한 년이 먼저 꿰차고 공훈배우가 됐어. 내가 가만 있을 줄 알아?"

준상은 알고 있었다. 몇 년 전 자신이 노동당 중앙청사의 선전선동부에 불려가 영화예술론의 원고 집필이라는 엄청난 명령을 받았을 때 김정일은 다음날 아내 설희를 같은 청사에 오도록 했다. 설희가 임신했을 때 김정일을 만난 일이 있었으나 아이를 낳은 후 원래의 몸으로 돌아간 후로는 처음이었다.

그날 이후 설희는 많이 변했다. 영화 출연도 잦았고, 출연하는 영화마다 좋은 평가를 받았다. 영화를 찍는다고 몇 달씩 집을 비우는 때가 많았다. 아들 승일이는 외할머니 손에서 자랐고, 남편 준상은 자료를 수집한답시고 유럽과 러시아를 드나들었다. 설희를 집에서 만나는 일은 일 년에 겨우 서너 번이 고작이었다. 그들은 이미 부부도 아니었다.

어쩌다 만나 잠자리에 같이 들면 준상은 설희와 자신이 누운 자리에 다른 남자가 한 사람 끼어들어 있는 것 같은 느낌을 받았다. 그 남자가 누군지도 그는 알았다. 그 남자 한 사람을 가운데 두고 여자 배우들이 치열하게 경합을 벌이고 있다는 소문도 들었다. 그 중의 한 여자가 설희였다. '불쌍한 여자'. 준상은 아내를 생각할 때마다 늘 그 말을 씹었다. 아내는 나름대로 '혁명'을 하고 있었다. 그런 아내에게서 준상은 애틋한 정을 느끼지 못했다. 그저 연민만 남아 있을 뿐이었다. 그가 자료 수집을 이유로 러시아에 갔다가 한 달 만에 돌아왔을 때 아내 설희는 준상을 소 닭 보듯 멀리 보면서 말했다.

"그 여자, 좋았어?"

모스크바에 있는 러시아 여자에 대해 설희는 터럭만큼의 질투하는 감정도 없이 그렇게 물었다.

"응, 잘나가고 있어. 소비에트 연방이 지구상에서 사라질 날이 조만간 올 것이라는 믿음을 지니고 살고 있긴 하지만."

한참 있다가 설희는 다시 말했다.

"그 여자, 위험한 것 아니야, 그러다가? 만약에 그 여자가 소련에서 살지 못하는 경우가 생긴다면 평양에 오라고 해."

소련에서 살지 못할 지경이 되면 평양에서도 살지 못한다. 어쨌거나 설희는 아무렇지도 않다는 듯이 말했다.

"여기서 셋이서 함께 살면 되잖아?"

그 말이 설희의 솔직한 심정일 것이라고 준상은 생각했다.

설희가 평양의 집에 왔다가 간 것은 정확하게 석 달 전이었다. 진남포에서의 촬영을 끝내고 원산으로 이동하는 중에 잠깐 틈을 내어 승일이를 보고 가려고 들렀다고 했다. 원산에서 무슨 영화를 찍는지도 말하지 않았다. 자신도 원산의 어느 특각에서 일하게 되었다고 말하자 설희는 움찔 놀라는 시늉을 했다. 부부장 동지는 당대 최고의 젊은 여배우 세 사람 중 인민배우 엄길선의 마누라인 김현숙을 제외하고 준상의 마누라인 설희와 소설가 이기영의 며느리인 성혜림 두 여자에게 빠졌다. 두 여자 모두 김정일에게는 연상의 여자였다. 그리고 다른 남자의 품을 거쳐 온 여자들이었다. 두 여자 사이를 오가던 정일은 남편 박준상을 자신의 원고 대필자로 부려먹고 있는 설희보다는 남편 이평과 과감하게 이혼하고 매달린 성혜림과 살림을 차렸다. 아버지 김일성의 관저인 5호에서 나와 생애 처음으로 중성동에 새 관저를 지어 성혜림을 들여놓은 것이었다. 그 성혜림을 공훈배우로 만들었다. 준상은 아내 설희의 분노와 질투의 진짜 원인이 무엇인지 알 수 없었다. 공훈배우 자리를 빼앗긴 것 때문인가, 아니면 키가 작고 볼품없는 그 연하의 남자 하나를 잃은 것 때문인가? 그것도 아니면 다른 이유가 있는 것인가?

설희는 몇 번 더 술을 찾다가 울다가 지쳐서 잠이 들었다. 준상은 그런 아내의 옷을 벗기고 자리에 눕혀 이불을 덮어준 다음 원고를 쓰기 시작했다. 요 몇 달 동안 막혀 있었던 생각의 물꼬가 비로소 터지기 시작한 것이었다.

1970년 겨울 – 평양

김일성은 아들이 들고 온 서류를 찬찬히 읽어보았다. 김일성이 서류 하나를 처음부터 끝까지 다 읽는 일은 거의 없었다. 그러나 이번에는 달랐다. 그는 아들을 앞에 앉혀두고 처음부터 끝까지 그 내용을 음미하며 읽었다. 다 읽은 후에 그는 엷은 미소를 띠우며 아들을 바라보았다.

"언젠가 너에게 말했지? 역사에서 배워야 한다고."

김정일은 아버지가 언제 그 말을 했는지 기억해 낼 수가 없었다. 그러나 평범한 이야기인데다 언제 어디서나 했을 법한 말이었으므로 그 말을 기억한다는 뜻으로 "예" 하고 대답했다.

"지금 우리가 무엇을 배워야 하느냐?"

"예, 조선의 역사에서도 그랬고, 중국이나 서양의 약사에서도 그랬지만 여자는 안방에 있을 때가 좋다는 것입니다."

"완곡하게 말하는구나, 너는. 괜찮으니 곧바로 말하라."

"그런 말하겠습니다. 여맹위원장 동지를 더 이상 나대지 않도록 하시는 것이 좋겠습니다. 곁가지가 설치니 밑뿌리가 흔들립니다."

"곁가지?"

"예. 그들은 모두 곁가지입니다."

"곁가지라?"

김일성은 곁가지라는 용어를 몇 번이나 입 속에서 씹어보고 있었다. 씹어서 그 맛을 우려내고 있었다. 그러다가 김일성은 다시 정색을 하고 물었다.

"또 있느냐? 곁가지가."

"더러 있습니다."

"한꺼번에 말하라."

"김성갑이를 이제는 아주 내쳐야 할 것 같습니다. 이 자가 평양시당을 차지하고 앉아개지고는 전국에 종파분자들을 심으면서 권력놀이를 하고 있습니다."

"당장 쫓아버리겠어. 여맹위원장은 집안에 앉혀놓을끼니 염려 놓으라. 또 있는가?"

김정일은 조심스러웠다. 여맹위원장인 김성애의 발목을 잡아놓은 것까지는 성공했으나 그 다음이 문제였다. 김성애가 낳은 평일이와 주석의 바로 손아래 동생인 삼촌 김영주까지 곁가지라 할 수 있을까? 그까짓 여자야 돌아누우면 남이지만 그 여자가 낳은 아이는 내 핏줄이다. 그리고 형제는 하나의 줄기에서 나온 똑같은 가지다.

"삼촌을 좀 쉬게 해드려야 하지 않을까요?"

"쉬어야 하나?"

"쉬어야 합니다."

"그럼 그렇게 하지, 뭐. 또?"

"평일이는 공부를 좀 더 하게하고 견문을 넓히도록 해야 할 것 같습니다."

김일성은 알아들었다. 그로서는 이미 선택을 끝낸 상태였다. 선택을 했다면 곁가지를 쳐내는데 인색하거나 주저할 필요가 없었다.

"마음대로 하라."

"제 마음대로 못하는 일입니다."

"알갔어. 내가 하지."

김정일 부부장은 노동당 중앙청사에 있는 자신의 집무실로 돌아왔다. 오자마자 허명학을 불렀다. 허명학은 마치 문 앞에서 기다리고 있었던 것처럼 호출 전화를 끝내자마자 달려 올라왔다.

"평양예술극장에 말하라. 〈피바다〉를 속도전으로 완성하라고."

"옛 알겠습네다, 부부장 동지."

돌아서는 허명학을 다시 불러세웠다.

"그 전에 내가 확인 좀 해야겠어. 총연습을 조직하라. 가능하면 빨리."

"가능하면 빨리 총연습을 조직하겠습네다."

"그렇게 하라."

이번에는 허명학이 더 할 말이 있는 듯 멈칫거렸다.

"뭔가, 동무?"

"아, 예에. 다름 아니라 박준상 동무래."

"박준상 동무가 뭐이 어드랬어?"

"좀 불안한 듯 하고, 혁명성이 약해서,"

"괜찮아."

김정일은 잘랐다.

"나도 박준상 동무의 한계를 알고 있소. 그가 쓴 글을 그대로 사용하지 않을 거란 말이지. 다만, 그의 뛰어난 상상력과 날카로운 통찰력, 무궁무진한 자료의 동원능력, 그리고 감칠맛 나는 문장은 누구도 따를 자가 없소. 그것만 채택하면 그만 아니겠소?"

"그럼요, 동지. 그것만 채택하면 그만입니다. 그 사실을 말씀 드리고 싶었습니다."

"허 동무가 그런 생각을 가지고 있다는 거 다 알고 있소."

김정일은 벽에 걸린 시계를 보았다. 여섯시였다. 겨울이라 해가 지고 어둠이 깔린지는 오래였으나 이제 겨우 여섯시에 지나지 않았다. 대부분 사람들은 집으로 돌아가 쉴 시간이었지만 그는 지금부터가 본격적으로 일을 시작할 시간이었다. 인민들과 같은 시각에 일어나고 같은 시간에 일을 할 필요는 없었다. 세상이 잠든 시각에 그는 깨어 있었고, 세상이 일하는 시각에 그는 잠을 잤다.

그러나 오늘은 달랐다. 그는 서둘러 자리에서 일어났다. 집무실에서 15호 관저까지는 걸어서 10분 남짓할 정도로 가까웠다. 그 가까운 곳에 여자가 있었다. 여자, 성혜림을 관저에 데려다놓고 부부 행세를 시작하자마자 그는 지독한 후회를 해야 했다. 여자는 그냥 멀찍이 떨어져 있다가 가끔 만나야 제 맛을 내는 법이지 밤낮 가까이 붙어있게 죄면 그 순간부터 전쟁을 벌여야 했다. 세상 모든 여자들이 다 이런가? 아니면 성혜림이 특이한 성격을 타고난 것일까? 그것도 아니면 그녀가 지금 신경에 장애를 일으킬 정도로 병을 앓고 있는 것일까?

그가 일을 하고 새벽에 들어가면 그녀는 꼬박 잠을 자지 않고 기다리고 있었다. 그를 보자마자 울기 시작했고 겨우 달래놓으면 한숨을 쉬며 자학을 하기 시작했다. 어떤 년과 밤을 새우다가 들어왔느냐? 그것을 꼬치꼬치 캐묻기 시작하는 것은 그 다음 단계였다. 이때쯤 김정일은 가슴에 먹구름이 끼기 시작했다. 이 여자와 오래 살 수 없다는 생각이 하루에 한 번씩 무슨 행사처럼 찾아왔다. 요즘은 그 '어떤 년'의 이름이 구체적으로 거명되기 시작했다. 한창 배우로 잘 나가던 시절 자신과 경합을 벌이면서 공화국 영화의 세 천지를 열었던 여배우가 둘이 더 있었다. 혜림은 처음에는 막연히 어떤 년을 들먹거렸으나 차츰 구체적으로 그 이름을 입에 올리기 시작했는데 그 이름이 김현숙과 설희였다. 두 여자 모두 남편이 있었고 아이도 있는 엄마들이었다. 그러나 혜림은 김정일이 비록 별거 남편 이평과 별거 중이기는 했으나 아이도 하나 있는 자신에게 얼마나 지독하게 파고들었는지, 이 수줍어하면서도 강한 격정을 지닌 남자의 여자 취향을 속속들이 알고 있었다. 알고 있기 때문에 그가 남편 있는 여자라고 가만두지 않을 것임을 믿어 의심치 않았다. 나한테 빠졌던 것과 꼭 같은 이유로 다른 년들에게 빠지지 말라는 법이 없다는 생각을 할 때마다 그녀는 미쳐갔고, 그녀의 정신이 기울어져 갈 때마다 김정일은 몇 발자국 물러나면서 가슴을 쳤다. 다시는 여자와 한 지붕 아래서 살지 않으리라. 그러나 그게 뜻대로 될지 자신이 없었다.

김정일을 태운 자동차가 15호 관저 앞에서 문이 열릴 때까지 잠시 멈추어 섰다. 관저의 육중한 대문 오른쪽 기둥에 검은 물체가 붙어서 있었다. 자동차의 헤드라이트가 비치지 않는 사각지대여서 자세히 볼 수는 없었으나 김정일은 그것이 사람이라는 것, 여자라는 것을 육감적으로 느꼈다. 운전하던 호위총국의 요원이 뛰어내리려는 것을 손으로 제지하고 김정일은 자동차에서 내렸다.

1970년 겨울 – 평양

　살아오는 동안 직감은 한 번도 자신을 배반한 적이 없었다. 이번에도 그랬다. 여자는, 그가 예상했던 대로 설희였다. 그의 지시에 따라 운전을 하던 호위총국 소속 운전수는 저만치 길 옆에 자동차를 세워두고 헤드라이트를 껐다. 어스름 속에서도 김정일은 여자가 설희라는 것을 알 수 있었다. 김정일이 여자에게 가까이 다가가자 여자는 남자의 가슴을 향하여 무너졌다. 두 사람의 몸이 닿을 듯했으나 김정일은 무너지는 여자를 피해버렸다. 그러자 여자는 그 자리에서 앞으로 고꾸라졌다. 차가운 땅바닥에 고꾸라진 여자는 잠시 꿈틀하더니 그대로 움직이지 않았다.
　겨우 오 분 정도의 시간이 흘렀으나 김정일에게는 아득하게 느껴졌다. 그는 무너져 있는 여자에게 다가갔다. 움직이지 않았다. 불길한 예감이 들었다. 손짓을 하자 호위총국의 운전기사가 자동차를 움직여 라이트를 이쪽으로 비췄다. 불빛에 드러난 설희의 얼굴이 죽어가고 있었

1970년 겨울 – 평양

다. 땅바닥에는 피가 흥건하게 흘러 이미 굳어가고 있었다. 오른손에 작은 면도칼이 쥐어져 있었고 왼쪽 팔목에서 아직도 피가 흘러내리고 있었다.

그는 운전수를 불러 여자를 자동차에 실었다. 여자를 자동차의 뒷자리에 싣고 자신은 운전석 옆에 올랐다.

"병원으로."

그러나 자동차는 움직이지 않았다. 그는 운전수를 노려보다가 다시 말했다.

"남산병원으로."

그제야 자동차가 움직였다. 자동차가 방향을 돌리자 김정일은 손을 들어 멈추게 했다. 그는 자동차에서 내리면서 말했다.

"봉화진료소로 가도록. 내가 전화해 놓을 테니."

"옛."

자동차는 멀어져 갔다. 김정일은 긴 터널 같은 진입로를 걸어서 들어갔다.

관저의 입구를 지키고 있는 호위대원으로부터 그의 귀가 연락을 받은 집안 식구들이 모두 현관에 나와 기다리고 있었다. 동거하고 있는 혜림의 피붙이들, 말하자면 처가 쪽 사람들이었다. 처형, 장모, 처형의 아들 등이었다. 이들은 혜림이 낳은 아들 정남이의 첫돌을 축하하기 위하여 모여 있는 것이었다.

"어서 오시게."

장모 김원주가 반겼다.

"피."

그가 장모에게서 아이를 받아 안아보려고 하자 장모의 뒤에 서 있던 아기 엄마 혜림이 외마디 소리를 지르고는 쓰러져버렸다. 모두 김정일의 이상한 행색을 보았다. 인민복 저고리의 앞자락과 소매, 그리고 가랑이까지 피범벅이 되어 있었다. 손에도 피가 묻어 있었다. 그는 아이를 안으려다 말고 도로 장모에게 맡겨버리고 안으로 들어갔다. 뒤에서는 쓰러진 혜림을 안아 일으키고 방으로 옮기느라 부산한 소리들이 났지만 그는 돌아보지 않았다. 빌어먹을 여자들 같으니라고. 왜 걸핏하면 고꾸라지고 기절하는가.

그는 화장실로 들어가 몸을 씻고 옷을 갈아입었다. 그런 다음 봉화진료소에 전화를 걸었다. 진료소에서는 이미 설희를 받아들여 응급 치료를 하고 있으나 그 후 처리를 어떻게 해야 할 것인지 모르고 있었다.

"며칠 입원시켜 치료해서 내보내시오."

김정일은 봉화 진료소 책임비서에게 명령했다. 봉화진료소는 김일성 일가와 노동당의 부장급, 인민군의 장성급 이상만 진료하는 북조선의 최고 의료기관이다. 누가 무슨 병으로 어떤 치료를 받았는지는 외부세계에 알려지지 않는다. 설희의 격으로 따지자면 봉화진료소보다 격이 한 단계 낮은 남산병원이 제격이겠으나 비밀을 지키기 위해서는 봉화진료소에 넣어두는 것이 낫겠다고 그는 판단했고, 그 판단은 옳았다.

전화를 걸어놓고 나서 한 보따리 가져다 놓은 서류를 뒤적여 중요한 것 몇 가지만 읽은 후에 그는 방을 나갔다. 혜림은 언제 기절했는지 모를 정도로 멀쩡하게 회복되어 있었다. 넓은 거실은 아기의 생일 축하 준비로 요란하게 치장되어 있었다. 이날을 위해 미국에서 수입한 실물 크기의 완구들이 가득 쌓여 있었고, 홍콩에서 수입한 꽃과 이태리에서 수입한 아기 침대와 가구들, 그리고 프랑스 요리사들이 마련한 요리가 차려져 있었다. 태어난 지 이제 겨우 일 년 밖에 되지 않은 아기는 이 모든 것들이 자신을 위해 마련된 것이라는 사실을 알고 있는 듯 탐욕스럽게 완구 더미에 파묻혀 이것저것 만져보고 집어던지고 하여 삽시간에 난장판을 이루었다.

"크게 될 아이네."

아이의 외할머니가 말하자 모두들 공감하는 뜻으로 손뼉을 쳤다. 김정일은 아기를 번쩍 들어올렸다. 생애 처음으로 낳은 자신의 아기였다. 혜림은 첫 남편 이평과의 사이에 옥돌이라는 여자 아이를 낳은 적이 있었다. 만약 자신이 아이를 낳지 못할 경우에는 그 아이를 자신의 아이로 기를 수도 있다고 생각한 적도 있었다. 설희에게도 아이가 있었다. 만약, 설희가 이혼하고 자신에게 온다면 그 아이까지도 맡아 기를 수 있다는 생각을 한 적도 있었다. "오빠는 정이 많아서 탈"이라고 여동생 경희가 비웃었지만 그는 아랑곳하지 않았다. 정이 많은 것이 무슨 잘못인가. 여기저기 정을 쏟아 부을 정도로 능력만 있으면 그만이었다.

그러나 달랐다. 남의 아이를, 그 아이를 낳은 여자와의 정 때문에 자기 자식으로 돌보겠다고 생각했던 것과 정작 자신의 아이를 낳았을 때 느끼는 정의 농도는 하늘과 땅의 차이로 달랐다. 이 아이가 타고난 생명은 내 생명의 연장이다. 그러므로 머리로 생각하는 정이 아니라 가슴으로, 온몸으로 느끼는 정이었다. 그는 자신을 닮은 정남의 머리를 만져보며 거기 자신의 분신이 있음을 느꼈다.

닷새 후 김정일은 노동당 중앙당의 사무실 창가에 서서 서쪽으로 넘어가는 해를 바라보고 있었다. 그러다가 문득 생각이 나서 자신을 그림자처럼 따라다니는 호위 2부의 강석일 중좌를 불렀다.

"봉화진료소에 갔다 오시오."

"옛."

강 중좌는 뒷걸음으로 물러났다. 김정일이 다시 불렀다.

"진료소에는 무슨 일로 가는지 알고 있소?"

"압니다."

"말해 보시오."

"설희 동무가 입원해 있습니다. 차도가 있는지 알아보라는 뜻으로 압니다만."

"맞소."

호위부대에서 잔뼈가 굵은 놈들이란 눈치가 귀신 뺨치게 빠르구만. 그러나 이런 놈들은 장차 위험하겠다는 계산도 했다.

"치료 경과가 어떻게 됐는지 알아보고 오시오."

"회복 됐으면 어떻게 할까요?"

강석일은 내친김에 물었다.

"알아서 하시오."

"옛?"

김정일은 다시 돌아서서 창문까지 물들이는 낙조의 붉은 색조에 정신이 팔려 있었다.

강석일 중좌는 김정일의 사무실에서 내려와 지하에 있는 자신의 사무실로 가면서 생각했다. 알아서 하라? 무얼 어떻게 알아서 한단 말인가? 높은 사람들의 지시 중에는 가끔 이번처럼 막연한 명령이 있었다. 이때는 정말 알아서 해야 한다. 이 바닥에서 살아남기 위해서는 높은 사람의 의중이 어느 방향으로 달려가고 있는지 정확하게 집어내는 예지력이 있어야 했다. 그렇지 않으면 살아남기 어렵게 된다.

강 중좌는 탄환이 장전되어 있는 권총 한 자루를 옆구리에 찼다. 칼은 바짓가랑이에 숨겼다. 극약도 한 병 주머니 속에 담았다. 이 정도면 알아서 하기 위한 준비가 다 된 셈이었다.

강 중좌가 봉화진료소에 도착하여 신분증을 꺼내놓고 설희의 입원실을 묻자 병원 비서국의 간부가 쩔쩔매며 말했다.

"호위총국에서 오셨다고요? 지도자 동지께서 보내셨겠군요? 그럼 오전에 나타나 설희를 데리고 나간 그 군관 동무는 도대체 어디서 누가 보낸 사람이오?"

"누가 데리고 나갔다고요?"

"오전에 호위총국에서 나왔다는 군관 동무가 설희 동무를 데리고 나갔습니다."

"이름은?"

"모릅니다. 그러나 그가 누군지는 압니다. 지도자 동지의 명령으로 환자를 데리고 와서 맡긴 사람도 그 사람이었고, 그 후 어제까지 날마다 지도자 동지를 대신해서 꽃도 가져오고 먹을 것도 마련해 오곤 했던 사람이 데리고 나갔으니까요."

강 중좌는 대뜸 전화기를 잡았다. 병원 비서국의 직원들이 바라보자 그는 눈짓으로 그들을 밖으로 내보냈다. 전화 저쪽에 김정일이 나왔다.

"설희 동무가 사라졌습니다."

"어디로?"

김정일의 목소리에는 감정이 묻어 있지 않았다. 아직 새파랗게 젊은 사람이 어쩌면 이럴 수가 있는가. 장석일 중좌는 역시 지도자는 타고나는 모양이라고 감탄하면서 보고를 계속했다.

"김동환 소좌가 데리고 나갔다고 합니다. 오늘 오전에."

"김동환 소좌? 운전수 동무 말이지?"

"그렇습니다."

"알았소."

"그 자를 어떻게 할까요?"

"누구 말이오?"

"두 사람, 설희와 김동환."

"퇴원 시킨 것뿐인데 무얼 어떻게 하겠소? 그러나…"

지도자는 잠시 뜸을 들이더니 말했다.

"설희는 내버려두고, 김동환은 알아서 하시오. 운전은 다른 동무에게 시켜야겠지."

"알겠습니다."

강석일은 또 알아서 할 일이 생겼다. 그는 이번에도 권총과 칼을 챙겼다.

김동환 소좌는 설희의 팔목에 감긴 붕대를 풀고 소독을 한 후 다시 새로운 붕대를 감았다. 소독약과 붕대는 비상용으로 자동차에 싣고 다니던 상자에서 꺼낸 것이었다. 면도칼로 잘랐던 손목은 아물어 붙었으나 아직 완전히 붙지 않아서 팔을 거칠게 움직이면 봉합해 놓은 상처가 터질 수도 있다고 봉화진료소의 담당 의사는 주의를 주었다. 그러나 그들은 점심 때 쯤 평천구역 평양역 뒤편에 있는 김동환의 집으로 온 후 두 번이나 세상을 다 잊을 정도로 아주 격렬하게 몸을 섞었으나 그래도 팔목은 멀쩡했다. 몸을 섞을 때마다 설희는 몇 번이나 구름 위로 솟았다가 땅에 떨어지기를 거듭했고, 동환은 태어난 이후 서른 살이 될 때까지 몰랐던 여자의 몸을 처음 맛보는 환희에다 아름답다 못해 눈이 부신 설희의 몸뚱이를 바라보며 거의 정신을 잃을 정도였다. 들판에서 소나기를 맞은 듯 흥건해진 몸으로 서로를 바라보며 비로소 팔목이 걱정되어 살펴보았으나 그때마다 팔목의 봉합은 무사했다.

"봉화진료소 의사 동무들의 솜씨가 좋기는 좋네."

붕대를 다 감은 후 동환이 자신의 작품을 감상하듯 붕대 감은 설희의 팔목을 보면서 말했다. 설희는 동환의 눈을 들여다보았다. 무엇이 그토록 자신을 끌어당긴 것일까.

진료소에 입원한 그날 설희의 치료는 끝난 상태였다. 피를 많이 흘렸으나 수혈로 보충할 정도는 아니어서 일주일만 지나면 원상회복 될 것이라 했고, 면도칼로 자른 정맥의 접합수술이 어려웠으나 일단 수술을 마치고 보니 이제는 일반 상처나 마찬가지로 접합부분이 아물어 붙기만 하면 그만이었다. 누구도 설명해 주지는 않았으나 설희는 이 병원이 김일성 주석 일가를 비롯한 공화국 내 최고 지도자들과 그 가족들만 이용하는 특수한 병원이라는 것을 직감했다. 그녀가 입원한 이층의 병실도 필요 이상으로 넓고 화려했다. 이대로 누워 있을 것인가, 몰래 도망쳐서 집으로 돌아갈 것인가 판단을 하지 못하고 망설이고 있는데 어제 자신을 자동차에 싣고 와서 병원 안으로 업고 들어와 입원시키고 간 지도자 동지의 운전수가 병실로 들어왔다. 그의 손에는 산자락에서 자라는 들꽃 몇 송이로 만든 꽃다발이 들려 있었다. 꽃들은 부끄러운 듯 고개를 들지 못하고 다발 속에 숨어 있었다.

"오다가 대동강변에서 꺾었습니다. 동무의 쾌차를 빕니다."

"누가 보냈어요?"

당연한 대답을 기대하고 물었으나 돌아온 대답은 엉뚱했다.

"말씀 드리지 않았습니까. 오다가 꺾었다고."

"꽃 말고, 동무 말입니다. 동무를 누가 보냈어요?"

동환은 자신의 두 발을 가리켰다. 군복 속에 감춰진 젊은 청년의 두 다리가 매우 튼튼하고 아름다워 보였다.

"이 두 다리가 시키는 대로 왔습니다."

"그럼 다리를 잘라버리세요."

"그럴까요?"

동환은 자신의 다리를 내려다보다가 말했다.

"면도칼 가지고는 자를 수가 없겠는데요."

두 사람은 웃었다. 마음 놓고 웃어본 것이 이번이 처음인 것 같은 느낌이었다. 웃다가 말고 설희는 상체를 일으켰다. 접합수술을 한 팔목에 심한 통증이 왔다. 얼굴을 찡그리고 다시 누워버리자 동환이 얼른 달려왔다.

"저길 가고 싶은데…"

그녀는 화장실을 가리켰다. 동환은 그녀를 일으켜 앉히고 안아서 침대에서 내렸다. 그리고 부축하여 화장실 앞까지 부축하여 데리고 갔다.

"고마워요."

그녀가 혼자서 하겠다는 몸짓을 하자 동환은 화장실 문을 열어주고 뒤로 물러났다. 그러나 문으로 들어가려던 그녀가 휘청하고 몸을 가누지 못하자 번개 같은 동작으로 달려와 다시 그녀를 안았다. 안아서 변기 위에 앉혔다. 그녀는 성한 팔로 환자복을 내리려고 했으나 수술한 팔에 힘이 들어가자 다시 격렬한 통증이 왔으므로 포기했다. 지켜보고 있던 동환이 그녀의 환자복을 내리고 변기에 엉덩이를 걸칠 수 있도록 도왔다. 그런 다음 그는 밖으로 나와 문을 닫아주었다.

잠시 뒤에 변기에 물을 내리는 소리와 함께 부르는 소리가 있었다.

"동무, 도와주세요."

동환은 설희가 일어나도록 부축하고 옷을 올려주었다. 속옷 속에서 다 드러난 하얀 허벅지와 허벅지 사이의 샘이 동환의 눈앞을 스쳐간 것은 잠깐이었으나 그 영상은 평생 지워지지 않는 강한 힘으로 젊은 사내의 머리 속에 깊이 박혔다.

설희를 부축하여 침대에 다시 눕혀놓은 동환은 시선을 둘 데가 없었다. 그녀가 자신을 뚫어지게 바라보고 있다는 것을 알자 더욱 눈 둘 곳을 찾지 못하고 창 너머 먼 하늘을 헤매고 있었다.

"동무."

설희가 불렀다.

"정말 지도자 동무의 허락도 없이 두 다리가 시킨 대로 여기 온 거야요?"

동환은 고개를 끄덕였다. 그의 군복 어깨 위에 붙어 있는 견장의 붉은 별이 함께 흔들렸다.

"왜 그랬어요?"

"그냥, 와야 할 것 같아서. 다리가 맘대로 움직여서. 이게 운명이라는 건가요?"

"운명?"

설희는 그 말을 씹어보았다. 그건 봉건시대의 낡은 개념이다. 만들어 낸 환상이다. 미신과 같은 것이다. 이 건강한 젊은 남자의 입에서 그런 말이 나오다니.

"밤새도록 생각을 했습니다. 어제 설희 동무를 입원시켜 놓고 돌아가 생각해 보고 아침까지 생각하다가 무슨 일이 닥쳐도 동무를 보호해야겠다, 그리 결론을 내렸습니다."

"동무는 저를 보호할 수 없어요."

설희는 차가운 어조로 말했다.

"압니다."

"그럼 가세요. 얼른 돌아가 아무 일도 없었던 것처럼 지도자 동지를 모시세요."

"알겠습니다."

김동환 소좌는 뒷걸음으로 물러나더니 병실 밖으로 사라졌다. 그의 뒷모습을 보면서 설희는 생각했다. 나는 죽음을 생각했다. 죽음 저쪽으로 한 발을 내디디고 보니 인생은 단순하다. 겁나는 것이 없다. 그러나 젊은 운전수 동무는 운명이니 뭐니 하면서 하찮은 여자에게 목숨을 걸 필요가 없다. 지도자 동지에게 목숨을 걸었던 내가 바보였듯이 나에게 목숨을 걸면 더 바보다. 그럴만한 가치가 없는 것이다. 운전수 동무가 아침부터 허락도 지시도 받지 않고 이 병실에 꽃을 들고 나타났던 사실을 알게 되면 김동환 소좌의 생명은 그날로 끝장날 것이었다. 당장 죽지는 않더라도 죽음보다 더 못한 지경으로 내몰릴 것이다. 그것을 누구보다 내가 잘 안다. 그리고 비록 죽을지라도 다시는 그런 상황으로 돌아가지는 않을 것이다. 공화국의 그 누구도 나를 아오지로 보낼 수는 없을 것이다. 죽는 것이 백 배나 나을 것이다.

다음날 아침, 붕대를 갈아주고 주사를 놔주고 돌아서면서 나이 지긋한 의사는 말했다.

"다른 환자들에 비해 동무의 상처는 놀라울 정도로 빨리 낫고 있습니다. 이대로 가면 며칠 후에는 정상적인 활동을 해도 될 것 같습니다."

그럼 나가야지. 그녀는 생각했다. 지도자 동지의 손이 미치지 못하는 곳으로 빨리 빠져나갈 필요가 있었다. 여기서 버티고 있다가는 무슨 보복을 당할지 모르는 일이었다. 특히 영화에서 경쟁 상대였던 성혜림이 자신의 일을 아는 순간, 그리고 자신이 병원에 누워 있는 사실을 아는 순간 최악의 일이 벌어질지도 모른다고 생각했다. 그러나 어떻게 나가지? 그녀는 생각했다. 어제 호위총국 소속의 그 군관 동무라면 이 어려운 상황을 타개하는데 도움이 될지도 모른다는 생각이 들었다. 자신을 입원시킨 장본인이었으므로 퇴원시키는 일도 자연스럽게 할 수 있을 것이기 때문이었다. 그러나 그렇게 하면 나는 훨훨 새장을 벗어나 날 수 있어도 그 젊은 남자는 어떻게 되나? 안될 일이었다. 혼자서 결행해야만 할 일이었다.

병실 문을 두드리는 소리가 두어 번 들리더니 이쪽의 대답도 듣지 않고 문이 열렸다. 동환의 얼굴이 조심스럽게 문 안으로 들어섰다. 설희는 먼저 와락 반가운 마음이 앞을 섰다.

"동무."

이번에도 동환의 손에는 들꽃 다발이 들려 있었다. 꽃다발을 설희의 머리맡에 놓아둔 다음 동환은 그녀의 팔목을 살폈다. 팔목에 감긴 붕대가 새것임을 확인하자 비로소 입을 열었다.

"약은 먹었습니까?"

친정 오라비 같은 말투였고 동작이었다. 설희는 고개를 끄덕였다.

"일을 보세요. 저는 빨리 돌아가야 합니다."

그는 어제처럼 그녀를 일으켜 부축하여 화장실로 갔다. 어제 같은 통증이 없었기 때문에 혼자서도 무슨 일이든 다 할 수 있었으나 설희는 동환이 하는 대로 맡겨두었다. 군인이 자신에게 부여된 임무를 다하듯

기계적인 동작으로 여자가 일을 다 보도록 도와준 동환은 그녀를 자리
에 눕혀놓고는 돌아섰다.

"내일 또 오겠습니다."

"오지 마세요."

등 뒤에 그 말이 꽂히자 그는 돌아섰다.

"와야 합니다."

"왜요?"

그는 또 자신의 두 다리를 가리켰다.

"이 두 개의 다리가 저절로 이곳으로 오기 때문이고, 이 가슴도 머리
도 이곳으로 와야 한다고 요구하기 때문입니다."

"그럼 다 잘라버리세요. 다리가 동무를 배신하면 다리를 자르고 가
슴이 동무를 배신하면 가슴을 잘라버리세요. 머리가 배신하면…"

그녀의 목소리가 차츰 낮아졌다. 동환이 침대 옆으로 다가와 손가락
으로 그녀의 입술을 가렸기 때문이었다.

"모두 잘라버리겠습니다. 그것들을 다 버리고나면 내게 남는 것이
무엇입니까?"

"모르겠어요."

설희는 상처가 없는 오른손으로 동환의 손을 그러잡았다. 따뜻하고
부드러운 손이었다. 동환이 상체를 기울여 그녀의 얼굴을 들여다보았
다. 그녀는 눈을 감았다. 남자의 입술이 그녀의 입술 위로 왔다 거친
숨소리가 들렸다. 달콤한 냄새가 나는 숨결이었다. 지금까지 남자를
몇 사람 겪어 보았으나 이런 냄새, 이런 맛의 숨결을 지닌 남자는 처음
이었다.

두 사람은 잠시 동안 서로의 입 속을 더듬었다. 그 짧은 시간이 영원

처럼 길게 느껴졌다. 누군가 병실 문을 열고 들어올 것 같은 공포 때문에 그녀는 한손으로 그의 가슴을 밀어냈다.

"동무, 다시는 오지 말아요. 내일 또 오면,"

설희가 단호한 어조로 말했다.

"내가 없을지도 몰라요."

"아직 병원을 떠나면 안 된다고 들었습니다. 떠날 때가 되면 제가 모시겠습니다. 기다리세요."

"지도자 동지의 지시라도 받았습니까?"

"지도자 동지께서는 설희 동무에 대해 지금까지 한 마디도 말씀이 없었습니다. 혹시 병원의 서기 동무를 통해 지시하고 정보를 듣는지는 모르겠으나 저에게 지시하거나 관심을 보인 적은 한 번도 없었습니다. 아시겠지만 무척 바쁘시거든요."

그럴 테지. 전 같았으면 이런 말을 들으면 분노가 들끓었을 것이다. 그러나 지금은 그렇지 않았다. 스스로 난쟁이 똥자루라고 말하는 그 지도자 동지의 남자로서의 매력은 영점이었다. 이제 그를 잊기로 했다. 잊을 수 있을 것 같았다.

동환은 매일 병실을 찾아왔다. 올 때마다 들꽃 다발을 들고 왔다. 동환이 병실에 찾아와 머물다 가는 시간은 반 시간 정도였다. 그 짧은 시간 때문에 남은 시간을 견디며 살고 있었다. 두 사람 다 마찬가지였다.

닷새째 되던 날 동환은 조금 늦었다.

"왜, 이렇게 늦었어요?"

"퇴원해야 합니다."

"왜요?"

"상처가 아물어가고 있고, 이 병실을 더 사용할 수 없기 때문입니다."

"이 병실을 비워줘야 하나요?"

"그렇습니다."

문득 스치는 생각이 있었다. 봉화진료소에는 지도자 동지 가족을 위한 특별한 병실이 몇 개 있다. 이 병실은 아마 성혜림의 전용 병실일지도 모른다. 그 생각을 하자 설희는 벌떡 몸을 일으켜 참대에서 내려왔다.

"가요, 우리."

"어디로 가실 겁니까?"

병원을 나가면 지도자 동지에게로 갈 것이냐, 가정으로 돌아갈 것이냐 하는 내용이 담겨 있는 질문이었다.

"데리고 나가주세요. 그리고 하루나 이틀, 괜찮으면 며칠이라도 동무와 함께 지낼 수 있는 곳으로, 데리고 가 주세요."

그래서 김동환의 집으로 온 것이었다. 두 사람은 내일, 아니 몇 시간 뒤에 죽음이 찾아와도 그까짓 것 상관없다는 마음이었다.

1970년 겨울 – 평양

낮게 내려앉은 하늘에서는 진눈깨비가 흩날리고 있었다. 평양시 외곽 사동구역 대동강 남안, 조국해방전쟁 때 미군과 국방군의 대동강 도하를 저지하기 위하여 특공대가 주둔했으나 지금은 채소밭으로 변해버린 지역이었다. 채소밭으로 둘러싸인 가운데 지점에 찌그러진 군 막사가 역사의 흔적처럼 서 있었고, 막사 주변에 발가벗은 버드나무 몇 그루가 추위에 떨고 있었다. 버드나무들이 지켜보고 있는 공터에 아침부터 트럭 몇 대가 사람들을 싣고 와서 풀어놓았다. 시내에서 실어온 '시민'들이었다.

버드나무 사이에 가지 없는 나무줄기 하나가 서 있었다. 자세히 보면 그것은 나무줄기가 아니라 누군가 세워놓은 기둥이었다. 오늘의 행사를 위해 새벽 일찍 누군가 세워둔 장치였다.

트럭 세 대에 실려 온 백 명 가량의 시민들은 추위에 떨면서 황량한 채소밭 사이 공터의 찌그러진 군대 막사와 버드나무 사이에 세워놓은 나무기둥의 기묘한 그림에 질린 표정들이었다. 그러나 아무도 마음속의 공포를 드러내지 않았고, 그저 무심한 표정이었다.

마지막으로 트럭 한 대가 공터로 들어오더니 밧줄로 묶은 사내 한 명을 끌어내렸다. 김동환이었다. 동환의 뒤로 젊은 여자가 비틀거리며 내렸다. 설희였다. 설희의 뒤로 설희의 남편인 박준상도 내렸다. 준상의 뒤로 몇 명의 집총한 군인이 따라 내렸다. 그 뒤로 군인인지 사회안전부 요원들인지 복장만으로는 짐작하기 어려운 사람들이 몇 명 더 내렸다. 준상은 트럭에서 내리자 아내 설희를 부축했다. 그는 지금 벌어지고 있는 일이 도무지 무슨 일인지 모르겠다는 짜증스러운 표정이었다. 미리 와서 기다리고 있던 시민들은 지루한 연극이 끝나기를 기다리는 관객처럼 이들이 등장하자 조금 술렁거렸다.

죄수 김동환은 곧바로 버드나무 사이에 세워둔 나무기둥에 묶여 세워졌다. 동환의 입에는 재갈이 묶여 있었다. 그의 신체 중에서 마음대로 움직일 수 있는 것은 눈뿐이었다. 그 눈으로 그는 남편 준상의 부축으로 간신히 몸을 지탱하고 서 있는 설희를 바라보고 있었다. 그러나 잠시 설희에게 머물러 있던 동환의 눈길이 곧 바람에 흩날리는 진눈깨비를 좇아 허공으로 흩어졌다.

동원된 관객들은 군인들의 지시에 따라 미리 그어놓은 선 밖에 두 줄로 정렬했다. 설희와 준상은 맨 앞줄에 서 있었다. 그들의 눈앞에 네 명의 저격수들이 나란히 옆으로 늘어서 있었다.

동환의 얼굴에 검은 보자기가 씌워졌다. 이제 그나마 자유롭던 눈마저 자유를 잃었다. 군관 복장을 한 사람이 군중의 대열 앞으로 걸어와서더니 누런 봉투 속에서 서류 한 장을 꺼내어 읽기 시작했다.

"김동환 동무는 호위총국의 병사로서 영광스럽게도 김정일 지도자 동지의 차량을 운전하는 막중한 임무를 띠고 하늘같은 은혜를 입었으나 허망한 부르주아 풍조를 동경하여 부화한 나머지 미제의 첩자로 전락하여 신성한 공화국의 값진 비밀을 팔아 넘겨 더러운 배를 채웠으며, 마침내 지하에 준동하는 종파분자들과 뇌동하여 지도자 동지에게 위해를 가하고 공화국을 전복할 음모를 꾸미니… 용서 받지 못할 엄중한 죄를 지었으니 영광스러운 조국과 인민의 이름으로 사형을 집행할 것을 선고한다….”

미제의 앞잡이, 종파분자, 부르주아 풍조 등등 귀에 못이 박히도록 들어온 뻔한 죄상은 누구의 마음도 감동시키지 못했다. 다만 사형에 처한다는 마지막 선고만 귀에 들어왔을 뿐이었다.

'어떤 놈이 극본을 쓰고 있는지 제법 머리가 좋은 놈이로군.'

준상은 아내와 부화했던 남자를 먼발치로 바라보면서 중얼거렸다.

'기왕 죽일 놈이니 종파분자의 누명을 씌워 죽이고 이 기회에 주피터 같은 김일성에게 걸치적거리는 놈들을 쓸어버리겠다는 것이지. 이자리에 설희를 참석시켜 구경하게 만들고 설희의 남편인 나까지 억지로 데려다가 참관시키는 것은 유치하고 어리석은 보복행위에다 변태성욕의 카타르시스일 것이고, 일석삼조의 효과를 노린 기막힌 연극 무대로구만. 잘 봐 둬라, 영광스러운 공화국의 영화감독 박준상 동무여, 이 유치하고 더러운 무대를, 피를 마시고 성장하는 신의 설화를.'

군관은 선고문을 다 읽고 나서 기계적인 동작으로 죄수와 저격수의 중간쯤 거리에서 옆으로 비켜서더니 바른쪽 팔을 머리 위로 높이 쳐들었다가 아래로 내렸다. 그와 동시에 저격수 네 명의 총구에서 타타탕 하는 폭발음이 터져 나왔다. 동화의 머리가 꺾이고 가슴이 딸꾹질을 하듯 한 번 크게 추스르더니 곧 뻣뻣하게 굳어졌다.

"악."

설희가 피를 토하듯 짐승의 소리로 외치더니 기절해버렸다. 준상은 안도하여 설희를 두 팔로 감싸 안고 있었다. 만약 설희가 기절해버리지 않고 동환의 죽음에서 오는 충격을 견디지 못하여 제멋대로 떠드는 일이 벌어지면 자신이 손바닥으로 설희의 입을 틀어막고, 그래도 안 되면 주먹으로 쳐서 기절시켜서라도 설희의 입을 잠재워야겠다고 그는 생각하고 있던 참이었다. 그러던 참에 그녀가 스스로 기절해 준 것이 여간 고맙지 않았다.

김정일은 스탈린이 그랬던 것처럼 새벽까지 일하고 아침 6시에 중성동 관저로 돌아와 잠을 잤다. 그가 일어난 시각은 낮 12시가 조금 지났을 때였다. 잠옷바람으로 세수간으로 가서 칫솔을 물었다. 속에서 헛구역질이 올라왔다. 거울을 보니 배가 불룩 솟아나고 있었다.

'스탈린 시간 때문이야.'

어쩔 수 없는 일이었다. 밤에 일하고 낮에 잠자는 스틸린시간이 몸에 밴 이상 운동부족으로 인해 뱃살이 붙는 것은 피할 수 없는 응보였다. 뱃살이 붙는다고 여자들이 자신을 거부하지는 않을 것이므로 굳이 뱃살을 빼고 몸을 만들 필요는 느끼지 못했다.

세수간에서 반 시간 정도 머물면서 몸속의 찌꺼기들을 제거한 그는 집무실로 들어갔다. 백 평이 넘는 방의 남쪽 창가에 큰 책상 하나가 놓여 있고 맞은 편 벽면에 일본제 천연색텔레비전이 하나 덩그렇게 놓여 있었다. 비디오 플레이어를 겸한 제품이었다. 사용하기 편했으므로 집안의 다른 텔레비전 기계보다 이것을 자주 사용했다. 사용할 때마다 그는 "일본놈들" 하고 중얼거려 텔레비전에 붙어 있을지도 모르는 일본 귀신을 쫓아내는 의식을 치렀다.

언제나 그렇듯이 비준해야할 서류가 책상 위에 가득 쌓여 있었다. 그가 비준해야할 서류들은 문학예술부의 업무에 관련된 것들이 주류를 이루고 있었으나 그것 말고도 당과 군, 그리고 정치 일반과 외교, 남조선 문제에 이르기까지 국정 전반에 걸쳐 현안보고서가 올라오고 있었다. 어떤 것은 주석궁으로 가기 전에 자신의 손을 거쳐 가는 것도 있었다. 모두 3년 전인 1967년 5월에 개최된 당중앙위원회 제4기 15차 전원회의에서 귀때기가 새파란 김정일이 박금철, 이효순, 허학송 따위의 갑산파를 중심으로 당내의 문화와 선전선동부를 담당해 왔던 간부들에 대해 그들이 유일사상을 확립하는데 대하여 소극적이거나 반동의 움직임을 보였다 하여 비판하고 숙청하는데 주도적인 역할을 한 후부터 일어난 현상이었다. 하늘에 두 개의 태양이 뜰 수는 없으나 기우는 해가 있으면 내일 떠오르는 해가 있는 법이어서 눈치 빠른 당 간부들이 떠오르는 태양을 향해 알아서 고개를 꺾는 것을 말릴 수는 없는 일이었다. 김정일의 지위가 고작 노동당의 문학예술부 부부장에 지나지 않았으나 실제로 그에게 보고되는 문건들은 정무원 총리 이상의 기밀한 내용들이었다. 문학예술이라는 것도 그 범위를 굳이 확대해놓고 보면 모든 정책과 관련되지 않는 곳이 없을 정도여서 귀에 걸면 귀고리, 코에 걸면 코걸이 하는 식으로 확대 해석할 수 있었다. 그리하여 웬만한 국가정책 보고는 김일성에게 가기 전에 김정일에게 먼저 오고 있었다.

간사한 놈들은 역시 문학예술 쪽의 인사들이었다. 그들은 1년 전부터 김정일을 부부장 동지 대신 친애하는 지도자 동지로 부르기 시작했다. 이 호칭의 전염성은 매우 강하고 빨라서 불과 두어 달 만에 당과 정부, 군과 민간의 모든 영역, 모든 사람들이 '친애하는 지도자 동지'

로 부르게 되었고, 마침내 본인 스스로도 자신을 '친애하는 지도자 동지'로 인식하고 있었다.

'약은 놈들.'

이 호칭이 문학하는 사람들로부터 처음 나오자 그는 이 아첨꾼들을 경멸하며 속으로 비웃었다. 그러나 그렇게 부르지 말라고 역정을 내지도 않았고 금지하지도 않았다. 속으로 비웃으면서 한편으로 즐기는 정신분열증상과 이중인격이야말로 무오류의 신을 아버지로 두고 그 자리를 승계해야할 황태자의 태생적 한계이자 정체성 그 자체였다.

보고서의 절반은 전국 각지에 건립하도록 지시한 김일성 동상과 현장지도 기념비에 관한 것이었다. 동상 제작 기법이 많이 좋아지기는 했으나 소련과 동유럽에 가서 배워 온 몇 사람 젊은 조각가들이 기존의 국내 조각의 대가들과 힘겨운 씨름을 하고 있는 모습이 눈에 선하게 들어왔다. 무조건 신격화해야 한다는 늙은 예술가들과 인간적인 내면을 표출해야만 수령의 유일 절대의 권위에 피가 흐르고 체온이 유지된다고 주장하는 젊은이들 사이의 싸움이었다. 따지고 보면 밥그릇 싸움이었고 더 정확하게 말하자면 권력다툼이었다. 이대로 두면 필시 사상투쟁으로 변질될 것이고 이어 권력투쟁으로 비화할 것이었다. 여기쯤에서 교통정리를 하고 어느 쪽에 손을 들어주어야 할 시점이 온 것이었다.

김정일은 두 가지를 지시했다. 양측 모두 동상 제작에 참여시키되 동상은 일률적으로 할 것이 아니라 건립하는 위치에 따라 선택해서 세우라고 부연했다. 그는 이 지시가 어떻게 이행될 것인지 확인해 보아야 한다고 따로 비망록에 적어두었다.

보고서들의 맨 아래쪽에 얇은 문서 한 장이 끼어 있었다. 호위사령부에서 올라온 문서였다. 부화방탕한 죄에다 미제의 앞잡이로 공화국의 기밀 염탐을 위해 지도자 동지의 운전수로 침투했던 김동환을 사형시켰다는 내용이었다. 평양시의 인민들 1백여 명을 참관시켰고, 특히 김동환과 함께 부화했던 배우 설희와 그 남편을 현장에서 참관케 하여 처단과 징계의 효과를 백배 고양시켰다는 자화자찬이 곁들어 있었다.

'누굴까? 어느 놈일까?'

그는 보고서를 들고 들여다보며 생각했다.

자신은 설희와 그 남편 박준상을 처형장에 참관시키라는 명령을 한 일이 없었다. 명령을 하지 않았는데도 어느 놈이 그런 연출을 했다면 그놈이 대체 누구일까? 설희라는 골치 아픈 여자를 어떻게 순화시키고 어떻게 매장해버릴지 그 방법을 자신보다 더 잘 알고 잇는 그 자가 대체 누구일까? 그것이 궁금했다. 간단하게 처리하자면 설희도 부화한 죄로 함께 처형장의 기둥에 메달아도 그만이었다. 그러나 그러고 싶지는 않았다. 설희에 대한 가학적인 징벌과 그로 인해 쾌감을 느끼는 자신의 마음 밑바닥까지 들여다보고 친절하게 처형극을 연출한 그 자의 정체를 알고 싶었다. 그리고 언젠가 자신이 최고의 권력을 잡았을 때 제일 먼저 그 자를 처형장의 기둥에 매달리라고 다짐했다.

정작 김정일의 관심을 끄는 보고서는 따로 있었다. 한 달 전에 열렸던 '조선노동당 제5차 당대회의 결과에 대한 분석과 미래 전략' 이라는 제목의 문서였다. 요약하면 이런 내용이었다.

일반적인 관측으로는 이번 제5차 당대회에서 수령님의 후계자 문제가 정식으로 떠올라 가시적인 결과가 나올 것으로 전 인민과 세계의 진보적인 인민대중들이 한결같이 흠모하고 또 기대하고 있었다. 심지어 남조선의 언론들도 이번 제5차 당대회에서 후계자가 결정될 것으로 내다보는 여론이 많았다. 이는 유일지도체제를 대를 이어 일관되게 이어가야한다는 절대성, 역사성, 당위성을 말해주는 현상이다. 그러나 실제로는 이번 당대회에서 지도자 동지는 중앙위원은커녕 중앙위 후보위원으로도 선정되지 못했다. 못한 것이 아니라 안한 것이다. 아직은 후계문제를 물 밑에 감추어두고 때를 성숙시키는 것이 전략적으로 옳다고 판단했기 때문이었다. 그러나 이번 당대회에서는 지도자 동지의 후계문제를 공고히 하는 몇 가지 조치를 결의하였다. 첫째는 문학예술부장에 리근모를 앉힌 것이다. 알려진 바와 같이 기계공업부장이던 리근모는 문학예술에는 까막눈이나 다름이 없다. 이는 부부장인 지도자 동지가 문학예술을 통하여 유일사상을 공고히 하는 사업을 적극 지원하려는 수령님의 배려로 읽을 수 있다. 선전선동부장에 지도자동지와 노선이 같은 김책의 아들 김국태 동지를 배치한 것도 같은 맥락이라 할 것이다.

둘째는 당 비서국의 기능 강화이다. 1966년 신설된 비서국은 정책집행 기능 밖에 없어 이렇다 할 권한이 없었으나 이번 제5차 당대회에서는 비서국의 기능을 확대 강화하여 간부 문제를 비롯하여 대내문제 대외문제에 이르기까지 폭넓게 토의 결정할 수 있도록 길을 열어놓았다. 즉 지도자 동지가 실질적으로 후계자로서 행사할 수 있도록 길을 만들어놓았는데 수령님께서 직접 이런 장치를 구상하고 체제구축을 해놓았다는 점이다. 이제 식물신경불화증에 걸려 뒷방신세를 면하지 못하고 있는 조직지도부장 김영주의 힘은 저절로 유명무실하게 될 것이다. 후계자 결정과정에서 가장 유력한 경쟁자로 알려져 있던 수령님의 아우가 사실상 무대에서 퇴역한다는 조짐이다.

이와 같은 엄중한 현실 속에서 지도자 동지를 대를 이어 받들고자 하는 우리 혁명 2세대들은 다음과 같은 전략적인 과제들을 추진해 나가야 할 것이다. 첫째 유일지도사상을 더욱 공고히 하여 수령님으로 하여금 대를 이은 혁명과업 수행이 역사적인 요구임을 신념으로 간직하게 할 것, 둘째 남조선을 비롯한 전 세계가 알지 못하는 사이에 공화국 내부에서는 자연스럽게 지도자 동지의 후계자 등장을 기정사실화할 것…

김정일은 서류를 내려놓았다. 나쁜 놈들, 아첨꾼들, 듣기 좋은 말만 해대는 저 가벼운 입들, 입들… 김정일은 진절머리가 났다. 이런 아첨꾼들이 없는 세상에서 조용하게 살 수 없을까. 아무리 궁리해 보아도 그는 자신이 도망갈 곳이 이미 없다는 사실을 깨달았다. 그렇다면, 방법은 한 가지 밖에 없었다. 더 철저하게, 더 확실하게 역사를 가지고 노는 것이다. 역사를 사타구니 아래에 깔고 앉아 한바탕 웃는 것이다. 어차피 인생은 허무한 것이니까.

"그런 연민의 눈으로 보지 마세요."

설희는 두 무릎을 팔로 감싸 안고 웅크리고 앉아 입술을 잘근잘근 짓씹고 있었다. 그런 버릇 때문에 오른쪽 입술이 조금 부풀어 있었으나 그녀는 그 버릇을 고치지 못했다.

"내게는 연민 따위의 사치스런 감정은 없어."

준상은 먼 산 위를 스쳐가는 빗소리처럼 아득한 어조로 말했다.

"나는 동정 받기도 싫고, 멸시 당하기는 더 싫어요. 우리 헤어져요."

"그럴 수는 없다, 미안하지만."

준상은 단호하게 잘랐다.

"나는 너를 사랑하진 않지만, 좋아한다, 아직도. 결혼이라는 것을 한 이후 지금까지 나는 너를 구속해 본 일이 없다."

"구속하지 않았으면, 내버렸나요?"

"내버리지도 않았어."

"헤어질 수 없는 이유, 그것만 말해보세요."

"오늘 형장으로 가기 전까지는 나는 네가 원하면 언제든지 헤어지겠다고 결심하고 있었어. 그러나 지금은 마음이 바뀌었다."

"……."

"너를, 그 불행한 젊은이 김동환을 처형하는 자리에 불러내어 굳이 그런 처참한 꼴을 보게 한 이유를 생각해 보았나? 너를 같은 형장에 세울 수도 있었는데 풀어놓고 고통을 준 이유를 알고 있나? 멀리서 너를 지켜보고 있는 남자 한 사람이 있다는 것은 알아. 그러나 그 남자가 설희에게 보내고자 했던 것이 무엇일까?"

"뭔데요?"

"경고였어. 다음에는 설희 너를 저 자리에 세울 수도 있다, 그런 경고였어. 나에게도 경고를 내린 거지."

"흥, 모르겠어."

설희는 코웃음을 쳤다.

"남자들은 그렇게 복잡한 생각을 하면서 여자를 만나요?"

"아니, 반대지."

준상이 말했다.

"남자들은 아주 단순해. 그러나 여자를 저만치 떨어뜨려놓고 바라볼 때는 그런 복잡한 생각도 하는 거지. 명심하라구. 설희가 저번에 찾아갔다가 팔 정맥을 잘라 자살을 기도할만치 좋아했던 그 남자는 다른 여배우와 살림을 차렸어. 그 여자는 임신을 했다는 소문이야. 내가 확실하게 아는 것을 이야기 해 줄까? 그 작달막한 사내는 아무 여자도 좋아하지 않아. 그가 좋아하는 것은 권력이지. 아버지를 신으로 만들어 놓고 자신도 언젠가는 신이 되고 싶어 하는 사람이야. 신의 옆에 가는 여자들은 모조리 타죽었어. 이게 고대로부터 인간 세상에 내려오는 공통적인 설화야. 그러니 너는 신의 옆에 얼씬거려서는 안 돼. 인간들하고 사랑하고 살아라. 믿고 싶지 않겠지만 나는 너를 지켜야겠어."

"타 죽든지 빠져 죽든지 내버려 두세요. 나는 사는 것에 진저리가 나요."

"거짓말하지 마라."

준상이 말했다.

"살아 있어야 사랑도 하지. 나는 알고 있다. 설희가 얼마나 사랑에 목말라 하는지."

설희는 잠자코 있었다. 그녀가 자신의 말에 귀를 기울이고 있다는 사실을 확인하자 준상은 말에 힘을 실었다.

"인도에서 유래한 얘기인데, 아귀라는 것이 있어. 인도 사람들은 조상의 혼백을 돌보지 않으면 죽어서 고통을 받는데 그런 귀신을 아귀라 하고, 이것이 불교와 결합하여 생전에 탐욕과 어리석음에 빠진 중생이 죽으면 염마왕계에 떨어지는데 그곳에 떨어진 귀신을 아귀라 한다지. 이 아귀는 배는 산처럼 거대한데 목구멍은 바늘처럼 좁아 먹어도 먹어도 배를 채우지 못하니 그 고통이 말로 다할 수가 없다는 거지. 어떤 속설에는 또 아귀의 뱃가죽은 밑구멍이 열려 있어 먹으면 곧장 흘러버리기 때문에 그놈의 배가 영원히 채워지지 않는다고도 해. 어쨌거나 모든 탐욕은 절대로 채워지지 않는 그릇과 같아서 고통이라는 교훈을 주려고 만들어낸 설화가 분명하지."

"내가 아귀라는 거예요?"

"아니지. 아귀는 따로 있어. 설희는 그 아귀의 먹이에 지나지 않아. 아귀는 고통을 참지 못하고 피를 마시게 돼 있어. 너는 내 아내가 아닌 것은 분명하지만, 우리 아들의 어머니야. 아귀의 제단에 제물로 올려놓을 수는 없다. 내가 살아 있는 한."

"왜 나 같은 년을 좋아하는 거예요?"

"설희가 좋은 여자이기 때문이지. 모든 남자들이 다 설희를 좋아하는데 나라고 좋아하지 않을 수가 없잖아."

"거짓말."

"거짓말 아니다. 이런 너를 좋아하는 것은 연민이나 습관 때문만은 아니다. 그렇다고 다른 남자들처럼 너의 몸이 탐나는 것도 아니다. 그건 이미 잊었다. 그러고도 남는 것이 있는데 좋아한다는 말 밖에 표현할 길이 없다."

"내가 이런 년이라는 것은, 언제부터 알고 있었어요?"

"오래 됐다. 설희가 그 남자를 만나러 가서 돌아오지 않던 밤에 모든 것을 알았다. 아니, 그 이전에, 우리가 함께 지냈던 그 동물원 우리 같은 감방에서 설희가 처음으로 내게 몸을 맡겼을 때부터 알았던 것 같은 기분이 들어. 지나고 보니 그랬던 것 같았다는 얘기야."

"그 남자는 아귀 맞아요?"

"그렇지 않다고 생각한다. 그 남자의 관심은 권력뿐이다. 여자는 권력에 뒤따르는 부속품 같은 것이다. 대개의 남자들은 여자를 처음 품어본 다음부터 귀찮아하기 시작하는데 그 남자는 싫증을 잘 내는 성격인 것 같더라. 장난감에 싫증 잘 내는 어린아이처럼."

"그럼 왜 나를 살려준 거죠?"

"나도 그게 의문이다. 추측해 보건대,"

"……."

"다른 사람이 있는 것 같다. 그 남자의 속마음을 속속들이 읽고 있는 어떤 놈이 너에 대한 한 가닥 미련을 발견하고 살려둔 것일지도 모른다. 아니면 그 남자의 속내를 이용하여 자신의 속마음을 실천한 것인지도 모른다."

"어렵게 말하지 말고 쉽게 말해주면 안돼요?"

"쉽게 한 마디로 말하지. 그 남자의 속마음을 짐작하여 너를 살려준 그 사람이 실은 너를 갖고 싶어 했다는 뜻이지."

설희는 무릎에 고개를 더 깊이 처박고 입술을 잘근거렸다. 한때는 설희의 그런 모습을 보면 불같이 성욕이 일어났던 때도 있었다.

"그가 누구죠?"

"곧 알게 되겠지."

의문은 곧 풀렸다. 설희가 울밀대 아래쪽의 얼어붙은 대동강 가에서 출연 중인 영화 〈낙원의 처녀〉를 찍고 있는 현장에 호위사령부의 높은 분이 나타났다. 영화 일꾼들에게 정중하게 사정을 설명한 군관은 여자 배우 설희를 잠깐 모셔오라는 높은 분의 전갈을 전했다. 설희는 곧 호위사령부 간부가 타고 온 검은 색 세단에 올라 호위사령부 부사령관 강명덕의 사무실로 안내 됐다.

강명덕은 키가 작고 얼굴이 가무잡잡한 오십대 중반의 사내였다. 그는 설희가 들어오는 것을 알고도 한참 동안 창 밖에 시선을 던져두고 무관심한 척 하고 있었다. 설희가 잔기침을 몇 번 하자 그때서야 손님이 온 줄 알았다는 듯이 돌아섰다.

"설희 동무."

강명덕은 군인다운 기질을 숨기지 못하고 단도직입적으로 말을 꺼냈다.

"동무와 함께 부화한 김동환이라는 자는 처형을 당했는데 동무는 아무 일도 없었다는 듯이 영화 일꾼으로 활약하고 있소. 지금도 촬영 현장에서 오는 길, 맞지요?"

"그렇습니다."

"왜 그렇다고 생각하시오?"

"예?"

"같은 죄를 지었는데 김동환 동무는 공개 처형당하고 설희 동무는 살아 있소. 잘만하면 공훈배우가 될 수도 있고, 더 잘하면 인민배우가 될 수도 있소. 도대체 왜 그렇다고 생각하오?"

"모르겠습니다."

"알려주겠소. 동무에게 공화국을 위해 헌신할 기회를 주기 위해서요. 동무는 정말 아까운 재능을 지녔소. 난 최근 동무가 출연한 영화를 모두 보았소. 천재요."

"고맙습니다."

"우리 인민의 조국은 동무의 재능과 젊음을 필요로 하오."

"더 열심히 하겠습니다."

"물론 그래야지. 그러나 영화에 출연하는 것만으로 동무가 할 일을 다했다고 할 수는 없소."

"그럼?"

"난 솔직하오. 보름 후 아프리카의 지도자인 에탕 대통령이 수령님의 초청으로 우리 인민의 낙원을 방문할 계획이오."

"그분은 작년에도 오지 않았습니까?"

"왔지요. 그런데 문제가 생겼어요. 제국주의의 발에 밟혀 신음하던 아프리카의 인민대중을 수령님의 영도 아래 묶어 세우기 위해서는 에탕 대통령을 확실하게 우리 편으로 잡아놓아야 한다는 필요성 때문에 작년에 그분을 초청했소. 한데 이분이 우리 조선의 아리따운 여성동무들에게 반하여 침소에 넣어주기를 강력히 희망하는 거요. 할 수 없이 호위사령부에서 일하던 이쁘장한 아주머니 한 분을 설득하여 에탕 대통령의 침소에 넣었지요. 한데 한밤중에 난리가 났어요. 대통령이 이런 시체하고 잘 수 없다고 난리를 피운 겁니다. 그 아주머니, 조국을 위해 희생한다 각오하고 이를 악물고 반듯하게 누워 있었던 모양인데 그게 시체로 보였던 겁니다. 올해 다시 그 대통령을 초청했는데 두 번 실수를 해서는 안 되겠지요. 해서 동무에게 이 신성한 임무를 부탁하려는 것입니다."

"제가 거절하면?"

"거절해서는 안 되지요. 처형장에서 영화가 아닌 실제 장면을 보여준 까닭이 다 있습니다."

설희는 잠시 생각했다. 그리고 곧 결론을 내렸다.

"조국을 위해 무슨 일이든지 하겠습니다."

"그럴 줄 알았소. 조국이 동무에게 갚을 날이 있을 것이오, 반드시. 아, 참. 그 전에 동무가 시체인지 아닌지 어떻게 알겠소?"

"부사령관 동지께서 직접 확인해 보시겠습니까?"

"뭐, 꼭 그래야 한다면, 그래야겠지."

설희는 옷을 벗었고, 부사령관 강명덕은 조국을 위하여 설희가 시체 아니라는 사실을 힘겹게 확인했다. 아랫도리를 꿰어 입으면서 그는 말했다.

"오늘 일을 입 밖에 내는 날에는 동무와 내가 동시에 처형장에 섭니다. 알겠소?"

"시체는 아니던가요?"

"여자에게 이런 경지가 있다는 것을 오늘 처음 알았소. 내가 만일 부사령관이 아니었더라면 김동환이 되었을 것이오."

1971년 봄 - 평양

웬만큼 경력을 쌓은 배우들도 카메라 앞에 서면 새삼스럽게 진땀이 나고 주눅이 들게 마련인데 설희는 딴판이었다. 그녀는 처음 영화에 출연했을 때부터 카메라를 의식하지 않았다. 카메라를 의식하지 않는 당당하고 초연한 자세가 자연스러운 연기를 온몸에서 뿜어내는 원천이었다. 그녀가 등장하는 영화를 보면서 남자들이 마치 그녀와 함께 있는 것 같은 기묘한 환상을 보게 되는 것도 그런 자연스러운 연기의 부산물이었다.

그러나 카메라 앞에 서면 무서울 것이 없는 설희도 무대에서는 잼병이었다. 어두운 관객석이 시커먼 동굴처럼 무서웠다. 이쪽은 조명 아래 온몸과 영혼까지 노출되어있는데 보는 관객들은 어둠 속에 앉아 음험하게 이쪽을 뜯어보고 있는 것이 싫었다. 그 관객들 속에서 자신의 벗은 몸과, 몸의 깊은 곳에 있는 감각의 신호등까지 알고 있는 남자들이 더러 있을 것이라고 생각하면 오줌이 마려웠다.

평양예술극장. 이날 설희는 공훈배우 칭호와 함께 그것을 증명하는 증명서와 메달을 받았다. 이미 배우이기를 그만둔 성혜림은 한 해 전에 공훈배우가 되었고 김현숙은 이날 설희와 함께 공훈배우가 되었다. 이날의 주인공은 따로 있었다. 영화를 찍을 때마다 김일성을 연기한 배우, 소설로 공화국 탄생의 신화를 쓴 소설가, 사람의 똥에서 항생물질을 발견한 과학자, 석탄 채굴의 속도를 두 배로 끌어올린 노동자 등등 수많은 배우 아닌 배우들이 더러는 인민의 칭호를 받고 더러는 공훈의 서훈을 받았다. 그러나 사람들의 관심은 설희에게 있었다. 알만한 사람들은 그녀가 공훈배우가 된 것은 오로지 아득한 윗분의 총애 때문이라고 생각하고 있었기 때문이었다.

극장에서의 행사는 전초에 지나지 않았다. 평양예술극장에서의 서훈 행사가 끝나고 두 시간 후에 이날 서훈을 받은 배우 작가, 학자, 노동자 대표들은 모두 김일성의 집무실로 가서 다시 한 번 사진을 찍고 영광스러운 치하를 받았다. 김일성의 옆에는 김정일 노동당 선전선동부 부부장이 서서 이들 서훈자들 한 사람 한 사람의 이름을 부르고 공적을 설명했다.

"영화배우 설희 동무."

부부장이 이름을 부르자 설희는 대열에서 벗어나 앞으로 나갔다. 발목이 조금 나오는 검정 치마와 기장이 짧은 흰 저고리를 받쳐 입었으나 옷 밖으로 흐르는 몸의 선과 몸에서 풍겨나오는 색기는 실내에 있는 모든 남자들의 숨겨진 감각을 자극했다. 아버지와 아들은 동시에 그녀를 보고 있었다. 보는 각도는 다르고 생각 또한 달랐으나 설희는 이들 부자가 자신의 몸 어디를 들여다보고 있는지 알고 있었다. 아버지는 유독 둥글고 탄력 있는 엉덩이를 좋아했고, 아들은 두 다리 사이의 숲을 감상하는 버릇이 있었다. 엉덩이를 좋아한 사람은 둥근 엉덩이를 공처럼 만지면서 "이게 예술이다" 했고 숲에 대해 일가견을 가진 남자는 "숲이 너무 무성하면 들어가고 싶지 않다"고 했다. 설희의 숲이 무성하지도 않고 성기지도 않아 그 속에 감춰진 작은 문과 절묘한 조화를 이룬 것을 두고 찬탄하는 말이었다. 두 사람 다 예술가들이었다.

설희는 자신이 공훈배우가 된 진짜 이유를 알고 있었다. 아프리카에서 왔던 그 대통령이라는 자는 그 후에도 한 번 더 공화국을 찾아왔었다. 소년기에 아프리카에서 추장의 아들이었을 때는 영국 미션스쿨에서 배운 신문명의 영향을 받아 사냥용 창이나 활 대신 권투 글러브를 끼고 운동을 했고, 영국의 명문대학으로 유학을 가서는 시를 짓는 법을 익혔다는 그 대통령은 김일성 주석을 예찬하고 명민하고 효심 깊은 주석의 아들을 떠오르는 태양에 견주어 노래한 시도 지었다. 그 시들은 로동당의 기관지에 대문짝만하게 실렸고, 인민들이 암송하기도 했다.

바로 그 검은 시인이 평양으로 다시 찾아온 것은 오로지 설희 때문이었다. 표면상의 이유는 많았다. 아프리카의 제3세계 신생국가들을 모조리 엮어 공화국과 수교를 맺게 한다는 선물 보따리를 가지고 왔다. 부수적으로 공화국은 무기 생산에 절대로 필요한 몇 가지 광물들을 미국의 해상 검열이나 간섭 없이 들여올 수 있게 되었고, 아프리카의 신생 우방국들은 위대한 수령님으로부터 인민의 이름으로 대통령궁이나 체육관 따위의 대형 건물을 선물로 받았다. 주체사상이라는 신흥종교의 성경과 전도사들도 파견됐다.

이런 것들은 국가적인 소득이었고, 수령님의 위대한 영도력이 세계에 먹히고 있다는 증거로 내세울만한 일들이었다. 그러나 설희는 시달렸다. 두 번째, 기대했던 것보다 훨씬 큰 선물 보따리를 들고 공화국을 찾아온 시인이자 권투 선수이고, 추장이자 대통령인 검은 사내는 밤새 설희를 한잠도 자지 못하게 했다. 마치 정글에서 굶주렸던 짐승이 오랜만에 먹이를 채어 물어뜯듯 설희의 온몸을 물어뜯고 헤집으면서 스스로의 몸을 녹여냈다. 그 밤이 지나자 검은 시인의 몸도 녹초가 됐다. 다음날 수령님이 준비해 놓은 행사장에 나가지도 못할 정도로 그는 한낮이 되었는데도 침대에서 내려오지도 못했다. 설희도 몸의 아랫부분이 갈갈이 찢어지는 고통을 몇 날이고 참아내야 했다. 설희가 공화국을 위해 밤새 전투를 치르고 피를 흘리며 돌아온 날이면 남편 박준상은 설희의 상처에 약을 발라주며 입술을 씹었다. 새삼스러운 일이 아니어서 별다른 감정은 없었으나 인간에 대한 연민과 권력에 대한 증오가 가슴 속 한가운데서 불덩이로 자라고 있었다.

닫힌 세상이었으나 사람들의 눈과 입으로 이런 소식은 놀랄 정도로 빨리 회자됐다. 공화국 상층부의 지도급 인사들이 설희를 보거나 생각할 때마다 목젖을 울리며 갈증을 느끼는 정도가 심해졌다.

설희의 헌신적인 노력이 불러온 효과는 공화국의 지도층 스스로도 놀랄 정도로 눈부셨다. 수령님의 60번째 생일이 되자 제3세계의 검거나 누런 얼굴의 지도자나 지도자급 인물 수십 명이 온갖 선물을 들고 앞을 다투어 평양으로 찾아든 것이었다. 그 중에는 노골적으로 영화배우 설희를 보고 싶다는 뜻을 표명한 국가 지도자도 있었고, 은근하게 애둘러 암시한 사람도 있었다. 동유럽의 오랜 형제국에서 온 수상이라는 자는 질투심 많은 마누라를 따돌리고 동양의 진주를 품어보기 위하여 진땀나는 곡예를 부리기도 했다. 그 결과는 어떤 외교적 노력보다 좋았다.

그 혁혁한 외교적 성과가 어디서 비롯되었는지 알만한 사람들은 알고 있었다. 설희를 부화죄로 상대 남자인 김동환과 함께 처형하지 않고 오히려 적절하게 써먹은 것이 얼마나 잘한 결정이었는지 드러난 것이다. 그런 결정을 한 사람은 아들이었다. 수령님은 그 일 이후로 아들을 한층 더 굳게 믿었다. 또한 설희의 힘도 믿었다. 생각 같아서는 단계를 무시하고 곧바로 인민배우로 격상시키고 싶었으나 그건 설희의 희생적인 노력과 충성스러운 공적을 좀 더 기다려 취할 일이었다.

공훈배우의 칭호를 받은 그날 저녁에 조선예술가동맹은 모란봉 초대소에서 연회를 열었다. 이날 공훈배우가 된 사람이 설희 혼자만은 아니었고, 인민배우나 영웅 칭호를 받은 시인도 있었으나 사람들, 특히 남자들의 관심은 설희에게 있었다. 설희가 박준상의 아내라는 것은 이미 이 바닥에서는 아무 문제도 되지 않았다. 설희가 지닌 헤픈 듯한 몸짓에다 남의 떡이 더 커 보이고 훔친 능금이 맛있다는 단순한 원리를 덧입혀서 남자들은 설희를 엿보았고, 그녀를 잠깐씩이나마 소유하는 꿈을 꾸었다.

조선예술가동맹 위원장 한설주는 그 자신이 이미 신화가 된 인물이었다. 젊은 시절에 카프 동인으로 들어가 사회주의 리얼리즘과 민족주의를 결합시킨 문예이론으로 일제 점령기에 사실상 문단을 이끌었던 그는 해방 후 한국 문학의 상징적인 존재로 군림하다가 조국해방전쟁으로 인민군이 서울을 점령했다가 후퇴하자 기다렸다는 듯이 따라서 월북했다. 월북하자마자 그는 시인에서 소설가로 영역을 확대하여 〈장백산 신화〉를 발표했는데 이 한 권의 소설로 그는 단숨에 조선인민공화국의 문학예술가들이 나아갈 지표를 만들어놓았다. 그 점에서 그는 확실히 천재였다. 그 이후 그는 별로 이렇다 할 작품을 내놓지 못했으나 조선예술가동맹의 위원장은 만년 그의 몫이었고, 노동당 중앙위원이라는 엄청난 감투까지 쓰고 있었다. 조선예술가동맹이 새로 공훈예술가나 인민예술가 칭호를 얻은 인민의 영웅들을 축하하기 위하여 만찬 자리를 만든 것은 당연한 일로 보이기는 했으나 한설주의 진짜 목적은 엉뚱한 곳에 있었다.

칠순을 눈앞에 둔 이 노인은 축하만찬 자리에서 다른 예술분야를 다 젖혀두고 영화 애기를 꺼냈다.

"영화는 사회주의입니다."

그는 서두를 꺼냈다.

"생산수단의 소유 형태가 인류의 삶을 결정하고 정치를 좌우하듯이 예술 또한 표현 수단의 변화에 따라 생멸합니다. 나는 문학으로 영광스럽게도 과분한 칭호를 얻었으나 오늘날 문학은 늦가을 산야의 벌거벗은 나무들처럼 조락하고 있을 뿐이며 영화가 그 자리를 대신하여 새로운 지평을 열어가고 있습니다. 영화는 시이자 소설이며 연극이자 주술입니다. 그것은 단순한 예술이 아니라 사회주의 낙원 건설을 위한 가장 효과적이고 종합적이며 완성도가 높은 현대적인 예술입니다. 신이 있었다면 이런 예술을 만들었을 것입니다. 우리의 경애하는 지도자 동지께서 이 위대한 예술의 가치를 발견하고 완성하는 역할을 자임하고 나선 것은 당연한 역사적 사명이라 하겠습니다."

노인의 영화예술에 대한 칭찬은 길게 이어졌다. 마침내 그의 영화예찬론은 실제 작품과 구체적인 배우의 표현력을 칭찬하는 대목에 이르렀다.

"사회주의 리얼리즘은 리론에 의하여 완성되는 것이 아니라 탁월하고 영웅적인 예술가에 의하여 창조되는 것입니다. 설희 동무의 연기를 보고 있으면 저절로 그런 결론에 도달하게 됩니다. 백 마디 말이 필요 없을 정도로 사회주의적 혁명의 정신을 온몸으로 연기하는 배우를 지니고 있다는 것, 그런 배우와 동시대를 살고 있다는 것이 또한 얼마나 큰 영광인지 우리는 잊고 살 때가 자주 있습니다."

설희는 온몸에 소름이 돋는 것을 느꼈다. 늙었든 젊었든 남자라는 인간들이 여자를 지나치게 칭찬하고 띄울 때는 경계해야 한다. 설희의 몸 속 어딘가에서 신호음이 울리고 있었다. 그 신호음이 채 가시기도 전에 연설을 마치고 자리에 앉으면서 한설주는 옆자리의 설희의 귀에다 대고 말했다.

"동무를 좀 더 알고 싶소. 이따가 내가 따로 축하를 해야겠소."

설희는 웃었다. 맞은 편 자리에 앉아 있던 영화감독 박준상이 입술을 비틀며 웃고 있는 모습이 눈에 들어왔다. 설희는 일부러 노인의 볼을 스칠 듯 입을 가까이 가져가서 속삭였다.

"저도 위원장 동지를 좀 더 알고 싶습니다."

"흐음."

한설주의 입에서 신음 같은 소리가 흘러나왔다.

연회를 마치고 설희는 자연스럽게 한설주의 벤츠 자동차에 함께 타고 위원장동무의 집으로 갔다. 이층으로 된 한설주의 집은 넓고 호화로웠다. 러시아풍으로 꾸며놓은 집안에는 벽마다 대형 그림들이 걸려 있었다. 너무 섬세하여 그림이라기보다 사진에 가깝고, 보고 있으면 금방 실증이 나는 조선화들이었다. 그림의 소재는 금강산의 절경들이 대부분이었으나 간혹 일제에 항거한 영웅적인 독립투쟁을 그린 전투 장면들도 있었다. 사람은 없었다. 아래 위층에 방이 여러 개 있었으나 모두 비어 있었다. 재난에 대비하여 미리 어디론가 옮겨놓은 것처럼 인기척이 없었다. 표정이 없던 운전수는 자동차를 집 앞에 대놓은 다음 어디로 갔는지 집안에는 들어오지도 않았다.

"아무도 없어."

늙은이가 들쭉술이 담긴 병마개를 따면서 말했다.

"마누라는 남산병원에 입원 중이거든. 신장에 이상이 있는 모양이야. 아들놈과 며느리가 함께 살았더랬는데 지난 해에 수령님의 은혜로 새 집을 얻어 나갔어. 인생이…"

들쭉술 한 잔을 목구멍으로 넘기면서 푸, 한숨을 섞어 말했다.

"어느 날 갑자기, 이런 모습으로 올 줄은 몰랐어. 황혼이, 조락이, 외로움이."

노인은 작고 외로워 보였다. 설희는 노인의 어깨에 자신의 팔을 감았다. 노인이 그 팔에 체중을 실어 기대어 왔다. 그럴 것이다, 하고 설희는 생각했다. 인생은, 언제나 준비 없이 시간을 맞는다. 그녀 자신이 늘 그랬던 것처럼.

노인은 무슨 의식을 행하듯 경건한 표정으로 설희의 온몸을 쓰다듬었다. 치마 저고리 안에 들어 있는 몸의 곡선을 손끝에 모든 감각을 실어 더듬어 가더니 치마를 들어 올렸다.

"보여 다오."

그가 말했다.

"너의 모든 것을 보고 싶었다."

노인의 손이 파르르 떨리고 있었다. 떨리는 손으로 노인은 설희의 저고리를 벗기고 치마를 벗겼다. 치마 속의 속곳을 벗기고 나서 잠시 그림을 감상하듯 숨을 고르던 노인은 쫓기듯 마지막 속옷을 벗겨 내렸다.

설희는 그냥 서 있었다. 이상한 밤이 될 것이라는 불안이 덮쳤으나 기왕 여기까지 왔으니 감내할 수밖에 없는 일이라고 체념했다. 노인은 설희를 벗겨서 앉혀놓고 술을 마셨다. 술을 마시는 것이 그나마 그에게 남아 있는 유일한 기운인지 계속 홀짝거리며 마셨다. 설희는 마치 벽에 걸린 그림처럼 그렇게 벗은 몸으로 앉아 있었다.

"훌륭해."

노인이 감탄했다.

"어찌하여 여인의 몸을 이렇게 아름답게 만들어 놓았을까. 그리고 내 몸은 왜 이 모양일까."

노인이 남자 노릇을 하지 못한 지가 벌써 십년은 된다고 했다.

"지금까지는 괜찮았어. 그런데 설희 동무를 보고 나니 내 잃어버린 그것이 얼마나 참담한지 알겠구만."

노인은 그날 밤 잃어버린 것을 되찾기 위해 애를 썼다. 설희도 힘을 보탰다. 그러나 아무리 애를 써도 노인의 몸은 일어나지 않았다. 결국 포기하고 술에 취하여 잠이 든 노인의 모습은 잎새 떨어진 겨울 산의 나뭇가지와 같았다.

아침에 그녀를 보내면서 노인이 옛날 이야기를 하듯 아득한 울림으로 말했다.

"또 만날 수 있을까, 우리?"

설희가 고개를 갸웃하자 노인이 말을 이었다.

"이런 늙은이를 만나고 싶지 않겠지? 그러나 동무와 하룻밤을 보내고 나니 내 갈증은 더 깊어지고 더 간절해졌어. 내 무슨 수를 쓰더라도 동무의 몸 속에서 내 몸이 살아나는 것을 보고야 말겠어."

그건 헛꿈이야. 설희는 속으로 그런 말을 떠올리면서 웃었다.

"웃고 있구만. 웃으라우. 그러나 나는 절박해. 이제부터 살아가는 이유가 거기 있거든."

노인이 무슨 이유로 살아가든 그것은 노인의 일일 뿐이었다. 이데올로기라는 것을 좇아 서울을 버리고 평양을 택하여 그럭저럭 목숨을 부지하며 살아왔던 이 늙은 예술가는 이제 가망 없는 육체를 가지고 한 여자의 몸뚱이를 숭배하는 신도임을 자처하고 나섰다. 그것도 그의 자유이자 선택이었다.

그녀 자신은 오늘도 짧은 영화에 출연하여 온몸으로 그저 그런 연기를 했을 뿐이었다. 정말이지, 그것뿐이었다. 누가 왜 사느냐 물으면 지금 영화를 찍고 있을 뿐이라고 대답할 것이다. 인생은 영화이고, 영화는 사회주의가 아니라 인생이었다.

1973년 여름 – 평양

"어떻던가?"

수령은 새로 내각에서 정무원으로 개편된 뒤 부총리로 임명된 박성철에게 물었다. 그의 질문은 앞 뒤를 다 잘라버리고 몸통만 묻기 때문에 본인이 한 번 더 부연설명을 하기 전에는 질문의 핵심을 파악하기 어려웠다. 그래서 박성철도 기다렸다. 수령이 부연했다.

"남조선을 지탱하는 힘이 무엇이던가?"

그제야 알아듣고 박성철은 대답했다.

"옛, 신들이었습니다."

"신? 무슨 신?"

"자본주의의 물신과 예배당의 예수신, 절간의 부처신, 골목마다 틀고 앉아 혹세무민하는 점쟁이들, 이들이 남조선을 지배하고 지탱하고 있었습니다."

"잘 보았구만. 그런 귀신이 횡행하도록 정부는 무엇을 하던가?"

"정치와 종교는 별개다, 즉 정치는 이승을 관장하고 종교는 저승을 관장한다는 식으로 방관하거나 조장하여 리용하고 있었습니다. 가끔 미국에서 이름난 푸닥거리의 고수들을 데려다가 대대적인 푸닥거리를 벌이기도 합니다."

"푸닥거리? 푸닥거리라 했나?"

수령이 되묻자 부총리는 자라처럼 모가지를 움츠리며 작은 소리로 대답했다.

"미국은 예수교 근본주의가 횡행하는 나라입니다. 한편에는 예수교 근본주의가 있고, 다른 한편에는 자본주의 물신숭배가 있어 이 둘이 결합하여 전문적인 푸닥거리의 명수들이 사업을 크게 벌이고 있는데 남조선이 그 자들의 영역 확대의 최적지로 꼽힐 정도로 밥입니다. 정치하는 자들은 종교를 길러놓고 그 힘을 빌고 있습니다."

"남조선의 정치꾼들이 공허한 대가리와 가슴을 메우기 위하여 미국에서 푸닥거리 명수들을 불러다 푸닥거리를 벌인단 말이지?"

"그렇습니다."

"미국에서 수입한 푸닥거리라, 그거 좋구만."

수령은 온몸을 들썩거리며 걸걸하게 웃었다. 부총리는 잠시 집어넣었던 모가지를 드러냈다.

"푸닥거리라, 거 참 정말이지 우리 조선말에는 기막힌 말들이 있었구만. 그 말을 당장 신문하고 방송하는 동무들에게 갈켜주라. 당장에 써먹도록."

"옛, 그리하겠습니다."

"그리고…"

수령은 이었다.

"예배당을 하나 지어."

"예?"

박성철은 알아듣지 못하고 반문했다.

"예배당을 하나 지으라. 예수 믿고 천주 믿는 예배당 말이야."

박성철은 간신히 말귀는 알아들었으나 그 뜻을 이해하지는 못하였다. 이번에도 수령이 부연했다.

"미국놈들과 담판을 지을 시간이 오고 있어. 미국의 어리석은 시민들, 시건방진 지식인 나부랭이들의 민심을 우리 편으로 돌려놓을 필요가 있어. 예배당 하나면 돼."

부총리의 대꾸가 없자 수령은 계속했다.

"무슨 회담을 벌여놓고 자기 인민들을 속이고 있는 남조선 놈들이 평양에 와서 제일성으로 하는 말이 교회가 있느냐? 하는 거였지? 그자들에게 교회, 즉 예배당을 보여 주라구. 남조선에서도 공화국을 숭배하고 그리워하는 무리들이 절반 있고, 나머지 절반의 인민들은 미국에서 수입한 귀신을 믿는 자들 아닌가? 그들을 헷갈리게 하고 안심케 하고 혼돈스럽게 만들자면 예배당 하나면 돼."

"옛."

부총리는 힘차게 대답했으나 여전히 마음속의 의문은 제거하지 못한 체였다.

"신이 존재하는 겁니까?"

그렇게 묻는 부총리의 마음속에는 복잡한 생각들이 겹쳐서 일어나고 있었다. 수령님, 당신의 어머니 강반석은 예수교에 미친 여자였고 당신 또한 그런 어머니의 신앙을 먹으며 자랐으니 혹시라도 마음 깊은 곳에 그 서양귀신 믿는 씨앗이 자라고 있는 겁니까? 하는 의문이었다.

수령은 짧게 대답했다.

"신이 없기 때문에 평양에 데려다 놓으려는 거야."

로동신문의 제목을 훑어보다가 김정일은 탄복했다.

"푸닥거리? 이건 천재야."

한 마디 말이 문화집단의 영혼을 사로잡고 역사를 굴린다. 이 말이 비록 가볍기는 하나 미제국주의자들과 그 똥오줌을 먹고 사는 남조선 사람들이 벌이고 있는 야단법석을 한 마디로 표현하는 촌철살인의 어휘임에는 틀림이 없었다. 이 말을 창안해 낸 동무를 찾아내어 중요하게 쓰리라, 그는 이 일을 잊지 않도록 수첩에 적어놓았다.

그는 이 기막힌 말에서 새로운 영감이 떠오르는 것을 느꼈다. 영감이 떠오를 때는 마음을 비우는 것이 중요하다. 그는 의식의 그릇 속에 담긴 돌맹이와 철조망들을 제거하고 자신의 의식이 흘러가고 흘러오는 것을 방관하는 자세로 지켜보았다.

남조선의 푸닥거리? 물신숭배의 공허를 달래기 위한 미국인들의 미신? 그 모든 현상의 뒤에 있는 것은 기독교였고, 성경이었다.

그가 성경, 남조선에서 찍어낸 성경을 읽기 시작한 것은 작년부터였다. 일본의 한 출판사가 문고본으로 찍은 히틀러의 〈탁상담화〉를 읽다가 "지금까지 인류가 입은 가장 큰 재앙은 기독교의 등장이었다. 볼세비즘은 기독교의 사생아다. 둘 다 유태인의 창작물이다"라는 대목을 읽고 나서였다. 히틀러는 정직한 사람이 아니다. 유태인을 공격하기 위해 기독교를 옹호했고, 볼세비즘을 공격하기 위해 싸잡아 기독교를 비방하는 식으로 대중을 선동하기 위해 때와 장소에 따라 말을 바꾸었기 때문이다. 그러므로 히틀러는 기회주의자였다. 그의 아버지와 어머니는 가톨릭 신자였고, 히틀러 또한 가톨릭 학교에서 배우고 자랐다. 스탈린이 러시아정교회의 독실한 신자였던 가정에서 태어나 티플리스 신학교를 다니며 자칫했으면 성직자가 될 뻔했던 것처럼. 히틀러도 그가 나치당 당수가 되지 않았더라면 가톨릭 신부가 될 수도 있었을 것이다. 내가 김정일이 아니었으면 무엇이 되었을까. 시시한 미국 영화를 모조리 청소해 버릴만한 영화를 만들었겠지. 그러나…

어쨌든 성경은 위대하다, 하고 그는 생각했다. 모세라는 영감이 이집트 사막에 솟아 있는 볼품없는 바위산에서 십계명을 새겨 들고 자기를 따르는 무리들에게 돌아온 것은 정말 극적인 연출이었다고 생각했다. 히틀러와 그의 추종자들이 나치당 강령을 만들 때 바탕에 깔았던 것이 바로 이스라엘 민족의 신화에 등장하는 열 가지 항목의 계명이었고, 스탈린이 소련을 지배하기 위해 만들어낸 모든 장치들도 알고 보면 10계명이 그 교과서였다. 그렇다면, 하고 김정일은 생각했다. 우리도 10계명을 만들자. 헌법 위에, 조선로동당 강령 위에 얹어놓을 신성불가침의 강령을 만들자. 조항은 열 가지가 좋다. 10이라는 숫자는 신성하니까. 그는 자신의 발상에 스스로 찬탄하고 스스로 감동했다. 나는 역시 천재야. 삼촌 김영주가 이미 내놓은 〈10대 원칙〉이 있었으나 삼촌 또한 10계명에서 영감을 얻었을 터이므로 깔아뭉개고 그 위에 더 완성된 계명을 만들면 그만이었다.

성경에서 또 한 가지 배울만한 것은 감춰진 증오였다. 기독교를 관통하는 것은 그들이 내세우는 사랑이 아니라 증오였다. 이질적인 집단과 문화에 대한 증오를 감추기 위하여 사랑을 내세우고 있으나 사랑은 역사를 움직이는 힘이 아니다. 그 힘은 증오에서 나온다는 것을 성경의 아무 페이지나 펼치기만 하면 즉시 발견해 낼 수 있을 정도였다. 그러므로 공화국의 신앙도 그 바탕이 증오여야 한다. 수령님을 신으로 만들어놓고 나는 사제 노릇을 하면 권력은 영원할 것이다. 조선 사람들은 귀신을 좋아하니까. 관세음보살이 있던 자리에 성모 마리아를 가져다 놓고, 염라대왕이나 옥황상제가 앉아 있던 자리에 질투심 많고 변덕스러운 에호바 신을 수입해 앉혀 놓아도 여전히 믿고 따르고 바치고 걸핏하면 목숨까지 내놓는 민족이다. 공산주의 이데올로기는 그런 조선 사람들의 갈증을 채워주지 못했다. 그러므로 공산주의 이데올로기는 밀어내고 그 자리에 슬그머니 수령님을 앉혀놓기만 하면 되는 것이다. 수령님을 신으로 만들어야 권력이 탄탄한 기초를 얻게 될 것이다. 십계명은 그래서 필요한 것이었다.

　여기서도 한 발 먼저 간 사람은 역시 삼촌 김영주였다. 김정일은 청년시절 삼촌에게 심하게 얻어맞은 일이 있었다. 외국 영화에 파묻혀 있는 그에게 삼촌은 한심한 조카를 가르치기도 할 겸, 너는 죽었다 깨어나도 미래의 지도자는 아니라는 사실을 골수에 박히도록 자각하게 해 줄 요량으로 두들겨 팬 것이었다. 그때의 일을 김정일은 덧난 상처처럼 잊지 못하고 있었다. 그러나 삼촌은 현실적인 사람이었다. 조카가 자라는 모습을 보고 이 청년이 무서운 사람이라는 것, 자신의 경쟁자가 될 것이며, 자칫하면 자신의 무덤을 파게 될지도 모른다는 것을 가장 먼저 깨달은 사람도 삼촌 김영주였다. 그것을 깨달으면서 삼촌은 성치 못한 몸을 움직여 필사적인 경쟁을 벌였다. 아들 김정일이 아버지의 권력을 공고히 하기 위하여 유일사상 체계를 만들려는 움직임을 보이자 김영주는 제도적으로 당을 정비하여 유일지도체제를 앞당겨 실현하려고 황장엽과 같은 학자들의 미적지근한 이론에 맞서 논쟁을 주도했다. 삼촌과 조카, 김일성 쪽에서 보자면 동생과 아들이 자신을 신으로 떠받들고 밀어 올리는 경쟁을 벌이기 시작한 것이었다. 기분이 나쁜 일은 아니었다. 어쨌거나 결과는 뻔한 것이니까.

그래서 나온 것이 김영주의 〈10대 원칙〉이었다. 김영주는 김일성의 교시를 공화국의 모든 법과 제도 위의 하늘에 두지 않으면 안 된다고 판단했고, 그 하늘 위에 집을 지은 것이 〈10대 원칙〉이었다. 그 몇 해 전인 1967년 5월 25일 김일성이 발표한 '5·25 교시'라는 것도 그 발상지는 김영주였던 것으로 소문이 나 있었다. 이 교시는 말하자면 〈10대 원칙〉이 나오기 전에 조선인민공화국에 널려 있는 불필요하고도 너저분한 사상과 이론의 쓰레기를 깨끗하게 청소하는 조선판 문화혁명이었다. 이 청소작업을 통하여 공화국 인민들의 집안에는 사람의 생각을 헷갈리게 만드는 모든 책들이 사라졌다. 마르크스와 레닌의 저서들도 이때 청소의 대상이 됐다. 남은 것은 김일성의 노작뿐이었고, 볼 것이란 영화뿐이었다. 그렇게 만들어놓고 이번에는 〈10대 원칙〉이었다. 헌법 위의 초헌법, 굳이 견주자면 기독교 성경의 구약에서 모세가 에호바 신으로부터 받았다는 10계명일 것이었다.

김정일은 그 10계명과 김영주가 초안했다는 10대 원칙을 두 손에 들고 비교해 가며 들여다보고 있었던 것이다. 마침내 그는 무릎을 쳤다.

"역시 나는 천재야. 삼촌 미안하우."

김영주의 10대 원칙은 프롤레타리아 독재의 정당성을 옹호하기 위해 번잡한 주장을 펼치고 있을 뿐 그것이 실제로 어떻게 적용되어야 하는지 명확하지 않았다. 그러나 10계명은 명확하고도 구체적인 지시를 담고 있었다. 첫째 계명이 특히 마음을 사로잡았다.

"내 앞에 다른 신을 두지 마라."

이 한 마디를 조금 비틀어서 공화국 지배 원칙의 첫머리에 올려놓으니 그 다음의 계명, 아니 원칙들은 줄줄이 영감이 떠올랐다.

　김정일은 '이제 곁가지들을 철저하고도 완전하게 쳐버릴 때가 왔다' 고 다짐했다. 곁가지 중에서도 가장 굵고 질긴 곁가지였던 삼촌 김영 주를 제거할 때가 된 것이었다. 그 무기는 김영주가 먼저 개발한 10대 원칙이었다. 이런 일은 전쟁에서도 흔하다. 상대가 개발한 무기를 입 수하여 더 개량하고 폭발력을 키워 상대의 머리 위에 되돌려주는 전법 이다. 김정일은 10대 원칙의 폭발력을 그 폭탄의 최초 발상지인 삼촌 에게 시험해 볼 작정이었다.

1975년 여름 – 오사카

간사이 월드호텔의 사장 이노우에 준스케의 한국 이름은 고일랑(高一郎)이다. 일제시대에는 무식했던 부모가 창씨개명하여 다카오카 이치로라 불렸는데 일본으로 온 이후 그 자신이 다시 창씨하고 개명하여 이노우에 준스케가 된 것이었다. 대부분의 한국 아버지들처럼 준스케의 평생 희망도 아들놈이 당당한 인간의 모습으로 이 험한 세상 제대로 헤치며 살아가는 모습을 보는 것이었다. 그는 아들 하나 딸 하나를 두었는데 딸 고영희는 이미 공화국에 대한 충성의 표시로 귀국시켜 조선노동당 선전선동부에서 일하고 있으니 조만간 처녀로 숙성하면 조선 청년을 배필로 맞아 그 땅에 정착하게 될 것이었다. 제 어미를 닮아 얼굴도 예쁘고 머리도 좋은데다 싹싹하고 붙임성이 좋아 남자들이 평생 기대고 싶어 할 그런 여자로 자라고 있었다. 게다가 민족적 자부심이 대단했고, 사회주의 이론에 밝아 역사면 역사, 철학이면 철학에서 아직 자신의 딸인 영희를 이겨내는 사람을 본 적이 없었다. 그런 딸이 평양으로 갔으므로 고기가 물을 만난 셈으로 당당하게 제 자리를 찾게 될 것으로 기대해도 좋을 것이다. 그만하면 딸농사는 추수를 잘한 셈으로 쳐도 괜찮겠다는 생각이었다.

그러나 아들놈, 천지간에 하나 뿐인 아들 고영식은 아비의 눈으로는 머릿속이 텅 비어 있는 이상한 동물로 보였다. 준스케는 이번에는 아들놈의 운명을 결정지어 주리라고 단단하게 결심했다. 그는 아침 일찍 간사이 월드호텔의 16층 펜트하우스에 차려놓은 자신의 사무실로 출근했다. 거기서 아들을 찾았다. 사방으로 수소문했으나 아들의 행방은 묘연했다. 대신 호텔의 사무장 고영환이 죄지은 놈처럼 엉거주춤한 자세로 삼촌이자 사장인 준스케 앞에 섰다.

영환은 준스케 사장의 고향인 제주도 애월읍 출신으로 서울대학 화학과를 나와 남조선 내의 큰 재벌회사 연구원으로 취직하려는 놈을 일본으로 끌어다가 호텔 사무장으로 쓰고 있었는데 도대체 화학을 왜 공부했는지 알 수 없을 정도로 호텔 경영에 천부적인 솜씨를 보였다. 그것 뿐 아니었다. 4.3사건 때 빨갱이로 처형당한 할아버지, 할머니, 그리고 자신의 아버지 등 일가족의 죽음에 대한 복수심이 돌처럼 단단하게 가슴 속에 뭉쳐 있는 젊은이였고, 일본에서 사업에 성공한 후 조총련의 지도자로 떠오르고 있는 삼촌 준스케의 정치 참모로서도 기대 이상의 실력을 발휘했다. 이번에 총련의 간사이 지역 상공인 대회를 이 호텔에서 개최하고 공화국으로부터 조선노동당 주요 간부들을 대거 초빙한 것도 순전히 영환의 솜씨 덕분이다, 하고 삼촌은 믿고 있었다. 노동당 간부들뿐이 아니었다. 인민배우 설희를 비롯하여 공화국이 자랑하는 모란봉 경음악단과 백두산창작단의 작가 동무들까지 떼를 지어 만경봉호를 타고 몰려와 이 호텔에 묵고 있었다. 총련 역사상 처음 벌어진 영광스러운 일이었다.

"영식이 잡아와. 대체 어딨어? 이 호텔 안에 있다는 거 알아. 또 썩어 빠진 왜년 하나 끌고 와서 자빠져 자고 있겠지?"

"그게 아니라,"

"아니긴 뭐가 아니야. 자네는 다 좋은데 사촌 형이라고 감싸지 마라. 그게 형을 위하는 길 아니라는 것 쯤 잘 알잖아."

"압니다. 그러나 형님은 지금 왜년 끌고 와서 방에 들어박혀 있지 않습니다."

"그럼 뭐야? 혁명이라도 하고 있다는 게야?"

"예. 혁명 중입니다."

"뭐라?"

준스케는 조카의 입을 멀거니 바라보았다. 아침부터 삼촌 앞에서 농담이나 하자고 덤빌 정도로 무모한 놈이 아닌데.

"공화국에서 온 인민배우 설희 동무 아시지요, 사장님?"

이놈은 자신을 '사장님'으로 깎듯이 부를 때는 꼭 뭔가 설득하려고 작심했을 때였다. 준스케는 경계했다.

"알지."

준스케는 올해 나이 쉰셋이었다. 늙은이도 아니었으나 젊은이도 아니었다. 스스로도 헷갈리는 더러운 나이 쉰셋. 만경봉호를 타고 건너온 공화국의 문화 사절단 중 군계일학으로 한눈에 사람의 오감을 적시고 사로잡던 여자, 하느적거리는 한복 치마 저고리 속에 감춰진 그 무엇이 한없는 갈증을 만들어내던 여자, 그러다가 문득 자신의 나이 쉰셋을 떠올리게 하던 여자, 인민배우 설희 동무의 이름은 그녀가 이 호텔에 들어 있다는 사실만 가지고도 배꼽 아래가 얼얼해지는, 그런 이상한 힘을 지닌 이름이었다.

"형님은 어제 밤부터 그 설희 동무하고 '민족은 하나' 혁명을 하고 있습니다."

"에라."

준스케는 자신도 모르게 치밀어 오르는 분노를 간신히 눌렀다. 내가 질투하나? 그것도 아들놈에게. 게다가 그 생각을 조카놈에게 들킬지도 모르는 위기였다. 생각이 거기에 미치자 갑자기 그는 마음을 풀었다.

"그 여배우가 나이가 얼마나 됐다고 하던가?"

"무슨 생각을 하십니까. 설희 동무는 평양에 남편이 있고 둘 사이에 아들까지 있습니다. 나이도 정확하게는 모르지만 형님보다 훨씬 윗길일 것으로 압니다. 그냥 혁명만 좀 하다가 말겠지요, 뭐."

"늪에 빠졌군."

준스케는 한숨을 쉬었다. 자신의 마누라인 일본 여자 스에코가 무려 여섯 살이나 연상이었다. 그 연상의 여자 스에코에게 빠져들었던 젊은 시절의 바닥없는 갈증을 떠올리고 그는 몸서리를 쳤다. 아들놈이 걸핏하면 왜년들을 호텔로 끌어들이는 것을 알면서도 그는 아들이 자신의 젊은 날처럼 채울 수 없는 갈증 때문에 욕망의 늪에 빠지지 않기를, 그러기 위해서는 욕망을 풀어버리는 것이 상책이라는 계산으로 묵인해오고 있던 터였다. 그랬는데 한복을 입고 나타난 연상의 여자가 그 아들놈을 늪으로 끌고 들어간 것이었다. 게다가 이 늪은 대단히 위험한 늪이었다.

"사무장."

준스케도 조카를 사무적인 호칭으로 불렀다.

"옛, 사장님."

조카도 사무적인 지시를 접수할 준비가 되어 있음을 알렸다.

"급히 평양으로 가야겠어. 수령님을 뵐 수 있도록 최선을 다해 힘을 쓰게."

"평양은 지난달에 다녀오시지 않았습니까. 게다가 지금 평양에서 손님들이 와 있으니 이 사람들을 잘 료리하는 것이 먼저일 것 같은데요."

준스케는 남조선에서 태어나 서울대학을 나온 조카놈이 북조선 말투를 흉내 낼 때마다 속에서 신물이 올라오는 것을 느꼈으나 내색은 하지 않았다.

"일이 생겼어. 수령님과 담판을 지어야 할 일이."

"담판이라고 하셨습니까?"

그는 조카를 바라보았다. 조카의 얼굴은 차갑게 굳어 있었다. 준스케는 얼른 자신의 말을 고쳤다.

"담판이 아니라 허락을 받으려는 거지."

"혹시 형님과 관련된 일입니까?"

"그렇다네. 여기서는 영식이를 인간으로 길러낼 자신이 없어. 일본이라는 나라의 풍토는 인간이 자랄 풍토가 아니야. 공화국으로 보내야겠어. 수령님께서 보호해 주신다면 가능하겠지."

"조국에 무엇을 주시려고 하십니까?"

"젊은 지도자 동지께서 방송국의 현대화를 말씀하셨어. 수령님의 생각도 같았어. 평양에 현대적인 방송국을 지어주고 일체의 기자재를 제공하겠어. 인력은 마음대로 할 수 없는 일이지만 인력을 뺀 나머지 방송국을 새로 짓는 모든 사업을 내가 감당하도록 하지. 거기에 소요되는 자금하고 방송 기자재 수입처 등등을 신속하게 알아보게. 일주일이면 되겠나?"

"즉시 알아보겠습니다. 그러나 사장님께서는 두 가지 오판을 하고 계십니다. 말씀 드려도 되겠습니까?"

"말해 보아."

"첫째는 형님의 문제입니다. 형님은 공화국의 여자 배우를 만나 새로운 혁명, 새로운 투쟁을 시작했습니다. 바로 그 혁명의 대상이 설치고 있는 조국으로 형님을 보내시겠다는 말씀인데 저로서는 그 이유를 모르겠습니다."

"자네가 말하지 않았나. 혁명 좀 해보다가 그만두겠지, 하고. 또 그쪽은 남편이 시퍼렇게 살아 있는 여자이고 연상이야. 조국에서는 그 따위 부화를 용납하지 않아. 이 썩어빠진, 미제국주자들의 똥밭으로 변해버린 일본과는 풍토가 달라. 수령님과 지도자 동지에게 자식놈 하나 인간답게 살도록 지도해 달라고 부탁드린다면 그까짓 여배우가 옆에서 노닥거려도 문제 될 것이 없어. 뭣보다 나는 그 녀석이 왜년들하고 질퍽거리며 세월을 보내는 것이 가장 싫어. 조국에 돌아가 어떻게 되더라도 이 일본땅에서 망가지는 것보다는 나을 거거든. 또 있는가?"

"둘째는, 사장님께서 조국에 모든 것을 던져 넣는 것은 좋으나 지금 형편으로는 우리 소렌(總連)이 심상치 않습니다. 문세광 동지가 적의 심장부에 들어가 혼구멍을 내놓았는데도 박정희는 거꾸로 재일동포 모국방문단 규모를 늘려 소렌을 밑뿌리에서 와해시키고 있습니다. 처음에는 그까짓 거 하다가 말겠지, 소렌 동지들이 남조선의 모순된 형편을 보고 오히려 조국에 대한 충성도가 높아지겠지 하는 바램이 있었던 것 사실 아닙니까. 그런데 지금 결과는 수많은 소렌계 동지들이 민단 쪽으로 이동하고 있습니다. 그런데도 조국에서는 우리에게 때만 되면 무슨 무슨 명목으로 돈과 충성을 바치도록 손만 벌이고 있습니다.

이러다가는 머지않아 소렌은 역사 속에서나 만나게 될지도 모릅니다. 사장님께서는 그런 소렌을 추스르고 단단하게 결속시켜야 할 중대한 임무를 띠고 있습니다. 수령님과 지도자 동지의 요구를 들어주는 것도 중요하고, 하나뿐인 아들을 인간 만드는 공사도 중요하지만 혁명의 전진기지인 우리 소렌을 공고하게 하는 것이 더욱 중요합니다. 위대한 조국의 사회주의 낙원 건설을 위해 간사이 지방에서 가장 많은 성금을 내 오시던 사장님께서 재산의 상당 부분을 한꺼번에 조국에 바쳐 이쪽 사업이 부실해지면 일본 내 혁명의 전진기지는 궤멸할 것이고, 전세계의 사회주의 전선도 붕괴될 것입니다. 그래서 저는…"

"잠깐,"

준스케는 머리가 아픈 시늉을 하며 조카의 말을 끊었다.

"너는, 이 삼촌이 사회주의 낙원 건설을 위해 돈을 내라는 것인가, 내지 말라는 것인가?"

"더 많이, 계속하여 내기 위하여 현재의 사업을 공고히 해야 한다는 뜻입니다."

"방법은?"

"간단합니다. 이 호텔을 매각하시고 손을 떼십시오."

"이 호텔은 돈벌이를 위해 경영하는 것이 아니다."

"바로 그 때문에 손을 떼자는 것입니다. 이 호텔은 만년 적자입니다. 공화국에서 손님들이 오면 무료로 재우고 먹이고 그들의 여비까지 감당해야 합니다. 그 때문에 일본인 여행객이 들지 않고 남조선 여행객도 발길을 끊었습니다. 공화국 사람들의 관사와 다를 바가 없습니다. 아까 늪에 대해 말씀하셨는데 이 호텔이야말로 삼촌의 늪입니다. 늪에서는 하루라도 빨리 발을 빼고 멀리 떨어져 마른 땅에 올라야 합니다."

"누군가 해야 할 일을 내가 하는 것뿐이야."

"이제 다른 사람에게 그 일을 맡기세요. 소련 내부에서 맡을만한 기업인이 없으면 소련 자체가 맡든지 아니면 공화국에서 직접 운영하게 하면 됩니다."

"알았다. 너의 뜻은 충분히 알았어. 그러나 명심해라. 나는 할 일이 있고 이것이 내가 할 일이다."

"그러시다면 더 말리지 않겠습니다. 제가 이곳을 떠나게 해 주십시오."

"너는 자유롭다."

삼촌은 오랜 옛날에 자신을 대신하여 죽은 형에 대한 무거운 책임감으로 힘겨워하며 조카를 바라보았다.

"아직도 남았느냐?"

"한 가지만 더 말씀 드리겠습니다. 아니 묻겠습니다. 삼촌께서는 가미사마를 믿으십니까?"

"가미사마는 일본 사람들의 신이다. 내가 그것을 왜 믿겠느냐?"

"예수나, 석가나 다른 그 무엇을 믿으십니까?"

"믿는다."

삼촌은 단호하게 대답했다.

"수령님을 믿는다. 조국을 믿는다. 역사를 믿는다. 수령님으로부터 대를 이어 혁명 완수의 책임을 맡은 지도자 동지를 믿는다."

"일본인들이 그들의 가미사마를 신사에 모셔놓고 절하고 빌듯이, 남조선 동포들이 서양귀신 예수를 모셔놓고 절하고 빌듯이, 그 자리에 수령님과 지도자 동지를 모셔놓고 절하고 믿고 비는 것입니까?"

"그렇다. 그분들은 신이다. 가미사마시다. 왜냐하면 그분들은 우리를 낙원으로 인도하시니까. 수 천 년 인류 역사에서 그런 지도자를 가져본 적이 한 번이라도 있었느냐?"

"삼촌은 주체 조국의 과학적 영도 이념과 미신을 동일시하는 결정적인 오류에 빠져 있습니다. 조국에 대한 모독이고 어버이 수령님에 대한 모독입니다."

"너는 어렵게 생각하는구나. 유물변증법은 우리 조국에서 변증법적인 발전을 멈추었다. 왜냐? 수령님이 계시기 때문이다. 대를 이어 혁명과업을 영도하실 지도자 동지가 계시기 때문이다. 변증법은 여기서 멈추어야 한다. 유물론도 주체의 이념과 사상 앞에서는 입을 다물고 박물관으로 들어가야 마땅하다. 너야말로 기계론적인 오류에 빠져 있는 것 아니냐?"

"제가 기계론적인 오류에 빠져 있는지는 모르겠으나 정통 사회주의의 논리와 이념을 회복하는데 제 목숨을 바치겠습니다."

"그건 또 다른 종파주의다. 그냥 따르거라. 이건 네 아비를 대신하여 삼촌이 내리는 명령이다. 위험한 늪에는 가까이 가지 마라."

"지금 늪에 빠진 사람은 따로 있지 않습니까. 그들을 구해내야지요."

"빌어먹을."

그는 자리에서 벌떡 일어났다.

"몇 호 실이야? 앞장 서게."

그들은 1501호 스위트룸의 문을 따고 안으로 들어갔다. 방은 깨끗하게 정돈되어 있었고, 사람은 보이지 않았다. 마침 옆방에서 청소를 하고 있던 아주머니를 불러 물어보니 "10분 전에 남자와 여자 두 사람이 나갔다"는 대답이었다.

아주머니가 본 그대로였다. 고영식은 머리에 든 것은 많지 않았지만 여우와 같은 잔머리가 있었다. 그는 아침이면 틀림없이 아버지 준스케가 쳐들어 올 것을 예상하고 있었기 때문에 설희에게 오늘 함께 구경하기로 한 오사카성(城)은 아침나절의 떠오르는 태양빛 아래에서만 그 신비한 모습을 제대로 볼 수 있다고 꼬여 서둘러 데리고 나간 것이었다. 오사카성과 아침 태양의 이야기는 물론 거짓말이었다.

1976년 가을 – 평양

평양방송국의 현대화 공사가 마무리되고 제2의 개국을 축하하는 행사가 화면에 넘쳐나고 있었다. 새벽 3시, 인민들은 모두 잠들었으나 수령과 지도자는 깨어 있었다. 인민들의 삶과 죽음을 관장하는 절대자 신들답게 그들은 새벽까지 잠을 이루지 못하고 있었다.

친애하는 지도자 동지는 3호 청사, 그의 집무실에서 텔레비전 2대를 켜놓고 두 눈으로 동시에 두 개의 화면을 보고 있었다. 하나의 화면에는 미국 서부영화 〈정오의 결투〉가 방영되고 있었다. 주연배우 게리 쿠퍼가 커다란 키를 조금 꺾어 구부정한 자세로 권총을 차고 텅 빈 마을 가운데 길을 걸어가고 있었다. 이 영화는 수령님의 몫이었다. 미제 국주의자들이 만들었다는 것은 마음에 들지 않으나 미국 서부영화야말로 권선징악의 쩨마를 흥부놀부전만큼이나 노골적으로 표현하고 있기 때문에 사회주의적이다 하고 교시했기 때문에 방속국에서는 한밤중 인민들이 잠든 시간에 단 한 사람의 시청자를 위하여 서부영화를 방영하고 있었다. 혹시 이 프로를 인민들이 눈치 채고 기다렸다가 시청하는 불상사를 막기 위해 이 시간에 불빛이 새어나오는 인민들의 집은 느닷없이 닥치는 내무서원의 방문을 받고 다시는 한밤중에 텔레비전 앞에 앉는 불경한 짓을 할 엄두를 내지 못했다.

권선징악을 담은 미국의 서부영화가 사회주의적이다 하는 것은 말도 안 되는 억설이었다. 수령님이 60 고개를 넘자마자 빠르게 늙어가면서 단순한 총질 영화를 좋아하게 된 것이 그 이유의 전부였다. 케이블을 통해 방송을 전파하는 유선방송의 기술을 도입하지 못했기 때문에 단 한 명을 위해 방송국 채널 하나가 통째로 봉사하게 된 것이었다. 물론 아비를 높은 시렁 위에 올려놓고 황당무계한 총질 영화나 보게 하려는 효성 깊은 아들의 장난이었다. 그 아들이 지금 화면에 나타나는 게리 쿠퍼의 구부정한 허리를 보면서 배 속 깊은 곳에서 우러나는 웃음을 참아내고 있었다.

다른 하나의 화면에서는 오늘 낮에 방송된 평양방송의 새 건물 준공식행사 녹화 필름이 재생되고 있었다. 아마 이 시간에 이 녹화 방송을 보고 있는 사람은 딱 한 사람뿐일 것이었다. 바로 그 한 사람이 방송국에 지시하여 이 시간에 재방송하도록 해놓았다. 하늘로부터 명령을 받은 방송국은 어김없이 그 시간에 녹화 필름을 다시 돌렸고, 그 한 사람의 시청자는 지금 화면을 들여다보고 있었다.

화면에는 테이프 커팅을 하고 격려와 축하의 연설을 하는 자신의 모습이 때로는 원거리에서 때로는 클로즈업되어 가득히 채우고 있었다.

'이런, 이런.'

그는 눈을 껌벅이며 탄식했다. 자신의 얼굴, 뺨에 난 주근깨와 왼볼의 사마귀까지 몇 배로 확대되어 나오자 그는 부르르 떨었다. 이 미친

놈의 촬영기사 동무들이 무작정 크게만 비추면 충성을 다한다는 촌스러운 생각에 젖어 있는 증거였다. 방송국을 아무리 웅장한 건물로 다시 짓고 기자재를 초현대적인 것으로 갖다 놓으면 뭐하겠는가. 문제는 방송 만드는 놈들의 사고방식이 굳어 있는 한 조선인민공화국 방송 프로그램은 세계 인민들로부터 촌놈 소리를 면하지 못할 것이라고 생각했다. 특히 남조선 인민들의 더럽게 세련된 눈깔에 촌스럽고 유치하게 비칠 것을 생각하면서 그는 부르르 몸을 떨었다.

치를 떨다가 말고 그는 갑자기 눈을 크게 떴다. 화면에는 준공식을 끝내고 방송국 내부를 소개하는 장면이 나오고 있었는데 거기 등장하는 인물이 지도자의 눈길을 잡아맸다. 방송 지도위원 중의 한 사람인 재일조선인 오사카 상공인연합회 회장 이노우에 준스케의 아들 고영식이 새로 도입한 방송 장비들을 자랑하고 있었다. 혀가 짧은 일본식 발음이 귀에 거슬려 텔레비전을 꺼버리고 싶을 정도로 욕찌기가 올라왔으나 지도자는 참을성 있게 화면을 들여다보았다. 방송국과는 별로 상관이 없는 여자가 한 사람 고영식의 옆을 그림자처럼 따라다니고 있었다. 인민배우 설희였다. 카메라는 두 사람을 나란히 싸잡아 비추었는데 자리를 이동할 때 고영식의 손이 아주 잠깐 설희의 어깨를 스치듯 감쌌다가 얼른 놓는 장면이 있었다. 무심한 사람들은 그냥 지나쳐도 좋을 일이었으나 지도자가 보기에 이것은 사건이었다. 이미 고영식과 설희의 부화에 대한 보고는 그들이 일본의 호텔에서 첫눈에 반하여 질퍽거릴 때부터 받아오고 있었으나 직접 눈으로 확인하고 나니 마음이 착잡했다. 문득 그는 설희가 그리워졌다. 저 여자가 아버지인 수령님에게도 충성을 다했다는 사실을 알고부터는 설희를 보아도 아랫도리가 싸늘하게 식어버렸고, 그 덕택에 설희에 대한 터무니없는 갈증으로부터 그는 해방됐다. 그러나 지금 새 방송국 시설을 등에 지고 일본에서 온 저 버러지 같은 놈이 설희의 배 위에서 질퍽거릴 생각을 하니 갑자기 그녀가 보고 싶어 견디기 어려웠다.

책상 위의 전화기에 손을 뻗치다가 그는 벽에 걸린 커다란 시계를 쳐다보았다. 새벽 3시 반이었다. 이 시간에 남의 여자를 불러내거나 만나려고 찾아가는 일이 남자에게 얼마나 상처를 주는지 그는 알고 있었다. 특히 설희가 그랬다. 그녀를 안아본 것은 손가락으로 꼽을 정도로 몇 번 안됐지만 그때마다 설희의 몸에는 다른 남자의 흔적이 남아 있었다. 한심스럽게도 다른 남자의 흔적이 이쪽의 동물적인 욕망을 자극했던 것인데, 그런 일이 있고나면 기분이 더욱 비참해지는 것이었다.

다른 방법이 있었다. 이열치열의 방법은 일회적이고 단기적인 처방으로는 언제나 가장 좋은 효과가 있었다. 그는 고영희를 떠올렸다. 지금 그의 남자를 자극한 고영식의 여동생이다. 그는 두 개의 관사를 사용하고 있었는데 그 중 한 곳에 고영희를 데려다 놓았다. 그것으로 성혜림의 피해망상과 신경질로부터 얼마간 벗어날 수 있었다. 이제 설희의 몸뚱이가 지니고 있는 강한 자력으로부터 그를 구해낼 힘도 고영희에게서 나오고 있었다. 그 풋풋한 젊은 여자의 속살을 떠올려 설희에 대한 그리움을 얼마간 쫓아낼 수 있었다.

채울 수 없는 욕망을 몸 밖으로 쫓아내는 방법은 또 있었다. 그는 텔레비전을 보면서 생각했다.

'영화는 갔다. 사회주의 혁명은 영화와 함께 시작됐으나 진짜 인민의 낙원 건설은 텔레비전이 맡을 것이다. 영화가 지닌 화력은 아직 꺼지지 않았으나 그 꺼지지 않은 화력도 텔레비전의 도움을 받아야 겨우 연명할 수 있다. 바보 같은 놈들은 나를 영화에 걸신들린 놈으로 알고

있으나 천만에.'

　수령을 신의 자리에 올려놓은 것도, 삼촌 김영주의 날개를 꺾어 다시는 일어나지 못하도록 퇴물로 만들어버린 것도, 수령의 여자 김성애의 손에서 권력이라는 장난감을 빼앗아버린 것도 다 텔레비전이라는 요술단지를 활용했기 때문이었다. 병들어 운신조차 어려운 삼촌 김영주의 모습을 텔레비전 화면 가득히 비추게 했더니 그것으로 김영주의 생명력은 꺼져버렸고 더 이상 승계를 놓고 자신과 경쟁하는 상대가 되지 못했다. '만약에' 하고 그는 상상했다.

　'수령님이 내 앞을 막아설 때는 수령의 목 뒤에 덜렁거리는 육괴를 화면에 비쳐주기만 해도 그 전쟁은 싱겁게 끝날 것이다.'

　'텔레비전이란 그런 용도로 만들어진 물건이었다.　그러면 영화의 환각세계에서 살았던 저것들은 어떻게 되는가.'

　지도자 동지는 설희를 비롯한 영화배우들을 생각하며 코웃음을 뿌렸다.

　'저것들 중에는 영화와 함께 사라질 운명의 것들도 있고, 눈치 빠르게 텔레비전이라는 새로운 탈것에 올라타는 놈들도 있을 것이다. 설희처럼 영화가 만들어낸 환상 덕분에 몸뚱이를 내둘리던 년들은 쓰레기처럼 쓸어버려야 한다.'

　지도자는 자신이 내린 결론에 스스로 만족했다. 한 가지 문제가 있었다. 수령님이었다. 수령님은 아직도 영화의 낙조를 인정하지 않는다. 총잡이가 등장하는 미국 서부영화나 소련의 혁명 영화나 즐기는 것이 고작이지만 그래도 수령은 영화가 인민대중의 환상을 만들어내는 혁명의 가장 큰 무기인 줄로 확신하고 있었다. 수령에게 그런 확신을 심어준 사람은 바로 자신이었다. 이제 그 확신을 아주 천천히 부숴버리고 그 자리에 슬그머니 텔레비전을 들이밀어야 할 판이었다. 서부영화 다음에 포르노 필름을 들이밀어 그 효과를 더 빠르게 거두고 싶었으나 그놈의 포르노 필름이 방송을 탈 때 생겨날지도 모르는 부작용 때문에 아직은 망설이고 있을 뿐이었다.

'설희의 몸뚱이를 무엇에 쓸까?'

지도자 동지는 자신이 먹을 수 없는, 떫은 과실을 어떻게 처리하면 좋을지 생각했다. 언제나 모든 일에 다 그렇지만 그 정도의 생각을 하는 데는 긴 시간이 필요하지 않았다.

'뜨거운 물건이니까 땔감으로 쓰면 되갔구만.'

1980년 봄 – 평양

설희의 치명적인 약점은 적을 모른다는 것이었다. 그녀는 지도자 동지와 수령님이 자신의 육체를 지금도 갈망하고 있을 것으로 생각하고 있었다. 한 번 자신의 몸 위에서 노를 저어본 남자들은 모두 자신의 동지이자 숭배자가 되어 있을 것으로 생각하고 있는 것, 이것이 인민배우 설희의 치명적인 결함이었다.

한 가지 더 있었다. 자신의 역할에 대한 과신이었다. 아프리카의 어느 대통령에게 했던 것처럼, 그리고 중동의 왕족과 동유럽의 몇몇 지도자들에게 했던 자신의 희생을 높은 분들은 알고 있었고, 어느 면에서는 뒤에서 조종하거나 그 역할을 기대하고 있으며, 좋은 평가를 주고 있을 것이라는 나름의 계산을 하고 있었다. 그녀에게 인민배우의 칭호를 준 것도 단순히 영화를 통한 기여 때문만은 아닐 것이라고 생각했다. 지난번 오사카에 갔을 때도 그랬다. 총련 오사카지부의 상공인 대회에 공화국에서 대대적인 인원이 참가한 것도 전에는 없던 일이었고, 문화인들을 끼워 넣은 것도 수상한 일이었다. 만경봉호가 니이카다항에 도착하고 총련 지도급 인사들이 모조리 나와 대대적인 환영 행사를 벌일 때야 겨우 눈치를 챈 일이었지만 문화예술동맹 소속 인사들이 대거 일본에 간 것은 오로지 설희 한 사람을 끼워 넣기 위해 조직한 들러리들에 지나지 않았다. 그것을 안 순간부터 설희는 아득히 높은 곳에서 자신을 일본으로 보낸 이유가 따로 있을 것이라고 짐작하고 있었고, 평양방송국 현대화 계획의 물주로 꼽히고 있던 이노우에 준스케의 아들 고영식이 입을 헤벌리고 다가오자 기다렸다는 듯이 먼저 치마끈을 끌러 내렸던 것이다. 바로 그 준스케의 전폭적이고 희생적인 지원으로 평양방송국은 멋진 모습으로 재탄생했고, 준공식을 가졌다. 이쯤이면 그녀를 뒤쫓아 오듯 공화국으로 와서 방송지도위원이 된 고영식과 부화한다고 해서 나쁠 것도 없는 일이었고, 어쩌면 위에서 기대하고 종용하고 있는 일일지도 모른다고 그녀는 나름대로 생각하고 있었다.

고영식도 비슷한 생각이었다. 일 년 전 아버지 준스케를 따라 평양에 와서 위대한 수령님과 친애하는 지도자 동지를 직접 만났다. 그때 아버지 준스케는 수령님의 발 아래 엎드려 눈물을 쏟으며 일생일대의 명대사를 풀어냈는데 내용은 "하늘이 내신 위대한 영도자 수령님의 영도 아래 지상낙원은 반드시 건설될 것이며, 그것을 지원하기 위해 제가 가진 것 모두와 제 가족을 조국에 바치겠다"는 것이었다. 그러면서 아들을 내놓았다. "마지막 소원은 이 아들놈 하나 사회주의 조국에 합당한 인간으로 다시 키우는 것"이라 하고 "이제부터 수령님과 지도자 동지께서 맡아 주십시오" 했다. 수령은 준스케의 부탁을 흔쾌하게 접수했다. 수령은 옆에 있던 '친애하는 지도자 동지'에게 고영식의 '사회주의형 인간 만들기'를 인계했고 지도자 동지는 "방송국 일을 맡아서 하는 것이 좋겠다"는 의견을 내놓았다. 그리하여 고영식은 조선인민공화국의 입이자 눈과 귀인 평양방속국의 뒷심이 되었다.

그는 아버지의 막강한 재산으로 평양방송국이 새로 태어나자 자신의 눈으로 볼 때 미개해 보이는 공화국을 마음껏 휘젓고 다녔다. 그가 가장 먼저 한 일은 일본에서 가지고 온 벤츠 승용차에 설희를 태우고 금강산과 원산 해수욕장을 열흘에 걸쳐 한 바퀴 돌아온 일이었다. 그 다음에는 역시 설희를 승용차에 태우고 방송국에 나타나 설희를 고정적인 방송극 주연으로 내세워 줄 것을 요구한 일이었다. 그의 요구는 즉각 지도자 동지에게 보고됐다. 지도자 동지는 그 자리에서 "그렇게 해주라"고 통 크게 승낙했다. 아직은 총련으로부터 더 짜내야 할 것이 많았기 때문이었다.

고영식은 스물아홉 살이었다. 그는 삼십대 후반인 설희의 몸뚱이를 태워버릴 작정으로 탐닉했다. 설희도 오랜만에 만나는 고영식의 젊은 육체가 뿜어내는 열기에 스스로 젖어들었다. 공화국의 늙은 혁명전사들이나 난쟁이 똥자루 같았던 지도자 동지, 그리고 이미 남자를 잃었으면서도 기를 쓰며 몸속으로 들어오려고 노력하던 수령에 이르기까지 조국에 대한 의무와 혁명투쟁으로 일관해 왔던 그녀의 몸뚱이는 자본주의 냄새가 강하게 풍기는 고영식의 몸과 분방하고 거칠 것이 없는 영혼의 냄새에 취하여 거의 정신을 잃을 지경이었다. "이제야 처음으로 사랑을 알았다"고 그녀는 영화 대사처럼 입 속으로 뇌었다.

단 한 가지 흠은 이 젊은이에게도 콤플렉스가 있다는 점이었다. 고영식의 콤플렉스는 '태양 콤플렉스'였다. 그는 태양을 싫어했다. 수령도 태양이었고, 지도자 동지 역시 '떠오르는 태양'이었기 때문에 이들 태양과 같은 신의 가족들을 그는 본능적으로 싫어했다. 겉으로는 말을 못했지만 설희의 배 위에 올라타고 그녀의 살 속으로 들어올 때마다 그는 꼭 같은 말을 했다.

"어땠어? 태양은?"

"몰라. 그냥 스쳐갔으니까."

이런 대답을 들은 뒤에야 그는 자신의 몸을 그녀의 몸속으로 들이밀었고, 그때부터 두 사람은 거의 혼절할 정도로 몰입했다. 몰입한 다음에는 두 사람 모두 파김치가 되어 서로를 바라보았다. 그들은 자동차 안에서 한몸이 되는 '투쟁'을 벌였다. 그러나 급하면 방송국 안에 있는 고영식의 사무실에서도 엉겼고, 설희가 변소에 가면 뒤따라가 변소간 안에서 일을 벌이기도 했다. 그 소문이 방송국 안에 파다하게 돌았으나 모두들 쉬쉬 입을 다물었다.

"우린 정말 세상에 둘도 없는 짝이야. 그런데 하늘이 왜 설희 동무를 먼저 내고 나를 뒤에 냈을까? 그리고 태양은 왜 하늘에 둘이 떠 있을까?"

또 태양 타령이 나오자 설희는 그의 입을 자신의 입술로 덮어버렸다. 두 사람은 다시 한몸이 됐다. 벤츠 600의 무거운 차체가 심하게 요동쳤다. 그들은 조선중앙방송국 옆에 있는 중앙방송위원회에서 만나 노동당 3호 청사 앞을 지나고 김일성종합대학과 주석궁을 지나 대성산의 산허리를 감도는 산복도로의 후미진 곳에 차를 세워놓고 있었다. 평양은 연인끼리 호젓하게 들어가 몸을 섞을 공간이 별로 없는 도시다. 그러나 유리창마다 검푸른 색을 넣어 밖에서는 안이 들여다보이지 않는 벤츠 600을 한적한 도로 옆이나 숲그늘 아래 대놓기만 하면 그곳이 천국으로 둔갑하는 좋은 도시이기도 했다. 도쿄나 오사카에서는 아무리 호젓한 길에서도 자동차 안에서 남자와 여자가 출렁거리기만 하면 금방 어디선가 교통경찰이 나타나 딱지를 떼자고 겁을 주거나 젊은 어깨들이 창문을 두드리고 들여다보며 여자를 같이 나누자고 협박하기 일쑤였다. 그런 면에서 평양은 천국이었다.

"여기 사람들은 나를 바보로 알지?"

설희가 내 준 수건으로 땀을 닦으면서 영식이 뱉었다.

"동무는 내가 만난 사람들 중에서 가장 영민한 남자야. 누가 바보래?"

"아니야. 이곳 사람들은 내가 자본주의 물을 먹어 구제하기 힘든 천치바보이고 아버지의 힘으로 거들먹거리는 부화쟁이 쯤으로 알고들 있어. 하지만 나는 바보가 아니야. 와세다대학에서 역사를 전공한 똑똑한 사람이야. 알만한 것은 다 알고 있다고."

"나도 알아."

"설희 동무가 뭘 알아?"

"알고 있는 것과 아는 것을 말하는 것은 다르다. 그걸 알지."

"에이."

영식은 설희의 다리 사이로 손을 넣으면서 말했다.

"거짓이야. 온통 거짓투성이라고. 이 조국에서는 태양도 거짓으로 뜨고 달도 거짓으로 떠."

"우리가 여기 이렇게 있는 것, 이것도 거짓일까?"

"모르겠어."

영식은 솔직하게 고개를 갸웃했다.

"함께 있을 때는 진실인데 헤어지면 그 순간부터 설희 동무의 존재가 안개 속으로 젖어들어. 정말 우리가 존재하는 것일까, 정말 우리가 사랑하는 것일까. 그걸 확인하기 위해서 만나고 또 헤어지지만. 이 땅에서 인간들은 도대체 왜 사는 것일까?"

"귀엽다."

설희가 영식의 볼을 쥐었다가 놓았다.

"아직도 생각이 소년기를 벗어나지 못하고 있으니, 가끔 내가 엄마가 된 기분이거든."

"우리 엄마는 해녀였대."

영식의 말이 가슴 속으로 젖어들었다.

"해녀?"

"그래, 해녀. 제주도 바다에서 잠수하여 미역이나 전복 따위를 따오는 직업의 여자들. 그런 여자를 반동놈들이 짓밟은 다음 가슴을 총알로 뚫었어. 더 가슴 아픈 일은."

설희는 영식의 손이 다리 사이로 파고 들어오자 두 다리를 벌려주며 잠자코 듣고 있었다.

"아버지가 일본으로 도망 나와 사업을 일으키자마자 일본년과 결혼을 했다는 거야. 나는 그 일본 여자를 한 번도 오카상으로 불러본 일이 없어. 내가 대학 다닐 때부터 일본 여자들 치마나 들어 올리며 살았던 것은 오카상으로 자처하는 그 일본 여자를 마음속으로 능욕하기 위한 거였어. 여자를 제대로 알게 된 것은 설희 동무가 처음이야."

"동무는 여자를 만날 때마다 그런 말을 해?"

"아니. 이런 말도 설희 동무에게 처음이야."

"거짓말이라도 참 듣기 좋네."

"설희 동무를 여자로 만들어 준 남자는 누구야?"

"그야 물론 고영식 동무, 당신이지."

"그 거짓말도 듣기 좋네."

갑자기 설희가 이마에 주름을 지으면서 말을 입 속에서 씹었다.

"뭐가 뭔지 모르겠어. 말 속에는 진실이 담겨 있지 않고, 조국도 사회주의도 혁명도 태양도 모조리 다 가짜 같아. 왜 이럴까? 어디서 무엇이 잘못되었을까? 이 거짓 인생이 어디서 시작되었을까, 그리고 그 끝은 어디일까?"

"셰익스피어의 대사 같네."

"셰익 뭐라고 했어?"

"아니야. 영국에 괴상한 연극쟁이가 있었어. 그가 쓴 연극에 나오는 주인공들은 말이 많고, 하는 말마다 비장한 대사야. 자본주의 속물들은 그 엉터리 영감의 연극이라면 껌벅 죽거든."

"내가 엉터리 말을 했다는 거야?"

"그런 것은 아니고, 설희 동무의 말을 듣다가 나도 모르게 감동을 받았거든. 사실은 나도 학교 다닐 때 셰익스피어를 무척 좋아하여 한때는 그 영감탱이의 작품 속에 나오는 유명한 대사들을 줄줄 욀 정도였으니까."

"그럼 내가 연극을 하고 있다는 거야?"

"그것도 아니고, 정말이지 이놈의 땅에서는 진실을 표현할 말이 왜 이리 없는 걸까? 대체로 말이라는 것은."

영식은 어려운 문제를 푸는 학생처럼 머리를 짜내며 말했다.

"사물의 껍질과 같은 것이고, 그것이 지칭하는 대상이 말의 알맹이가 되는 것인데 이 껍질인 언어와 알맹이인 대상이 일치할 때 진실이 되는 것이지."

"모르겠어. 골치 아파. 좀 쉽게 말해주세요, 동무."

"예를 들어 보지. 우리가 조국으로 떠받드는 이 공화국에서는 웬만한 말들은 대상과 일치하지 않아. 인민의 낙원이라 하면 인민의 지옥이고, 사회주의 혁명이라 하면 낡은 교조주의로 퇴보하는 것이고, 유일신을 믿는 미국놈들과 남조선놈들을 그렇게 증오하면서 여기서도 유일신 수령님을 믿는 유일사상 종교가 있거든. 그러니 헷갈리지. 이 공화국에서 사용하는 모든 언어는 오염된 물과 같아서 사용하는 사람들의 영혼을 황폐하게 만들어."

설희는 고영식의 머리를 끌어당겨 자신의 무릎 위에 올려놓았다. 영식은 말을 멈추고 설희의 무릎 속에 얼굴을 묻고 있었다.

"참 이상하다."

영식의 머리를 쓰다듬으며 설희가 말했다.

"우리 승일이의 아버지, 박준상 동무도 그런 말을 했어. 그 사람이 그런 말을 할 때는 언제나 냉소적이어서 가슴 깊이 젖어들지 않았는데 동무의 입에서 나오는 말들은 절절이 젖어들어."

"나도 이상해."

그녀의 무릎에 코를 박은 채로 영식이 말했다.

"박준상 동무 말이야. 당신의 남편이자 아들의 아버지인 그 남자, 그 남자가 밉지 않고 꼭 형님처럼 여겨지는 것이 너무나 이상해. 방금 느낀 건데 우리 두 사람의 생각이 비슷해서 그랬던 거야."

"너무 달라."

설희가 단호한 목소리로 말했다.

"그 사람은 기회주의 회색분자야. 사회주의 혁명에 냉소적이면서도 책을 쓰고 영화를 만들고 권력자의 뒷바라지를 다하고. 그러면서 돌아서서 구시렁거리고 욕찌기를 하는 못난 사람이야, 그 사람은."

"그게 꼭 나를 두고 하는 말 같네. 우리 아버지 준스케 동무가 사람 만들어 달라고 억만금의 지참금을 붙여 나를 이 낙원에 보내셨지만 나는 낙원에 온 것이 아니라 지옥에 떨어진 기분이야. 내가 이곳에서 목매달아 죽지 않고 살아 있는 유일한 이유는 설희 동무 당신 때문이야. 그리고 박준상 동무 말인데, 영화문학에서 그만한 재주와 관록을 가진 분이 어디 있어. 지도자 동지가 끔찍하게 아끼는 분이라고 하던데? 그래서 잘 지내는 줄만 알았지. 이상하지? 그런 말을 들을 때도 질투 같은 감정이 일어나지 않았고, 오늘 설희 동무에게서 그 사람이 기회주의자 냉소적인 인간이라는 말을 듣고도 적대감이 생기지 않아. 나와 너무 닮은 것 같은 느낌이야. 혹시 그것 때문인가?"

"뭐?"

"일본이나 남조선에서는 구멍동서라고 하던데 들어봤나?"

"에이, 저질스런."

설희가 주먹으로 영식의 배를 쿡 찔렀다.

"공화국에서는 그에 해당하는 말이 없는 걸 보니 아마 이런 관계는 공화국 생긴 이래 우리가 처음인가 보지? 그렇다면 말도 우리가 만들어야지."

"어떻게?"

"배동서, 어때? 같은 배를 타고 항해하는 동지들이라는 뜻으로 배동서가 어때?"

"좀 아닌 것 같은데?"

"어떤 말이든 처음에는 낯설지. 설희의 배를 타고 인생과 역사를 항해하는 동지이자 동서인 그분을 위해."

영식이 술잔을 높이 쳐드는 흉내를 냈다.

"그것도 셰익스피어가 쓴 말이야?"

"셰익스피어가 이 땅에 와서 단 사흘만 살고 갔더라면 세상이 뒤집어질만한 희극을 만들어 냈을 텐데."

"여기도 위대한 작가들은 많아."

"그들은 작가가 아니야."

"그럼?"

"쓰레기들이지."

"남조선에 있는 작가들이 언젠가 여기서 일어나는 일들을 제대로 써줄까?"

"풋!"

영식은 웃었다.

"여기 있는 작가들은 한때 작가였다가 썩은 것들이지만 남조선에는 애당초 작가 같은 것들이 있지도 않았어. 그곳 토양은 더 이상해서 진실이 발 못 붙이기는 마찬가지야. 이곳보다 더하지."

"설마."

"사실이래도. 거기 대해서는 내가 잘 알아. 서울이라는 곳에 여섯 번이나 가 봤거든. 오뉴월 갈수기에 더러운 논바닥에 사는 송사리 같은 놈들."

"언젠가 좋은 세월이 오면 남조선에 가서 숨 쉬고 살고 싶었는데 그것도 틀렸네. 우리 아버지가 남조선에서 유명한 배우였다고 하거든. 아버지가 젊었을 때 살았던 그 공기를 나도 마시고 싶었는데, 그 꿈도 접어야겠네, 이제."

"자알 생각했어."

두 사람은 자세를 바로하고 일어나 앉았다. 영식은 자동차의 시동을 걸었다. 산굽이를 돌아 행진해 오는 일개 분대 규모의 인민군이 그들의 자동차 앞으로 다가오고 있었다. 대열은 빠른 걸음으로 자동차 앞으로 다가오더니 군가를 부르며 지나갔다. 군인들은 자동차가 그곳에 없는 것처럼 무관심한 표정을 짓고 있었다. 그러나 그들의 무심한 표정 속에 감추어둔 뜨거운 호기심만은 다 숨기지 못하고 있었다. 군인들은 벤츠 600의 무거운 차체와 범접하기 어려운 검은 색깔을 보면서 혁명의 완수를 위해 밤낮 가리지 않고 투쟁하는 높은 분들께서 무슨 이유에선지 모르나 자동차 안에서 잠시 휴식하는 것으로 생각해 줄까. 그런 생각을 하며 군인들을 지켜보던 두 사람은 대열의 꼬리가 자동차의 앞 유리 옆을 지나가기 바쁘게 누가 먼저랄 것도 없이 동시에 서로를 끌어당겨 안았다.

　사랑하는 안나 카트리나.
　조선민주주의인민공화국에도 봄이 왔으나 영 봄 같지 않소. 당신을 만나지 못한지 10년 세월이 흘렀소. 나는 꿈에도 당신을 잊지 못하고 있으나 당신은 혹 나를 잊은 것 아니오? 여기서 볼 수 있는 신문은 프라우다 한 가지 밖에 없는데도 가끔 신문 기사의 귀퉁이에서 당신 이름을 발견할 때마다 가슴을 칼로 베는 것 같은 전율을 느낍니다. 당신은 지금도 역사가 발전한다고 믿소? 그리고 인간을 믿습니까? 나는 인간을 믿지 않습니다. 인간이 더 나은 세상을 향하여 자신과 사회를 변혁시켜 나간다는 그 꿈같은 이야기들을 지금은 믿지 않습니다. 이 나라 사람들은 30년 넘게 한 사람의 지도자를 이솝우화의 황새처럼 모셔다놓고 피와 살을 짜서 저들의 아가리에 처넣으면서도 변화를 꿈꾸지 못하고 있거든요. 변화가 무엇인지 잊어버린 거지요. 지구상에 이런 혹독한 겨울을 불러온 것은 당신의 조국 소련입니다. 그런데 그 겨울의 중심에서 당신은 봄이 올 거라 믿고 목숨을 던져 넣고 있군요.

당신을 비난하기 위해 이 글을 쓰고 있는 것 아닙니다. 당신에게 글을 쓰다보면 내가 무엇인지 조금 알게 될지도 모른다는 희망을 가지고 이 글을 씁니다. 그리고 무엇보다 당신이 보고 싶습니다. 단 한 번만이라도 안아볼 수 있을까요? 당신의 살 냄새를 맡아볼 수 있을까요? 당신이 내 머리를 쓰다듬어 주고 나는 당신의 가슴에 얼굴을 묻고 그렇게 죽을 수 있을까요? 그렇게만 된다면 세상은 어떻게 변해도 상관하지 않겠습니다. 내일 태양이 식어버려도 좋습니다. 인간의 본질이 어떠하든, 역사가 발전하느냐 그저 되풀이할 뿐이냐 하는 것 따위는 쓰레기통에나 던져버릴 사소한 문제들입니다.

몇 달 전에, 나의 아내인 인민배우 설희가 모스크바 영화제에 참석하는 길에 당신을 만나고 왔다고 합디다. 아내는 돌아와서 당신을 만난 이야기를 즐겁게 해주었습니다. 특히 나와 당신이 젊었을 때 침대 위에서 어떤 자세로 사랑했는지 묻고 당신은 또 자세하게 대답해 주었다고 하더군요. 아내는 또 내가 당신에게 했던 사랑의 말들을 듣고 싶어 했고, 당신은 또 기억나는 대로 모조리 말해주었다고 하더군요. 당신과 아내를 싸잡아 이 세상의 여자들을 모두 비난하고 싶은 마음은 없습니다. 그러나 여자들은 가끔 사랑의 행위와 대사들을 남의 이야기처럼 꺼내놓고 웃을 수 있다니 놀랍습니다. 나 같은 남자에게는 그런 일들이 모두 내 생명의 근원에 흐르는 물처럼 소중하여 그것을 드러내는 순간 변질될까봐 생명과 함께 가져가고 있는데 말입니다. 아내는 당신을 이 세상에서 가장 아름답고 가장 마음이 고운 여자라고 진심으로 칭송했습니다. 자신이 설희가 아니면 안나 카트리나가 되고 싶다고 그럴듯한 대사도 끼워서 말이지요. 당신은 어떻게 생각하십니까? 내 아내 설희를 말이지요. 이 여자는 온 세상의 불행을 혼자서 지고 가고 있습니다. 공산주의 혁명이라는 이름으로 포장된 얼굴의 뒤에 다려진 시궁창의 오물을 혼자서 뒤집어쓰고 인내하며 살고 있는 가엾은 여자입니다. 우리는 우연히 결혼에 이르렀으나 그 결혼마저도 지금 생각해 보면 누군가의 조작에 걸려들었다는 느낌을 지울 수 없습니다. 우리도 서로 사랑하고 싶었던 때가 있었지요. 그러나 사랑이라는 것은 공허한 헛소리일 뿐이라는 사실만 서로에게 확인시켜 주었을 뿐, 헤어지지도 못하고 서로 등을 돌린 채 지금까지 견뎌왔던 것입니다. 그러나 앞으로 얼마나 더 견딜 수 있을지 조마조마합니다. 아내의 불꽃놀이가 마침내 사랑으로 착각되는 함정 속으로 걸어들어가고 있으니까요. 혁명을 위해 아내에게 공훈배우와 인민배우 칭호까지 주면서 불꽃놀이를 조장했던 하늘의 신들이 아내의 사랑 놀이를 그냥 두고 보지는 않을 것 같기 때문이지요.

그래서 편지를 씁니다. 내 아내를 소련으로 데리고 갈 그럴듯한 구실이나 일이 없을까요? 지금 아내는 일본에서 온 자본주의 냄새를 강하게 풍기는 젊은 남자와 사랑에 빠져 있습니다. 내가 보기에도 그것은 사랑이 틀림없어요. 그러나 사랑은 이곳에서는 위험합니다. 그들이 점점 지옥의 문턱으로 가고 있는 것을 보면서 안타까운 마음 금할 수 없습니다.

그런 당신은 뭐냐, 하고 묻고 있습니까? 나는 정말이지 오랜 세월을 인내하며 살았으니 앞으로도 더 참지 못할 이유가 없을 것 같습니다. 그러나 아내가 나락으로 굴러 떨어지면 내 인내도 발붙일 땅을 잃게 될 것 같습니다. 나는 지도자 동지의 이름으로 간행된 저서의 원고를 집필했고, 연설문을 쓰고, 그들 가족을 신으로 만드는 영화를 만들었습니다. 그 덕택에 한 사람은 신이 되어 아득한 하늘에 가 있고 그의 아들은 사제가 되어 제사를 집행하면서 무소불위의 권력을 휘두르고 있습니다. 그가 휘두르는 칼날이 언제 나와 내 아내를 덮칠지 한 치 앞이 보이지 않습니다.

사랑하는 안나 카트리나.

소련 천지를 뒤덮은 북국의 얼음이 녹고 봄이 오면 당신은 무엇을 할 건가요? 봄이 오기를 고대하며 얼음 밑에서 목숨을 걸고 애쓰던 동지들은 어느 날 천지에 봄이 와버리면 그때 무엇을 할 건가요? 봄이 오지 않았으면 좋겠다는 내 생각은 그래서 현실적입니다. 봄이 오면 다시 겨울이 오거든요. 그런 것을 생각하기에는 우리가 사는 지구가 너무 좁고 답답합니다. 그래서 죽고 싶습니다. 당신을 한 번만이라도 안아볼 수 있다면 기꺼이 죽어버리고 싶습니다.

언젠가 당신은 나에게 여기서 일어나는 일들을 두 눈 부릅뜨고 똑똑히 보고 기억해 두라고 말했지요? 여기서 일어나는 일들만 가지고도 인간이 얼마나 권력에 허약한지 증명해 보여 줄 수 있을 거라고도 했지요? 그러나 사랑하는 안나. 나는 관찰자가 아니라 목숨을 걸고 인내하며 살고 있는 현실적인 인간입니다.

지금 한 가지만 약속하겠습니다. 신이 된 인간의 위대한 족적을 재구성하는 신화 한 편을 영화로 만들고 있습니다. 다음 모스크바 영화제나 베를린 영화제를 목표로 만들고 있어요. 이것이 완성되면 당신을 만날 수도 있을 것입니다. 내가 만든 영화를 두고 당신이 비웃든 말든 나는 상관하지 않겠습니다. 이곳에서 살기 위해서는 그보다 더한 일도 할 수 있으니까요. 내 아내도 참아내기 힘든 일을 참으며 살아온 것처럼 나도 그렇게 살 겁니다. 그러니까 부디 당신이 그때까지 살아 있기를, 절대로 나를 두고 먼저 가는 일이 없기를, 정말이지 약속해 주기 바랍니다. 이 편지를 가져가는 소련 국영 영화사의 클리프 촬영감독이 무사히 모스크바에 도착하여 우편으로 부쳐주기를, 그리고 당신의 답장이 무사하게 내 손에 들어오기를 빌고 또 빌 따름입니다.

1980년. 4월. 평양에서 박준상

1981년 2월 – 삿포로

아오모리(青森)에서 세이칸 연락선을 타고 쓰가루(津輕) 해협을 건너자 곧 오시마(渡島)반도 남쪽 끝의 항구도시 하코다테(函館)였다. 해협을 건너는 연락선 갑판 위에도 눈이 발목을 묻을만치 쌓였는데, 파도가 하얀 이빨을 드러내고 으르렁거리는 바다 위에도 눈이 솜이불처럼 덮어주고 있었다. 하늘과 바다를 눈이 하나로 이어버렸는데도 연락선은 그 사이를 비집고 한사코 앞을 향해 달리고 있었다.

설희는 떠나온 아오모리 쪽의 바다를 바라보고 있었다. 털모자로 얼굴의 대부분을 가렸으나 두 눈은 빠꼼하게 열려 있었다. 그 눈에 물이 조금 고여 있었다. 바보처럼 울다니, 얼어버리면 어쩔라고, 영식은 장갑을 벗고 맨손으로 설희의 눈가에 맺힌 물기를 닦아주었다.

"생각이 나."

그녀가 말했다.

"전에 왔을 때는 지금보다 눈이 더 많이 내렸어. 앞이 보이지 않아

배가 나아가지 못하고 바다 위를 빙빙 돌다가 제자리로 돌아갔어.”

“실망 했는걸. 설희 동무가 한 번도 와 보지 못한 곳으로 데리고 오느라고 일부러 홋카이도를 택했는데 여기도 처음이 아니다? 대체 언제 여기까지 왔더랬어?”

“모르겠어.”

그녀는 기억을 더듬듯 고개를 꼬았다.

“전생이었나, 꿈이었나, 아니면 영화 속이었나, 하여튼 처음 보는 풍경은 아니야. 낯이 익어.”

영식은 웃었다.

“웃지 마. 나는 돌아가지 않을 거야. 돌아갈 수가 없어. 이 바다를 건넌 이상 돌아가서는 안 된단 말이야.”

그건 그랬다. 그들이 여기까지 온 것은 탈출이나 다름이 없었다. 평양에서 두 사람이 만날 수 있었던 장소는 언제나 너무나 불안했다. 처음에는 영식의 아파트에서 만났으나 아파트의 주변은 말할 것 없고 아파트 내부에까지 그들의 행동과 숨소리까지 지켜보고 엿듣는 눈과 귀가 있다는 사실을 알아채기까지 오랜 시간이 필요하지 않았다. 그래도 두 사람의 열정은 식지 않았다. 영식이 타고 다니는 벤츠 600 자동차는 훌륭한 호텔이었다. 필요한 것은 다 있었다. 깔개도 있었고 덮개도 있었고, 베개도 있었다. 그래도 식지 않으면 그들은 방송국 내부의 변소에서도 일을 치렀고, 겨울이 아니라면 평양 주변의 산에 올라 숲 그늘 속에서 몸전투를 벌였다. 어쩌다가 준상이 오래 집을 비우고 없을 때는 설희는 영식을 자신의 집으로 끌어들였고, 영식은 아무 거리낌없이 그녀와 준상의 침실에서 그녀를 안았다. 그러나 그런 일은 딱 두 번뿐이었다.

그들이 일본으로 가는 길을 모색한 것은 함께 몸전투를 할 적당한 자리가 없어 그랬던 것만은 아니었다. 아무 제약 없는 땅, 벌거벗고 천지사방을 돌아다녀도 아는 사람이 없는 땅에서 단 한 번만이라도 좋으니 숨이 넘어갈 듯한 사랑을 나누어 보고 싶다는 욕망이 설희에게 있다는 사실을 알고부터 영식이 일본행 공작을 벌여온 것도 사실이었다. 그러나 이번 일본행이 그런 필요에서 급히 이루어진 공작의 결과물은 아니었다.

2월 초순, 영식이 지도위원으로 있는 평양 중앙방송국의 3월 방송 일정표에 아프리카 탄자니아의 줄리어스 니에레레 대통령의 평양 방문 중개방송이 잡혀 있었다. 숙소는 고려호텔과 묘향산 초대소, 그리고 금강산 특각의 세 군데로 잡혀 있었는데 사흘간의 일정표에 모두 빨간 별표가 붙어 있었다. 영식은 방송국의 책임비서 임국환에게 물어 보았다.

"임 동무. 이거 빨간 표시는 뭐요?"

"모르셨습니까?"

"모르니 묻는 것 아이갔소?"

"하긴, 그렇구만요. 그건 방송을 하되 조심하라는 표시입네다."

"무슨 조심?"

"그거이, 그러니까, 그 대통령 동무래 조선 여성을 유독 좋아해서 깔개를 요구했더랬는데, 그 여자가 방송 카메라에 잡히는 일이 없도록 조심하라는 그런 말이요. 정말이지 조심해야 합네다."

"누구요. 깔개 노릇할 여성동무가?"

"정말 모르셨습니까?"

"모르니까 묻지 않소."

"하긴 기렇구만요. 깔개라믄 거 있디 않아요. '인민의 꽃' 말이오."

'인민의 꽃'으로 불리는 여자는 설희 말고도 두어 사람이 더 있었다. 그러나 사람들은 '인민의 꽃'이라 하면 우선 설희를 떠올리는 것이 보통이었다. 임국환도 설희를 떠올리며 꽃 타령을 했고, 듣고 있던 고영식도 그 말을 듣는 순간 설희를 떠올린 것이 그 증거였다. 임국환은 인민의 꽃으로 불리는 설희와 인민의 공화국에서 도무지 어울리지 않는 째포 고영식의 부화하고 있다는 사실을 귀동냥으로 들어서 알고 있었다. 알고 있으면서도 그 말을 해버렸으니 미안한 마음이 들었다. 하지만 내친김이었다. 그는 한 발 더 나가고 말았다.

"우리 인민들은 각자가 지닌 능력에 따라 혁명과업에 몸을 던지디요. 한데 '인민의 꽃'은 우리 남자들이 감히 꿈도 못 꾸는 거대한 일을 해낸단 말입네다. 오로지 그 육체 하나로 말이디요. 감탄할 수밖에 없습네다. 그런데 '인민의 꽃'은 외국 원수들하고만 혁명을 하는 것이 아니라 조선 토종들하고도 심심찮게 혁명을 하는가 봅데다. 혁명을 해본 사람들에게 그 여자 어떻습데까, 물어 보믄 하나같이 꿀먹은 벙어리들이에요. 왜 그러냐. 이런 거 알아요? 텔레비전에서 가끔 방송일꾼들이 먹거리를 선전한답시고 촐싹거리며 하는 말이 이거 정말 맛입습네다 하고 감탄들을 하는데 진짜 맛있는 음식을 먹어본 사람은 그런 말이 나오지 않는다는 거 아입네까. '인민의 꽃'이 무슨 맛이냐, 할 때 말이 없어지는 것도 그런 얘기겠디요."

좀 심했나? 하고 임국환은 고영식의 표정을 살펴보려고 몸을 돌렸다. 영식은 사라지고 없었다. 영식은 방송국을 나가면서 더러운 물을 뱉듯이 씹어뱉고 있었다.

"개새끼."

그러나 임국환 동무가 책임질 일도 아니었고 욕을 먹을 일도 아니었다.

그날 밤 두 사람은 보통강 상류의 돌산 어귀에 자동차를 대놓고 멀리 평양 시내의 불빛을 바라보고 있었다. 만나자마자 게걸스럽게 서로의 몸속으로 파고들지 않고 각기 다른 세상을 바라보면서 앉아 있기는 처음이었다.

"깔개? 깔개? 깔개? 포대기? 푸대? 내가 깔개 포대기였단 말이지? 더럽고 비린 물을 받아내는 푸대였단 말이지?"

영식은 낮에 들었던 말을 곧이곧대로 전달한 것을 후회했으나 이미 엎어진 물이었다. 치마 밑으로 손을 넣어 더듬었으나 설희의 아랫도리는 나무등걸처럼 차갑게 굳어 있었다. 영식은 손을 빼내고 떨어져 앉았다.

"미안해."

한참만에 설희가 어둠 속에서 영식의 손을 더듬어 잡아 자신의 치마 밑으로 밀어 넣었다. 그러나 치마 밑 그녀의 살은 여전히 굳어 있었다.

"우리 떠나자."

그녀의 목소리가 먼 메아리처럼 아득하게 울렸다.

"어디로?"

"이 망할 놈의 나라 아니면 어디라도 좋아."

"남조선으로 갈까?"

대답이 없었다.

"그것 봐. 어디든 좋다고 했지만 아니잖아."

"정말이야. 남조선만 빼고 어디든 상관없어. 숨을 쉬고 싶어. 살고 싶단 말이야. 깔개로 살아온 것도 사실이고 포대기 푸대였던 것도 사실이잖아. 그건, 동무를 만나기 전의 일이야. 그러니 날 데려다 줘. 어디든 따라갈게."

"일본은 어때?"

설희는 영식의 목에 매달렸다. 격렬하게 영식의 입술을 빨아들이더니 남자의 입 속에 혀를 넣은 채로 말했다.

"일본에 데려다 줘. 길지 않아도 돼. 몇 달이면 좋겠지만 안 되면 며칠이라도 돼. 깔개놀이, 푸대놀이 말고 사람 사는 세상에 하루라도 좋으니 살고 싶어, 정말이야. 데려다 줄 거지?"

영식은 고개를 끄덕였다. 그제서야 그들은 다른 날처럼 상대의 몸속에서 잃어버린 것을 찾아내기라도 하는 것처럼 성급하게 헤집고 들어갔다.

영식은 아버지 이노우에 준스케에게 전화를 걸었다.

"방송은 시설과 기계만 가져다놓으면 다 되는 것 아니라는 사실은 아버지께서 누구보다 잘 알고 계시지 않습니까."

"그래서?"

준스케는 평양에서 걸려온 아들의 전화에 차분하게 응대하고 있었다. "조국이고 혁명이고 다 때려치우고 당장 일본으로 돌아가고 싶다"는 전화가 언제 걸려올지, 전화벨이 울릴 때마다 가슴이 철썩 내려앉기를 몇 해째 계속됐다. 그랬는데 막상 아들의 전화를 받고 보니 뜻밖에도 차분해지는 것이었다. 아들은 일본으로 돌아가고 싶다는 투정 대신 방송 이야기를 늘어놓았다.

"사람입니다. 방송은 처음도 사람이고 끝도 사람입니다. 기계가 하는 일이 아니고 사람이 하는 일입니다."

"그래서?"

"아버지께서는 공화국에 거금을 들여 방송시설과 기자재를 가져다 놓으셨지만 정말로 중요한 일은 생각하지 못하셨습니다."

"그게 뭔가?"

"사람이라니까요. 사람을 길러야 합니다. 당장 배우들의 연기도 이 나라에서 지난 30년간 굳어온 연기 가지고는 방송이 새로운 시대를 열기에는 턱도 없습니다."

"어쩌자는 거냐?"

"연기자들부터 일본에 견학을 시켜야 하고, 그 다음 방송에 종사하는 모든 일꾼들을 일본에 데려다가 재교육시켜야 합니다."

"일본에서는 배울 것이 없다."

"배울 것이 있습니다. 스탈린도 자본주의 세상에서 배울 것이 있다고 인정하지 않았습니까."

"좋아. 생각해 보자."

아들은 먼저 여배우 한 사람부터 일본 견학을 추진해 달라고 부탁했다. 준스케는 아들이 말하는 여배우의 이름을 알고 있었다. 이미 오사카에 와서 이곳 총련의 행사에 참석한 일도 있어서 설희를 잘 알고 있었다. 사내들에게 묘한 충동을 주던 그 여배우의 엉덩이 곡선까지 기억하고 있을 정도였다. 준스케가 설희에 대해 알고 있는 것은 그것뿐이 아니었다. 그녀가 유부녀라는 것, 아들 영식이 그녀에게 홀딱 빠져 있다는 것, 그리고 그녀가 공화국을 찾아오는 외국 원수들에게 제공되는 깔개로서 가장 혁명성이 높은 여자라는 것도 알고 있었다. 그는 아들의 속셈을 짐작하고 있다고 생각했다. 녀석이 답답하고 도덕적인 평양에서 질펀하게 놀지 못하고 결국 일본에 와서 질펀하게 놀고자 한다는 것, 이것이 준스케가 짐작하고 있는 아들의 속마음이었다. 그렇다면 애비가 멍석을 깔아주지 못할 법이 있는가. 설희라는 배우가 화류계 여자 비슷한 행태를 보이고 있지만 아들놈이 당장 그 여자와 결혼하자는 것이 아닌 바에는 두 사람이 더 가깝게 해 줄 필요가 있지 않을까, 준스케는 그렇게 수판을 놓았고, 계산이 끝나자 곧 행동에 들어갔다.

총련 오사카 지부는 서둘러 행사를 벌였다. '대를 이어 충성하자'는 구호가 나왔다. '혁명의 영속성을 위하여 총궐기하자'는 구호도 나왔다. 모두 준스케의 창작품이었다. 이것이 조국으로 역류해 들어가 평양의 거리 거리마다, 아니 공화국 전체의 구석구석마다 붉은 페인트로 내걸리게 될 줄은 준스케도 짐작하지 못했다. 어쨌든 그는 아들의 소원을 들어주기 위해 인민배우 설희의 일본 파견을 요청했고, 조국은 해외의 중요한 돈줄인 준스케 동지의 요청을 거절하지 않았다. 이렇게 하여 설희가 며칠 먼저 오사카에 도착하고 이어서 고영식이 최신 제품인 취재용 카메라 구입을 핑계로 일본으로 날아왔다. 오자마자 그들은 오사카를 떠나 홋카이도로 방향을 잡은 것이었다.

1981년 2월 – 평양

　허명학 부부장은 숨겨놓은 권력이었다. 숨겨놓은 것이 아니라 그 자신이 숨어 있다고 생각했다. 권력이 전면에 나서서 설치면 그 권력은 오래 가지 못한다는 사실을 역사에서 배우고 스스로 몸을 낮추어 숨어버리는 것이 생존을 위한 최선책이라고 그는 알고 있었고, 아는 대로 실천하려고 애를 쓰며 살아왔다. 그러나 권력은 남자의 성기와 같아서 아무리 가려도 마침내 뾰족한 육봉을 드러내기 마련이어서 숨길 수가 없었다. 지도자 동지가 중앙당 선전선동부 부부장 허명학을 은밀하게 만나 허물없이 묻고 그의 의견이라면 무슨 말이든 다 따른다는 소문이 로동당 내에 널리 퍼져 있었고, 그것을 모르는 사람은 당사자인 지도자 동지와 허명학 부부장 두 사람 뿐이었다. 지도자 동지는 자신의 사무실로 허명학을 불렀다. 밤 11시가 지나가고 있었다. 지도자 동지에게 이 시각은 초저녁이었고, 이제부터 일을 하거나 술을 마시거나 어쨌든 하루의 가장 중요한 부분이 시작되는 시간이었다. 지도자 동지에게 중요한 시간이면 부부장 허명학에게는 목숨처럼 소중한 시간이었다.

"허 동무. 이거 어드렇게 생각하오?"

일본의 총련이 발행하는 신문 〈조선신보〉를 내밀었다. 오사카지부가 창안했다는 구호 '대를 이어 충성하자'는 표어가 그야말로 대문짝만하게 신문 1면의 산당을 뒤덮고 있었다.

"저도 보았습니다."

허명학은 숨을 구르며 말했다.

"절묘합니다. 저 같았으면 '대를 이어 혁명을 완수하자' 정도로 했을 텐데, 충성이라니요. 봉건시대의 군신관계를 나타내는 관념을 들이밀다니 준스케 동무의 생각이 대단합니다. 이참에 충성과 효도라는 전통적인 도덕관념을 현대화시키는 작업을 강력히 추진해야겠습니다."

"지금 해야 할 과제는 무엇인가?"

"지도자 동지께서 더 잘 알고 계시겠지만 제가 군더더기로 한 말씀 올리갔습네다. 이미 당 내에서는 말할 것 없고 천하에 지도자 동지의 권력에 필적할 상대가 없습네다. 이는 어버이 수령님께서 용의주도하게 떠오르는 잡초들을 뽑아내어 척결한 결과입네다. 그리고 작년 10월의 제6차 당대회에서 후계자로 정식 공표되고 집행위원 서열 5위로 사다리타기를 하는데 성공했습네다만 정작 만리장정은 이제부터라 생각합네다."

"이제부터라?"

"그렇습네다. 당장 해야 할 일은 주체사상을 재해석하는 일입네다. 주체의 인간에 대한 막연하고도 자본주의적이며 자유주의적인 해석이 공화국 안에서도 횡행하고 있습네다. 주체를 세우되 인민의 주체가 아니라 수령님의 주체로 이론화해야 합네다. 그리해야 대를 이은 충성은 리론적 바탕을 견결하게 구축하게 됩네다."

"모순이 아닌가?"

"논리의 세계에서는 모순이디요. 하지만 현실의 세계에서는 이상입네다."

"알갔어. 이 일을 해 줄 사람을 물색해 보시오. 황장엽 동지를 배제하고 더 젊고 충성스럽고 학문의 늪에 빠져 있지 않은 사람에게 일을 맡겨야 합니다. '주체사상에 대하여' 정도의 제목을 단 보고서 형식이 어떨까."

"그거이 좋갔습네다."

"또 무슨 과제가 있지?"

허명학은 긴장했다. 지도자 동지가 이렇게 나올 때는 자신을 떠보는 순간임을 알고 있기 때문이었다. 서로의 생각이 일치하는지, 전혀 다른 생각을 하고 있는지 맞추어보는 작업이었다. 용도 시험이었고 충성도 시험이었다. 허명학은 침을 삼켰다. 목숨이라는 것은 내던져야 지키는 것이다.

"저는 종교를 좋아합네다, 지도자 동지."

지도자 동지는 아무 감동 없는 얼굴로 벽을 바라보고 있었다. 허명학은 조급해졌다.

"남조선에서 찍어낸 예수교 관련 책하고, 유태교, 이슬람교 관련 책들, 그리고 일본에서 찍어낸 종교 관련 책들을 읽고 탄복하고 있습네다. 뭐니뭐니해도 성격책이 최곱니다. 정말 배울 것이 많았습네다. 지도자 동지께서 이미 간파고 계시는 바와 같이 우리 조선 인민들은 세계에서 가장 종교성이 강한 민족이라 막대기라도 신이라는 이름으로 꽂아놓으면 절하고 재산과 생명까지 갖다 바치는 사람들이 줄을 선단 말이거든요. 남조선이 온 세계에서 예배당이 가장 잘되는 나라가 된 거 하고, 우리 공화국이 수령님 영도 아래 사회주의 혁명의 기지가 된 거 하고, 다 인민의 그런 성향 때문이라는 것이 저의 결론입네다."

"그게 끝이오?"

지도자의 말에는 여전히 물기가 없었다.

"하나의 결론은 다른 하나의 시작이니 저의 변증법적 관찰도 이제부터 시작입네다. 지도자 동지께서 지금까지 해 오신 작업, 즉 수령님 한 사람에게 충성을 집중시키고, 수령님 중심의 주체사상을 정립하시어서 유일지도체제를 강화하신 것은 잘하신 일입네다. 그 때문에 곁가지가 사라지고 수정주의자들이 발붙일 자리가 없어진 것이니까요. 정작 이제부터가 어렵습네다."

"말해 보시오."

지도자는 처음으로 관심을 보이는 척했다. 사실은 처음부터 깊은 관심을 가지고 듣고 있었으나 무표정을 가장했던 것은 권력 정상에서 아래 사람들을 다루는 오랜 관습 때문이었다. 옛날 임금들도 그랬던 것처럼.

"이제 정식으로 후계자로 인정되었으니 더 이상 공화국 안에서 적이 없습니다. 그러므로 적은 딱 두 사람 뿐입니다."

"그게 누구요?"

"첫째는, 용서하십시오. 제 목숨은 동지의 것입네다. 어버이 수령님이십네다. 그리고 둘째는 지도자 동지 자신입네다."

지도자는 골몰하게 생각하는 눈치였다. 허명학은 흐르는 땀을 손등으로 문지르고 말을 이었다.

"그렇다고 수령님과 권력투쟁을 하자는 것은 아닙네다. 피 흘리지 않고 수령님을 뒷방으로 모시는 방법이 있으니까요."

"그게 뭐요?"

"수령님을 신으로 만드는 작업입네다. 한번 신이 된 사람은 다시는 인간 세상으로 내려오지 못합니다. 신은 또 힘을 쓰지도 못합네다. 우주의 운항이나 세상 돌아가는 일에 아무 힘도 쓰지 못하면서 모든 일을 다 두량하는 것으로 믿어질 뿐입네다."

"종교에서는, 실제로 세상일을 두량하는 자가 누구요?"

"사제입네다. 예수교에서는 목사이고 불교에서는 스님, 유태교에서는 랍비라고 합네다. 다시 이들을 통괄하는 높은 지위가 있습네다. 로마 교황 같은 존재입네다."

"나 자신이 나의 적이라는 말은 료해할 것도 같은데, 구체적으로 말해 보시오."

"지도자 동지 자신이 신의 자리를 탐내서는 안 된다는 것입네다. 또 누군가 지도자 동지를 신으로 밀어 올리려는 수작을 부리거든 그 밑바닥 생각을 의심하셔야 한다는 뜻입네다."

"동무는,"

하고 지도자 동지는 웃으며 말했다. 그 웃음은 한없이 천진한 어린아이의 웃음이었다. 허명학은 긴장했다. 얼마나 많은 사람들이 이 웃음에 속았는가.

"정말로 목숨을 걸고 말을 하는군요. 고맙소. 동무 같은 용감한 사람이 내 옆에 한 사람만 더 있었으면 좋겠소."

"한 사람이면 족합네다."

허명학이 어깃장을 부렸다. 지도자 동지가 바라보자 그는 서둘러 자신의 말을 주워담았다.

"한 사람이 죽고 나면 또 한 사람이 나올 테니까요."

"동무가 안 죽으면 될 것 아니오. 절대로 죽지 마시오. 이건 명령이오."

지도자 동지는 출입문 쪽으로 눈길을 던졌다. 알아차린 허명학이 물러나자 밖에서 기다리고 있던 중앙당 조직지도 1부의 제7과 과장 엄경만이 들어왔다.

"그것들은 지금 어디 있나?"

"옛, 삿포로의 조잔케이(定山溪) 온천입니다. 쓰루가와(鶴川) 여관의 301호실에 투숙하고 있습니다."

"사흘 전부터 같은 보고만 하고 있구만."

"죄송합니다. 연놈들이 벌써 일주일째 같은 여관에 처박혀 있어서리."

"처박혀 있다?"

"그렇습니다. 어제 처음으로 삿포로 시내에 나왔으나 오도리공원(大通公園)에서 눈 축제를 잠시 구경하고 시계탑에서 사진을 찍은 후 다시 돌아가 여관에 깊이 박히고 말았다고 합니다. 여관에서는 하루에 한 번 온천탕에 드나드는 것 말고는 방구석에만 박혀 있다고 합니다."

지도자는 잠시 '내가 김정일이 아니라면 고영식이 되고 싶다'는 생각을 굴렸으나 재 빨리 그 생각을 의식의 밖으로 내쫓았다.

"눈이 많고 추운 고장이니 방안에 틀어박히는 게 당연하지. 돌아오도록 해. 2월 안으로. 이노우에 준스케가 나서면 되겠지. 조직지도부 1부장을 통할 것 없이 동무가 직접 국가정치보위부장에게 전달하라."

"옛. 지도자 동지."

"두 사람 모두 건강한 상태로 만경봉호에 오르도록. 특히 설희 동무
는 할 일이 많은 사람이야."

1981년 2월 - 삿포로

"내일은 우리, 계곡의 위쪽으로 올라가 볼까?"

설희가 영식의 다리를 베고 누워 말했다. 영식은 대답하지 않고 그녀의 긴 머리카락을 한웅큼 쥐어 손가락 사이로 흘려보내는 일을 반복하고 있었다. 이 여관에 온 날부터 그녀가 날마다 해 온 말이었다. 날마다 되풀이하면서도 한 번도 실행에 옮기지 못한 말이었다. 계곡을 빽빽하게 채운 원시림도 아름다웠고, 절벽과 바위의 절묘한 조화도 아름다웠다. 그보다 더 아름다운 것은 계곡의 운치를 해치지 않으려고 겸손하게 엎드린 온천 여관들의 모습이었다. 그런 것을 눈에 담고 싶었고, 그 사이를 손잡고 걷고 싶었다. 그러나 그 어떤 욕망도 둘이 함께 서로를 바라보는 즐거움, 서로를 안아보고 몸속에 파묻히는 희열을 빼앗을 정도는 아니었다.

조잔케이 온천에 온지 여드레만에 설희와 고영식 두 사람은 처음으로 여관 밖으로 나섰다. 그러나 걸어서 갈 수 있는 곳은 많지 않았다.

그들이 방구석에 박혀 있는 동안 내리 며칠 동안 눈이 퍼부었고, 마침내 천지가 눈 속에 파묻혀 있었다. 그들은 다시 여관으로 돌아왔으나 겨울의 짧은 하루가 이상하게 길어졌다는 느낌을 동시에 가지고 있었다. 영식이 여관의 사무실로 내려갔다 오더니 조금 뒤에 술상이 들어왔다.

비록 홋카이도에서는 이름난 놀자리라 하나 그래도 산골인데 음식은 맛이 있었다. 9년 전인 1972년에 동계 올림픽을 치를 때 이곳 조잔케이 온천에도 일부 숙박시설을 지어 올림픽 손님을 받았다. 덕분에 현대식 호텔도 몇 개 있었으나 온천 계곡의 진짜 맛을 볼 수 있는 곳은 재래의 여관이라는 생각으로 쓰루가와 여관을 택한 것이었는데 결과는 좋았다. 온천 계곡에는 키높이로 쌓인 눈에도 불구하고 손님이 많은 편이었으니 이 여관은 한적했다. 1층 사무실 옆에 붙어 있는 102호실에 남자 혼자 들어 있는 손님의 인상이 조금 기분 나쁘게 생긴 것 말고는 두 사람이 평양에서 감추고 누르다가 속으로 타오르던 갈증을 해소하기에는 더없이 좋은 여관이었다. 그러나 여드레가 되자 그들은 누가 먼저랄 것도 없이 도시가 궁금하다는 생각을 하게 된 것이었다. 그런 생각을 누르듯 술을 불렀고, 두 사람 모두 정신을 차릴 수 없을 정도로 취해버렸다. 그리고 두 사람은 만난 이후 처음으로 몸을 섞지 않고 잠이 들었다.

고영식이 잠에서 깨어난 것은 다음날 정오 무렵이었다. 골이 깨지는 듯한 통증 때문에 깨어나 보니 이상하게 이불 속이 허전했다. 이불 속에는 고다쓰(炬燵)가 아직도 따뜻한 온기를 품고 있었으나 방안에는 설렁한 냉기가 돌았다. 소스라치게 일어나 보니 옆자리에 자고 있어야 할 설희가 보이지 않았다. 사무실로 가보니 "102호실 손님과 함께 나갔다"고만 했다. 102호실의 그 칙칙한 표정의 남자, 문득 짚이는 예감이 있어 영식은 눈 위에서 달릴 수 있는 설상차를 빌려 타고 삿포로역으로 달려갔다. 하코다테행 열차는 5분 전에 떠난 후였다. 개찰 당번이었던 역원에게 물어보니 사나이와 설희가 틀림없는 남녀 일행이 열차에 탔다는 사실을 확인했다. 이제 굳이 낭만적인 여행을 할 필요가 없었기 때문에 영식은 공항으로 달려갔다. 공항도 눈 때문에 사흘째 폐쇄되어 있었다. 그러나 바로 그날 활주로 한 개의 제설작업을 끝내고 사흘만에 처음으로 도쿄행 비행기가 출발할 예정이었다. 비행기를 타고 도쿄로, 도쿄에서 다시 니이가타(新潟)로 가서 대기하고 있던 만경봉호에 올랐다. 설희는 한 발 앞서 만경봉호에 도착해 있었다.

설희는 인민의 나라에서 온 사람들의 시선 따위는 아랑곳하지않고 영식의 품에 뛰어들었다.

"대체 어떻게 된 거지?"

영식이 묻자 그녀는 "고영식 동무가 공화국의 명령에 따라 급히 떠나면서 빨리 와 달라는 전갈을 했으니 함께 가자는 사내의 말을 듣고 여기까지 오게 됐다"고 했다.

그러나 설희를 만경봉호까지 데리고 온 사내는 바다 속으로 사라져버린 것인지 그림자도 보이지 않았다. 그 대신 이노우에 준스케가 두 사람이 들어있는 고급객실로 찾아들어 왔다.

"아버지."

고영식이 벌떡 일어났고, 설희는 때 아닌 부자의 상봉을 멀뚱하게 지켜보고 있었다.

"이게 어떻게 된 겁니까, 아버지?"

"나도 모른다."

준스케는 정말 모르는 일이었다.

"평양의 연락을 받았다. 너희들이 일본 방문을 마치고 오늘 귀국하게 된다고. 이제 돌아가거든 열심히 일해 다오. 그만하면 속풀이는 하지 않았으냐."

준스케는 불안한 표정으로 아들과 아들의 여자를 바라보았다. 몸속에서 울리는 위험신호를 듣고 있었으나 그것이 무엇인지 정확하게 몰랐으므로 그저 "가서 일이나 잘하라"고 타일렀을 뿐이었다.

만경봉호는 그렇게 북서쪽으로 항로를 잡고 출항했다.

1981년 2월 - 모스크바

안나 카트리나의 창작실과 숙소를 겸한 사무실은 10월 광장의 동쪽 모퉁이에 있었다. 길 건너 고르키공원이 내려다보이는 낡은 집 2층이었다. 젊었을 때나 늙어가는 지금이나 도무지 변화라고는 눈을 씻고 찾아봐도 찾을 수 없는 여자였다. 피부가 거칠어지고 허리가 굵어진 데다 얼굴에 주름이 잡혀 실제 나이보다 더 늙어 보이기는 했으나 웃을 때 깊이 패이는 보조개와 반달처럼 가늘어지는 눈매는 영락없이 20대 처녀 때의 그 모습이었다. 연극배우와 한 번 결혼했으나 아이는 낳지 못했다. 그 때문에 홀가분하면서도 우수어린 표정을 한 중년의 러시아 여자였다. 머리에는 물방울무늬의 스카프를 쓰고, 양털로 짠 두터운 스웨터를 회색의 치렁한 치마 위에 받쳐 입고 있었다.

그녀는 아시아의 동쪽 귀퉁이에서 온 옛 남자 친구를 동물원에서 진기한 동물 관찰하듯 연민의 정으로 바라보았다.

"도대체 그 이상한 나라에서는 아직도 '동물농장' 같은 일을 벌이고

있단 말이지? 박준상 동무는 그쪽의 떠오르는 태양을 위하여 영화예술
론을 집필해주고 연명해 오다가 이제는 또 그 이상한 영화를 들고 모
스크바 영화제에 출품하겠다고 나서지 않나, 그 놈의 이상한 책을 들
고 와서 러시아어로 번역 출판하는 사업을 추진한다? 소가 웃겠어. 그
짓을 하지 않으면 당장 죽기라도 한단 말이지?"

"안나는 시베리아 유형장으로 가 본 일이 있어?"

"그 나라에도 유형장이 있어?"

"그보다 훨씬 더하지. 나는 결심했어. 다시는 절대로 수용소로 끌려
가지 않겠다고."

"그 잘난 결심 때문에 와이프를 창녀처럼 조국에 바치고?"

"창녀?"

"미안해, 사과할게. 그러나 내가 설희 동무를 만나보았거든. 그 여자
는 천사 같았어. 남자들의 성욕을 자극하는 육체를 타고난 것이 어째
서 그 여자의 잘못이야? 미친 들개 같은 놈들이 나쁜 놈들이지. 그건
그렇고 당신은 언제까지 그렇게 연명할 작정이야?"

"진짜 태양이 뜰 때까지."

"내가 보기에 당신네 나라의 난쟁이 똥자루 동지는 원래의 순리대로
라면 딱 10년이면 끝장인데 워낙 신앙심 깊은 인민들이라 30년은 가겠
어. 그 이상은 안 돼."

"앞으로 30년이면 내 나이 얼만가? 살아있기나 할까?"

"태양은 모스크바에서 먼저 뜰 거야. 나는 확신해. 안드로포프 동지
나 체르넨코 동지가 변하고 있거든. 이들의 뒤를 이을 것이 확실한 고
르바초프 동지는 지금까지 세계 어느 나라의 어떤 지도자도 행하지 못
했던 위대한 일을 할 수 있는 인물이야. 우리는 확신해. 그렇게 되면

세상이 뒤집어져서 혁명이라는 이름의 미치광이 짓을 멈추게 될 터인데 난쟁이 똥자루의 나라도 스스로 변하거나 아니면 거꾸로 빗장을 지르고 발악을 하겠지만 그 수명은 길어야 30년이라니까."

"어떻게 그런 일이 가능하지? 당신네들은 대체 무슨 일을 한 거야?"

"내가 한 일은 간단해. 그 기만적인 사회주의 리얼리즘을 박물관에 처넣는 일부터 시작했지. 그럼 대체 무슨 영화를 만들어야 하지? 고민할 필요가 없었어. 톨스토이나 도스토예프스키, 푸시킨이나 체홉을 되살리는 일을 했어. 아니면 셰익스피어를 빌려오고 발자크나 모파상도 되살려냈어. 그렇게 하는 동안 세상은 변하기 시작했어. 박준상 동무, 똑똑히 보아 두라구. 문화가 세상을 어떻게 변화시키는지, 혁명이란 구호나 앞세우고 인민을 달달 볶아대는 것이 아니라 가랑비가 옷에 스며들듯이 문화를 통해 아주 천천히 근본부터 바로잡거나 뒤집는 작업이라는 것을. 동무가 그 웃기는 주체사상의 바이블을 토대로 쓴 영화예술론은 난쟁이 똥자루의 권력과 함께 뒷간으로 처박히게 될 것임을."

"나도 알아. 이 책이 휴지조각이라는 것쯤은."

"휴지가 아니지. 독 묻은 종이야. 네로 황제가 읊은 시 나부랭이를 생각해 보면 알 것 아니야? 그건 그렇고 박준상 동무. 동무의 마누라 말인데 여자인 내가 보아도 탐이 나는 관능적인 여자였어. 그게 동무의 불행이라면 할 말이 없긴 하지만. 이번에 왜 함께 오지 않았어? 출연한 영화는 출품하면서 여배우가 따라오지 않다니, 여러 가지로 웃기는 나라야, 그 나라는."

"와이프로 불리는 여자는 지금 일본에 가 있어. 자본주의 냄새를 풍기는 젊은 남자와 함께."

"그럼 사랑의 도피? 멋지다. 영화 같네."

"사랑의 도피가 아니라 반역이야."

"반역? 무슨 반역?"

"어쨌든 반역이지. 가만 두지 않을 거야. 할 일이 있거든."

"신문에서 봤어. 아프리카의 어느 나라 대통령이라는 자가 평양에 가서 수령님의 발에 입을 맞추는 행사와 관련이 있어?"

"그런 것 같애."

"일본에서 돌아가지 말아야 해. 박준상 동무. 동무의 우유부단한 성격까지 사랑했던 친구의 부탁이야. 모스크바에서 얼쩡거리지 말고 곧장 돌아가 설희 동무를 귀국하지 못하도록 조치해 줘. 일본에서 망명하면 되잖아. 그 뒤의 일은 내가 감당할게. 세상이 좋아지면 모스크바로 와서 나와 함께 지내도 좋고 원한다면 미국으로 건너가 몸에 노란 털이 난 원숭이들을 사로잡아버리면 더 좋고. 들어주겠어?"

안나가 워낙 강한 어조로 묻는 바람에 준상은 엉겁결에 "그래"하고 대답하고 말았다.

"내가 장담할게."

안나가 두 팔을 벌려 준상의 어깨를 끌어당겨 안으면서 말했다.

"설희 동무가 장차 난쟁이 똥자루의 신화에 구멍을 내고 마침내 그 신화의 허상을 무너뜨리게 될 거야. 그녀는 소중한 존재야. 한 마디 더 할게. 자존심 상하더라도 들어야 해. 북조선에서 만들어 들고 온 영화들은 하나같이 낡은 이데올로기의 사생아들이야. 당신네들은 훌륭한 고전을 가지고 있으면서도 그 고전에서 향기를 빼버리고 말대가리 같이 맛없는 이데올로기로 칠갑을 하는 거지? 우리가 만드는 〈전쟁과 평화〉나 〈여자의 일생〉에는 그 더러운 이데올로기의 냄새가 나지 않아.

이데올로기 대신에 풍기는 작품 고유의 인생의 향기가 소련을 밑뿌리에서부터 변화시킬 거란 말이지. 동무가 난쟁이의 나라를 진정으로 바꾸고 싶은가? 그러면 영화부터 바꾸어야 해."

"조선의 영화가 바뀌려면 똥자루부터 바뀌어야 해. 안나 동무는 그 순서를 거꾸로 알고 있구만. 그래서 밖에서 보는 시각하고 안에서 인내하며 피를 흘리는 사람들의 시각이 다르다는 거겠지."

"나도 알아. 박준상 동무."

안나는 준상의 머리를 끌어다 자신의 가슴에 묻었다.

준상은 체코에서 공부하던 도중에 조국의 부름을 받고 모스크바로 돌아갔던 그녀가 어떤 비상한 능력으로 관료조직 속에 들어가지 않고도 영화를 만들며 버티어 왔는지 속속들이 다 알지는 못했다. 그러나 이 여자야말로 그녀가 존경하는 소련공산당 정치국원 고르바초프 이상의 위대한 신화 자체임을 준상은 알고 있었다. 젊은 시절 함께 몸을 섞고 땀을 흘리며 미지의 세계를 함께 바라보았던 그 여자가 얼어붙은 러시아의 동토를 녹이고 있던 그 세월에 자신은 아시아 한쪽 끝머리의 작은 왕국에서 무엇을 하며 빈둥거리고 살았던가. 깊은 절망감에 파묻힌 채 그는 안나의 가슴에 숨을 죽이고 숨어 있었다.

1981년 2월 – 평양

만경봉호가 원산항에 닿은 것은 2월 12일 정오 무렵이었다. 조선로동당 조직 1부의 7과장 허경만이 거기까지 나와 있었다.

"고영식 지도위원님의 자동차를 원산에 대기시켜 놓았습니다. 손수 운전하시겠습니까, 아니면."

"내가 운전하겠습니다. 제발 당신들은 우리 일에 끼어들지 마십시오."

"아, 예에. 그러지요."

허경만은 굽실했다.

"오늘은 평양으로 돌아가시어 집에서 편히 쉬시고, 설희 동무는 내일 조직지도부로 나와 주시겠습니까?"

"그러지요."

귀찮은 인간을 따돌리기 위하여 건성으로 대답하고 두 사람은 부두 외곽에 대놓은 영식의 벤츠에 올랐다. 고영식이 길게 한숨을 토해냈다. 설희도 덩달아 심호흡을 했다. 깊은 바다 속으로 잠수한 것처럼 공화국의 겨울 하늘은 무겁게 내리누르고 있었고 공기는 천근이나 되는 것처럼 무겁게 가슴을 압박했다.

자동차가 원산을 떠나 서쪽으로 한 시간이나 달렸을 때 비로소 영식이 입을 열었다.

"정리해 보면 대충 이런 그림이 나와. 쓰루가와 여관의 102호실에 투숙했던 자가 조국의 어느 부서에서 우리를 감시하고 붙잡아가기 위해 파견된 일꾼이었어. 그 자가 우리가 먹은 음식에 잠자는 약을 넣은 다음 둘 다 곯아떨어지자 설희 동무만 비몽사몽간에 데리고 니이가타로 갔어. 나는 저절로 따라올 테니 손 쓸 필요가 없었겠지. 영리한 놈들이야. 아버지를 니이가타에 미리 불러놓고 나를 안심시키는 공작에 가담토록 했으니 내가 만경봉호에 오르지 않겠다고 거부하지 못하도록 했고, 여기까지 온 거야. 자, 다음은 뭘까? 우선 설희 동무를 불러 깔개로 사용하려는 투쟁 지침을 내리겠지. 우리의 목숨이 부지되고 있는 기적도 알고 보면 설희 동무의 깔개 투쟁이 공화국에 큰 이익이 된다는 계산 때문이야. 그 용도가 끝나면 설희 동무도 나도 모두 쓰레기처럼 폐기될 것이고. 그때까지 기다리고 있을 바보가 어디 있어. 어쩔 수 없이 다시 돌아오긴 했지만 여길 빠져나가 다시는 돌아오지 말아야 해."

"모스크바로 가면 어떨까? 거기서 유럽으로 날아가거나 주저앉아도 좋고. 내가 아는 여자 한 사람이 있거든. 그 여자가 나를 도와줄 거라는 생각이 들어."

"안나 카트리나?"

"어떻게 알았어?"

"소련에서는 유명한 반동 작가 중의 한 사람이지. 모르는 사람이 어디 있어. 그 여자가 설희 동무와 박준상 동무를 공유하고 있고, 나는 박준상 동무와 설희 동무를 공유하고 있으니, 모두 형제 같은 사이지 뭐. 우린 동서야."

설희가 허벅지를 꼬집었으므로 그는 말을 잠시 멈추었다. 그러나 곧 다시 입을 열었다.

"모스크바 영화제는 끝이 났으니, 모스크바로 함께 날아갈 명분이 현재로서는 없는 셈이야. 아버지에게 부탁해 보겠어. 나를 이곳으로 밀어놓은 사람도 아버지였으니 꺼내갈 의무가 있는 사람도 아버지거든."

"그분은 나를 좋아하시지 않아."

"아니, 좋아하고 계셔. 아마 아들의 연인이라기보다 매력 있는 여자 중의 한 사람으로 좋아하고 계실지도 몰라. 설희 동무를 한 번도 똑 바로 바라보지 않는 것이 그 증거야. 난 아버지의 내면에 감추어진 욕망까지 속속들이 아는 편이거든. 그러니 설희 동무를 다시 한 번 일본으로 빼돌리는데 힘이 되어 주실 거야. 우리가 이번처럼 여관에 틀어박혀 있다가 끌려오는 따위의 실수만 하지 않으면 문제 없어."

자동차는 한밤중에 서평양 기림동의 설희네 집 앞에 도착했다. 전에는 동평양역 부근의 아파트에 살았으나 준상이 〈영화예술론〉을 집필 완성한 후 좀 한적한 동네의 단층집을 배정 받아 옮겨 온 것이었다. 아들 승일이는 어릴 때부터 학교 기숙사에서 살고 있었으므로 집에는 늘 준상과 설희 두 사람 뿐이었으나 부부 중 한 사람은 언제나 집을 비웠고, 저녁에 함께 돌아와 한 이불을 덮고 자 본 일이 언제였던가 기억이 나지 않을 정도였다. 그러므로 부부이기를 진작 포기한 상태였다. 그러면서도 두 사람은 습관적으로 어울려 살았다. 설희가 잠을 자고 들어와도 준상이 묻지 않았고, 준상이 여러 날에 걸쳐 여행을 하고 돌아와도 설희가 묻지 않았다. 다만 설희는 두 사람의 집에 다른 남자를 끌고 들어오지는 않았다. 영식의 아파트가 감시를 당하고 있다는 사실을 안 후부터 두 사람은 자동차 속에서 결장을 해소하는 일이 많았으나 그런 때에도 설희는 집으로 영식을 데리고 오는 실례를 범하지는 않았다. 그 점에서는 준상도 마찬가지였다.

집의 왼쪽에 돌출한 준상의 서재에서 불빛이 새어나와 담장 밖의 큰 길까지 긴 그림자를 던져놓고 있었다. 준상이 아직도 모스크바에 있을 것으로 짐작하고 있던 두 사람은 집에 불이 밝은 것을 보고 놀라고 실망했다. 영식은 소리 없이 자동차를 담장 밑에 세워놓고 라이트를 껐다. 푸석푸석한 눈이 내리고 있었다.

설희가 자동차의 문을 밀고 내려섰다. 영식은 그녀의 동작을 먼 풍경처럼 보다가 말고 핸들에 머리를 박고 엎드렸다. 설희는 몇 걸음 걸어 대문 앞에 섰다가 문득 발길을 돌렸다. 다시 자동차로 돌아온 그녀는 영식의 목을 껴안았다. 영식이 기다리고 있었던 것처럼 벌떡 몸을 일으켜 그녀를 자동차 안으로 끌어당겼다. 며칠이 지났을까. 조잔케이 온천의 쓰루가와 여관에서 안아본 이후 처음이었다. 갈증과 배고픔이 심한 고통이 되어 두 사람의 몸을 옥죄던 참이었으므로 두 사람은 서둘러 옷을 벗고 상대의 몸속으로 헤집고 들어갔다. 자동차가 심하게 흔들렸다. 잠시 떨어진 두 사람은 땀이 식어가자 한기를 느꼈다. 영식이 자동차의 시동을 걸었다. 부드러운 자동차의 소음이 차가운 밤공기를 흔들었다. 집안에서도 들릴만한 소리였다.

두 사람은 한기를 없애기 위해 다시 한 번 서로의 몸을 끌어안았다.

그런 다음 속옷을 찾아 입는 설희를 영식이 다시 잡아당겨 자신의 무릎 위에 올려놓았다. 자동차는 이번에도 심하게 흔들렸고 고통스러운 비명을 질렀다.

"아."

영식의 몸에 흐르고 있는 땀을 자신의 스카프로 닦아주면서 설희가 한숨을 쉬었다.

"야생의 동물들은 교미를 하다가 적에게 들키면 그대로 죽음이니까 천적이 지나다니는 통로에서는 절대로 교미하지 않는다고 하잖아. 한데 인간은 용기가 많은 걸까, 무지한 걸까, 이런 곳에서 세 번이나 교미를 하다니, 우리는."

"차라리 함께 죽자. 죽어서 다시 태어나자. 나는 설희 동무의 모든 과거와 모든 미래를 생각하면 참을 수가 없어."

"질투하는 거야?"

"하면 안 되나?"

"아니. 안아줘."

두 사람은 끌어안았다. 잠시 뒤에 설희가 가볍게 두 다리를 떨었다. 숨소리가 가쁘게 새근거렸다. 잠이 들어 있었다. 영식은 뒷자리에 벗어놓은 자신의 털외투를 끌어와 설희의 몸을 덮어주었다. 그런 다음 그녀의 팔을 베개 삼아 눈을 감았다.

밤 새 눈이 천지를 뒤덮었다. 준상은 한밤중에 대문 앞에서 나는 자동차 소리를 들었다. 그러나 대문을 밀고 들어오는 사람은 없었다. 아침에 나가보니 마당에는 무릎이 빠질 정도로 눈이 쌓여 있었고 누군가 들어온 흔적은 보이지 않았다. 자동차 소리는 대문 밖에서 여전히 들리고 있었다. 착각인가, 하면서 대문을 밀고 내다보니 낯익은 벤츠가 거기 서 있었다. 자동차 안을 들여다보았다. 두 사람이 아주 정겨운 자세로 잠들어 있었다. 두 사람 모두 벌거벗었는데 설희의 몸뚱이에는 남자의 외투가 덮여 있었다. 다시 대문 안으로 들어가려다가 이상한 예감이 뒷머리를 당기는 바람에 준상은 자동차로 돌아가 보았다. 운전석을 뒤로 젖히고 설희의 팔을 베고 누운 고영식의 입에서 토한 것 같은 누런 물이 흘러내리고 있었다. 그는 자동차의 문을 열었다. 찬바람이 밀고 들어가자 설희가 몸을 오그리며 돌아누웠다. 영식은 움직이지 않았다. 손을 코 밑으로 가져가 대어보니 숨을 쉬는 느낌이 없었다. 그는 먼저 설희의 알몸을 들쳐 업고 집으로 들어가 방에다 뉘었다. 그러고 나서 전화를 걸었다.

전화는 병원에 걸었는데 어디선가 지켜보고 있었던 것처럼 먼저 도착한 것은 국가정치보위부 소속의 찝이었다. 두 사람의 요원이 내렸다. 그들은 자신의 찝에 설희와 영식을 짐짝처럼 싣더니 행선지를 가르쳐 주지도 않고 떠나버렸다. 가면서하는 말이 "아무에게도 알리지 말고 기다리시오. 연락은 우리가 하겠다"는 통고뿐이었다. 지루한 시간이 지나고 한낮이 되어서야 연락이 왔다. 내용은 아주 간단했다. 두 사람 중 고영식은 이미 죽어 있었고, 설희도 질식한 상태였으나 가까스로 생명은 건졌다. 현재 남산병원에 있으나 정치보위부가 관리하고 있으므로 가족이라도 만날 수는 없다는 것이었다.

인민배우 설희는 의식을 차리자마자 고영식의 죽음을 통고 받았다. 그녀는 울었다. 사람의 몸 안에는 얼마나 많은 울음을 감추고 있는 것일까. 그녀의 울음은 13시간 동안 계속됐다. 통곡을 하다가 꺼이꺼이

하는 속울음으로 이어지다가 다시 통곡으로 변하면서 밤새 그치지 않았다. 그 때문에 그녀에 대한 살인죄 혐의의 수사는 시작되지 못했다.

수사가 시작된 것은 이튿날 아침부터였다. 유부녀가 일본에서 온 돈 많은 쩨포 총각을 후려 부화한 죄에다 마침내 그 남자를 죽음으로 몰아간 죄를 추궁하기 위하여 특별한 방법이 고안되었다. 부화죄와 살인죄를 입증하기 위한 수사가 아니라 지금까지 부화한 상대의 이름을 낱낱이 토해내도록 하는 것이 수사의 초점이었다. 이것은 물론 아득히 높은 곳으로부터 내려온 지침 때문이었다. 인민배우 설희와 그동안 통정하여 부화해 온 남자들 중에 요행인지 불행인지 수정주의 종파분자들이 많았고, 게다가 아직도 명맥을 유지하고 있는 일부 곁가지들도 있다는 정보에 따라 이참에 유일 절대 권력의 주변을 깨끗하게 청소하자는 것이 목적이었다.

설희의 입에서 부화행위 상대의 이름들을 토설케 하는 특별한 방법이란 아주 간단한 것이어서 설희 스스로 토해내도록 인내심을 가지고 지켜보기만 하면 되는 것이었다.

설희는 남산병원의 특별 병동에서 의식을 완전히 회복하자마자 고영식의 죽음에 대한 통고를 받았고, 그때부터 울기 시작했다. 그 울음은 사십년을 살면서 켜켜이 쌓인 사람의 먼지들을 한꺼번에 털어내어 눈물로 씻는 일종의 굿판과 같은 것이었다. 울음을 그치자 그녀는 병원에서 끌려나와 정치보위부의 감방에 수용되었다. 아직도 몸이 성치 못했으므로 작은 침대 한 개가 주어졌고 그녀는 그 위에 누워 가끔 들락거리는 수사 일꾼들의 질문에 대답해야 했다.

수사가 본격적으로 시작되자 그녀는 비로소 생명의 위험을 감지하고 본능적으로 몸을 움츠렸다. 수사 일꾼들이 질문을 해도 조개처럼 입을 다물었고, "지도자 동지를 만나게 해 달라"고 고함을 쳤다. 몸부림이었고 발버둥이었다. 그녀는 자신의 생명을 죄어오는 손길이 누구의 것인지 육감으로 느끼고 바로 그 사람의 이름을 부르기 시작한 것이었다. 수사 일꾼들은 당장 그녀의 의중을 간파하고 역습했다.

"부화한 상대의 이름들을 밝히면 지도자 동지를 만나게 해 주겠다"

이것이 정치보위부가 내민 카드였고, 그녀는 이 미끼를 덥썩 물었다. 많은 사람들의 이름이 나오기 시작했다. 하늘같은 수령님의 부인인 김성애 동지의 동생 김성갑의 이름이 맨 처음으로 등장했다. 수사 일꾼들은 희희낙락하여 그 성과물을 상부에 올렸다. 그 다음으로 종파분자들, 곁가지들, 무능하고 늙어빠진 혁명 1세대들, 기회주의자들, 지방세력들, 예술이나 학문의 순수성을 내세우는 감상주의자들… 이런 인간들의 이름이 줄줄이 터져 나왔다. 이 여자는 어쩌면 그렇게 꼭 처분해야할 남자들만 골라서 부화한 것일까. 감탄할 정도로 구색이 좋았다. 수사를 시작한지 사흘째, 설희의 입에서는 모두 쉰일곱 명의 남자들 이름이 나왔다. 그들 대부분은 그날로 체포됐다. 일부는 이미 숙청됐거나 죽은 사람도 있었으나 대부분 현역에서 일하고 있는 자들이었다. 그 명단은 거의 실시간으로 지도자 동지의 책상 위에 놓였다.

쉰일곱 명의 남자들 이름을 토해내고 나서 설희는 입을 다물었다. 수사 일꾼이 다그치자 "이제 더는 없습니다. 지도자 동지를 만나게 해 주시라요"하고 버티었다.

수사 일꾼은 둘러댔다.

"지도자 동지께서는 수령님과 함께 함경북도 국경지대에 현장 지도하러 나가셨기 때문에 만날 수가 없다."

설희는 웃었다.

"여기야말로 그분들이 지도해야할 가장 중요하고도 급한 현장인데 대체 어딜 가서 헛일을 하고 다닌단 말입니까."

"그 말에 책임을 지겠느냐."

"어떤 책임이지요?"

"목숨을 내놓는 것이 책임지는 일이다."

"좋습니다."

설희는 뱉았다.

"바로 그들, 수령님과 지도자 동지가 내 부화의 대상입니다. 그대로 전해 주세요."

이 말이 지도자 동지의 책상 위에 올라간 시각은 사흘째 되는 날 오후 다섯시였다. 지도자 동지는 전날 마신 술 때문에 다른 날보다 늦은 저녁에 느지막히 출근하여 그 보고를 읽었다. 그리고 정치보위부장에게 전화했다.

"이런 쓸데없는 보고나 올리지 말고 입을 막아버리시오."

그 밤으로 부화행위에다 살인죄를 저지른 인민배우 설희에 대한 공개처형이 결정됐다. 재판이 필요 없는 명백한 사안이고 본인이 범죄를 자백했기 때문에 공개처형을 하기로 결정한 것이었다.

1981년 2월 17일 오전. 평양 서쪽 외곽의 폐기된 군용비행장 활주로가 있던 공터에 군용 트럭 두 대와 제설차 한 대가 들어와 급작스럽게 간단한 설치를 시작했다. 며칠 전 내린 눈으로 하얗게 밀가루를 뒤집어 쓴 것 같은 모습의 비행장 한가운데를 제설차가 치우고 가설무대의 관객석 같은 나무 의자를 만들었다. 그 전면의, 옛날 군용 비행기의 격납고로 쓰던 반월형 벙커의 전면에 나무 막대가 하나가 세워졌다.

그런 장치가 끝날 무렵, 09시 30분에 검은 승용차 다섯 대가 줄줄이 도착했다. 맨 앞에 선 승용차에서 등 뒤로 손을 묶이고 입에는 재갈이 물린 설희가 보위부원들에게 끌려 내렸다. 그녀는 눈이 덮인 황량한 들판을 잠시 휘둘러 봤으나 고개를 숙이고 얌전한 학생처럼 나무 기둥에 묶였다. 이어서 버스 몇 대가 들어오더니 평양 영화예술학교 학생들, 조선로동당 중앙당의 일꾼들, 그리고 군인들을 차례로 쏟아냈고, 이들은 임시로 만들어둔 참관석에 가서 앉았다. 줄잡아 200명이 넘는 사람들이 이날의 행사를 구경하러 동원되었으나 누구 한 사람 기침하는 소리도 내는 사람이 없었다.

마지막 버스에서 박준상과 박승일 부자가 내렸다. 승일은 김책공과대학의 학생으로 기숙사에서 살고 있었으나 이날의 행사에 참관시키려고 보위부가 급히 데리고 온 것이었다. 아들의 비보를 듣고 일본에서 급히 날아온 이노우에 준스케도 행사에 초대 받았다. 박준상 부자와 이노우에 준스케는 참관석의 맨 앞자리 중앙에 앉았다.

행사는 보위부장이 죄수의 죄목을 낭독하는 것으로 시작됐다. 죄목은 역시 부화죄와 살인죄였다. 반동 예술가들과 종파분자들의 핵심에 그녀가 있었다고도 했다. 사회주의 낙원의 건설에 결정적인 장애물이고 혁명의 잰 걸음에 딴지를 거는 미제의 앞잡이라고도 했다. 살인이 아니라 겨울밤 자동차의 시동을 걸어놓고 자다가 질식하여 일어난 단순 사고라는 말은 어디서도 나오지 않았다. 관객으로 동원된 사람들 중에는 '사고사가 아니라면 누군가 자동차 안에 개스를 주입했을지도 모르는 일 아니냐'는 의혹을 떠올리고 있었으나 그런 말을 입 밖으로 꺼내놓은 사람은 하나도 없었다.

자신에 대한 죄목이 낭독되는 동안 설희는 객석의 앞자리에 앉아있는 남편 준상과 아들 승일의 눈을 보았다. 그들은 슬퍼하고 있었다. 슬퍼하지 말아요. 그녀는 눈으로 말했다. 나는 끝내고 싶어요. 그리고 잠자고 싶어요. 지난 며칠 동안 이들은 잠을 재우지 않았거든요.

검은 천으로 눈을 가렸다. 이제 준상과 승일, 그리고 그 옆에 앉은 준스케의 얼굴을 볼 수가 없어 좋았다. 이윽고 총성이 울렸다. 아무런 저항도 할 수 없는 여자 한 명의 가슴을 겨누기 위해 세 명의 총잡이가 필요했던가. 설희는 고개를 떨구었고 행사는 끝났다. 그때부터 낮은 하늘에서 눈발이 성기게 날기 시작했다. 참석했던 학생들과 중앙당 일꾼들은 추위를 피하여 서둘러 버스 안으로 들어갔다.

5분 뒤, 조직지도부 7과장 엄경만은 반동 배우 설희를 성공적, 교훈적으로 처형했다는 짧은 보고와 함께 새 '깔개 전투요원'의 후보자로 3명의 여자 배우 명단과 사진을 첨부하여 지도자동지의 책상 위에 올려놓았다.

(끝)

신의 여자

2008년 8월 20일 인쇄
2008년 8월 25일 발행

지은이 | 이 청
펴낸이 | 진성원
펴낸곳 | 경덕출판사
등록 | 2003. 9. 23 제 6-517
주소 | 서울시 성북구 정릉 3동 653-40
전화 | 02)909-2348, 912-0856
팩스 | 02)912-4438

ⓒ2008, 이 청

ISBN 978-89-91197-54-1 03810

값 12,000원